역주 **정곡공변무록**

역주 **정곡공변무록**

펴낸날 2014년 4월 21일
찍은날 2014년 4월 24일

옮긴이 김병건
펴낸이 조윤숙
펴낸곳 문자향
신고번호 제300-2001-48호
주소 서울 양천구 목동서로 186(목동) 성우네트빌 201호
전화 02-303-3491
팩스 02-303-3492
이메일 munjahyang@korea.com

값 16,000원
ISBN 978-89-90535-47-4 03810

※잘못된 책은 본사나 구입하신 서점에서 교환해 드립니다.

역주 정곡공변무록

정시한 편저 · 김병건 역주

문자향

책 머리에

『정곡공변무록(鼎谷公辨誣錄)』은 정곡공(鼎谷公) 정호관(丁好寬, 1568(선조 1)~1618(광해군 10))의 '억울함을 변증하여 밝히는 기록'이다. 그 억울함의 연원을 간략히 살펴본다. 그는 광해군 시기의 이른바 폐모론이 시작되던 계축년(1613)에 사헌부의 지평에 임명되었다. 계축옥사가 시작되자 영창대군을 법에 의거 처벌하고 대궐 밖으로 내보내라고 주장하였다. 그러나 바로 이어서 거론된 폐모론에 대해서는 같이 동의하지 않고 그 뜻을 보이고자 사직하려 하였다.

이런 일이 있고 다음 해에 강화로 보내졌던 영창대군이 죽자, 동계(桐溪) 정온(鄭蘊)이 상소를 하였다. 이 가운데 "정조(鄭造)·윤인(尹訒)·정호관 등이 대비를 폐위하고 아우를 죽이자는 의논을 앞장서서 발의하면서……."라는 구절이 있었다. 이른바 갑인봉사인데, 동계의 이 상소는 당시에 전국적으로 큰 반향을 일으킨 중요한 이슈를 만드는 사건이었다. 광해군의 서슬 퍼런 정치 상황에서 임금에게 그야말로 직언을 한 것이다.

정호관과 그의 집안의 문제는 여기서부터 시작된다. 그는 이렇게 자신이 살제(殺弟)와 폐모의 원흉으로 거론되자 이때부터 전전긍긍하게 된다. 충효를 국시로 하는 유교국가에서 임금에게 패륜을 조장한 멍에를 쓰게 된 것이다.

그나마 동계의 상소에는 폐모와 살제의 내용이 함께 있어 엄밀히 살피면 자신은 다만 살제와 관련이 되어있다고 할 수 있는 상황이었다. 얼마 뒤에 정온의 제자였던 용주(龍洲) 조경(趙絅)이 한음(漢陰) 이덕형(李德馨)의 비문을 지으면서 정온의 상소를 참고하여,

> 대관(臺官) 정조 · 윤인 · 정호관 등이 함께 모후(母后)를 폐하
> 자고 발론하였다.

라고 하였다. 이렇게 되자 정호관이 폐모론을 최초로 주장한 정조 윤인과 동급의 인물로 남게 되었다.

정호관은 그나마 반정이 일어나기 전에 사망하였지만, 그 후손의 앞에는 인조반정(仁祖反正 : 1623)이라는 거대한 정치의 회오리가 기다리고 있었다. 이전까지는 여론의 따가운 시선으로 고통을 받

았지만, 지금부터는 실정법으로 심판을 받게 되었다. 정호관은 이미 사망하였음에도 결국 생전의 관작을 사후에 추탈당하기에 이르렀다. 그 뒤 이 집안의 처신이 얼마나 힘들었을지는 필설로 형언하지 않아도 이해가 될 것이다. 각고의 세월을 견디고 다행스럽게 정호관의 아들인 묵공옹(默拱翁) 정언황(丁彦璜)이 1642년(인조 20)에 선친의 억울함을 임금에게 상소하여 신원(伸冤)을 받고 관작이 회복되기에 이르렀다.

이후 10여 년이 지난 시점에서 상황이 일단락되고 과거의 사실도 어느 정도 잊혀진 것으로 보였다. 이때 새삼스럽게 용주가 지은 비문을 새겨 한음의 묘역에 세우려는 움직임이 있었다. 이 비문에 다시금 조부의 이름 석 자가 새겨지는 것을 막고자 하여, 정호관의 손자인 우담(愚潭) 정시한(丁時翰)이 조부와 관련한 제반의 기록들을 모으고 자신들의 입장을 정리하여 관련 집안에 편지와 인편 등으로 많은 노력을 하였다. 이렇다 할 성과를 이루지 못하자 그간에 수집한 자료와 있었던 사실들을 정리하여 책으로 간행하려고 한 것이 바로 이『변무록』이다.

이러한 노력의 과정에서 양측의 팽팽한 긴장이 느껴지고 서로의 정당한 입장을 볼 수 있다. 처음에는 동계·용주·한음가와 우담가의 문제였지만 끝에는 용주와 우담 집안의 문제로 남게 되었다. 이 두 집안은 훗날의 사승관계나 교유관계로 볼 때 같은 당색의 집안으로 조금의 양보만으로 타협을 할 수 있는 상황임에도 끝내 타협하지 않는다.

용주 주변 사람에게서 나온 말로 추정되는 다음의 언급에서 왜 용주는 끝내 정호관을 폐모론의 주동자로 보았는지 알 수 있다.

정공이 이미 영창대군을 궁궐 밖으로 내보내자는 논의에 참여하였기 때문에 뒤에 폐모론에 대하여 비록 남과 다른 의견을 주장했더라도 이는 또한 이전의 잘못을 덮으려는 까닭일 뿐이요, 그 마음은 여전히 바꾸지 않았다. 그러므로 용주의 글은 특별히 그 마음을 꾸짖을 따름이다.

즉 용주는 그의 언사나 행동보다는 그 마음 씀씀이가 이미 폐모론에 동조한 것으로 판단하여 의도적으로 살제의 언급을 삭제하고 정호관의 의도에 대하여 책임을 묻고 있다는 것이다.

한편 우담의 입장에서 보면 이러한 일이 다시 일어나는 것은 크게는 집안 전체의 사활이 걸린 일이고 작게는 평판에 관한 문제로써, 더 이상 좌시할 수 없는 중요한 일이 발생한 것이다. 그럼에도 손자에게 준 다음 편지에서 일을 처리하는 데 기준으로 삼아야할 것들을 다음과 같이 제시하고 있다.

지금 만약 나의 비통한 사정을 견디지 못하고서 한결같이 분주히 설득하고 고쳐달라고 요청한다면 이는 올바름이 나에게 있지 않기 때문에 상대에게 올바름을 구걸하는 것과 다름이 없는 것이다. 어찌 다시 터럭만큼의 사사로운 지혜와 사사로운 뜻이라도 용납하여 그 사이에서 이리저리 변통하고, 마치 몰래 청구(請求)하며 부정한 방법으로 도모하는 것같이 하겠는가? (중략) 만약 사리 상 고칠 수가 없다면 어찌 거짓으로 모함을 받은 집안에서 분주히 주선한다고 단숨에 고칠 수가 있겠으며, 사리 상 고칠 수가 있다면 스스로 왕복하며 깊이 생각하여 지당한 귀결을 구한 뒤에 그만두면 되는 것이다.

그 요지는 아무리 급하고 중요한 일이라도 자존심을 버리고 옳지 않은 편법을 사용하여 해결하려고 하지 말라는 것이다. 또 최선을 다해서 노력해도 끝내 이룰 수 없으면 기필하지 말고 현실을 받아들이라고 한다.

우리는 이 기록을 통하여 이름 석 자의 삭제 여부를 둘러싼 진실 추구의 과정을 살펴볼 수 있다. 서로 증빙자료와 증언을 제시하고 토론하며 상대의 반응을 몇 달이고 기다린다. 편지 하나도 함부로 보내지 않고 주위의 여론을 듣고 받을 사람이 이런 편지가 올 것이라는 사실을 알 수 있도록 한 뒤에야 보내는 사대부의 품위 있는 처신을 볼 수 있다. 오늘 우리의 현실은 과연 이 시대와 비교해 보면 어느 수준에 머물고 있는 것일까?

나는 연전에 『우담집』의 번역에 참여한 적이 있었다. 우연히 내가 맡은 부분이 바로 『변무록』이었다. 당시에 번역은 서툴고 시간도 촉박하여 겨우 글자 따라 풀이하는 수준의 번역을 하고 말았었다. 평소에 역사 관련 연구에 관심을 가지고 있었던바, 이것이 당시의 시대상과 역사 사건의 내면을 보여주는 중요한 의미가 있다고 생각하여, 차후에 단행본으로 출간해 보고자 하였다. 이번에 마침 기회가 닿아 그때의 작업을 기초로 하여 나름 손질을 하여 출간을 하게 되었다. 그러나 여전히 당시의 수준을 벗어나지 못함을 한탄하지 않을 수 없고 수많은 오역이 있음을 인정하지 않을 수 없을 듯하다. 부끄러움을 무릅쓰고 책을 출간하니 여러 선생님의 질정을 기꺼이 받고자 한다.

책이 나올 수 있도록 도와주신 '문자향'의 조윤숙, 남현희 선생께 심심한 감사의 말씀을 드린다.

2014년 봄
김병건 삼가 씀.

목차

정곡공변무록 권1

이상[1] 강신[2]의 일기 중의 말
姜貳相紳日記中語

    계축년(1613) 5월 25일에 대사헌 최유원(崔有源)[3], 집의 김지남(金

止男)[4], 지평 정호관(丁好寬)[5]이 피혐(避嫌)[6]하였다.

    "김제남(金悌男)[7]의 일은 흉악하게 역모를 꾀한 정황이 정말 옛

---

1) 이상(貳相) : 삼정승(三政丞) 다음 가는 벼슬로, 좌우찬성(左右贊成)을 이른다.

2) 강신(姜紳) : 1543(중종 38)～1615(광해군 7). 본관은 진주(晉州). 자는 면경(勉卿),
호는 동고(東皐).

3) 최유원(崔有源) : 1561(명종 16)～1614(광해군 6). 본관은 해주(海州). 자는 백진(伯
進). 호는 추봉(秋峰) 또는 화암(花巖). 이이(李珥)의 문인. 1613년(광해군 5) 정조
등이 폐모론을 주창하자 이를 극력 반대하였고 관철되지 않자 사임하였다.

4) 김지남(金止男) : 1559(명종 14)～1631(인조 9). 본관은 광산(光山). 자는 자정(子
定), 호는 용계(龍溪). 영창대군을 죽이자고 주장하는 정호관을 면박했고, 인목
대비를 폐하려는 이이첨 일당에 반대하면서 그 죄상을 폭로하였다.

5) 정호관(丁好寬) : 1568(선조 1)～1618(광해군 10). 본관은 압해(押海). 자는 희율(希
栗), 호는 금역(琴易) 영창대군을 처벌하자는 주장을 맨 처음 한 인물로 알려져
있다.

6) 피혐(避嫌) : 사건에 관련된 벼슬아치가 벼슬에 나가는 것을 피하던 일.

7) 김제남(金悌男) : 1562(명종 17)～1613(광해군 5). 본관은 연안(延安). 자는 공언(恭彦).

날에 있지 않았던 일이므로 혈기를 머금고 있는 사람은 모두 애를 태우고 뼈에 사무치게 아파하고 있습니다. 자전(慈殿)[8]에 대해서는 신하로서 어찌 감히 의논할 수 있는 것이겠습니까? 당연히 전하께서 옛 성왕(聖王)들께서 변고를 처치하신 마땅한 사례들을 참고하여 행하더라도 마음에 조금도 부끄러움이 없으신 뒤에야 후세의 비난을 면할 수 있을 것입니다.

무릇 신하가 임금을 섬기는 도리는, 임금을 허물없는 데로 이끌어가는 것이 가장 중요한 일이라고 할 것인데 신들이 어찌 감히 일의 마땅함을 돌아보지 않고 섣불리 발론하여 우리 성상의 한결같은 지극한 효심을 훼손시킬 수 있겠습니까? 신들의 구구한 뜻은 실로 이에서 나온 것이므로 오늘날 합사(合司)한 자리에서 모후(母后)에 대하여 거론하는 사람이 있었지만 구차하게 동조하여 의논

선조의 장인이다. 1613년 이이첨 등에 의해 영창대군을 추대하려 했다는 공격을 받아 사사되었으며, 1616년에 폐모론이 일어나면서 다시 부관참시 되었다. 인조반정 후에 관작이 복구되고 영의정에 추증되었다.

8) 자전(慈殿) : 임금의 어머니, 인목대비를 지칭함.

에 참여할 수가 없었습니다. 청컨대 신들의 직책을 파면하여 물리치시옵소서."라고 하였다.

비답(批答)[9]에, "경들의 말은 지극한 것이다. 다만 여러 날 피혐하느라 추국을 하지 못하여 흉악한 도적 무리들이 속으로 비웃게 만들고 있으니, 역적을 토벌하는 의리를 안다고 하겠는가? 사직하지 말라." 하였다. 물러나 논의 결과를 기다리니, 홍문관에 조치하여 대사헌 이하 세 사람은 모두 출사하도록 명하였다.

장령 정조(鄭造)[10]와 윤인(尹訒)[11]의 계사(啓辭)[12]는 말 뜻이 망측하였는데, 헌납 유활(柳活)[13]과 정언 박홍도(朴弘道)[14]가 모두 정조

---

9) 비답(批答) : 상소에 대하여 임금이 내리는 답.

10) 정조(鄭造) : 1559(명종 14)~1623(인조 1). 본관은 해주(海州). 자는 시지(始之). 이이첨의 주구가 되어 인목대비를 죽이려 하였으나 실패하고, 1617년 폐모론을 제기하여 인목대비를 유폐시키는 데 적극 가담하였다. 인조반정 이후 사형되었다.

11) 윤인(尹訒) : 1555(명종 10)~1623(인조 1). 본관은 파평(坡平). 1612년 김제남의 처형을 주장하였으며, 이위경, 정조 등과 함께 인목대비가 무고를 일삼고 역모에 내응하였다는 죄목을 만들어 유폐를 주장하였다.

12) 계사(啓辭) : 임금에게 사실을 적어 올리는 글.

와 윤인의 말을 그대로 이어받아서 말하였고, 대사헌 최유원, 집의 김지남, 지평 정호관, 이성구(李聖求)15) 등이 이견을 주장하였다.

내[정시한]16)가 삼가 생각하건대 우리 조부[정호관]께서는 흉악한 불길17)이 일어난 처음에 여러 현인들과 굳게 절개를 지키고 다른 의견을 주장하여 앞장서서 대의를 밝히고 간악한 싹을 꺾었다. 이때에 진실로 이 의논이 없었으면 정사년 이전에 대비의 작위(爵位)와 호칭을 보전하였을지 알 수가 없다. 이런 이유로 당시의 명인(名人)과 군자들이 모두 일기에 특별히 기록해

---

13) 유활(柳活) : 1576(선조 9)~?. 본관은 흥양(興陽). 자는 원숙(源叔), 호는 태우(泰宇).

14) 박홍도(朴弘道) : 1576(선조 9)~1623(광해군 15). 본관은 죽산(竹山). 자는 자수(子修).

15) 이성구(李聖求) : 1584(선조 17)~1644(인조 22). 본관은 전주(全州). 자는 자이(子異), 호는 분사(分沙)·동사(東沙).

16) 정시한(丁時翰) : 1625(인조 3)~1707(숙종 33). 본관은 나주(羅州). 자는 군익(君翊), 호는 우담(愚潭). 조선 후기의 성리학자. 정호관의 손자이고 정언황의 아들이다.

17) 선조 계축년의 인목대비의 폐모론을 말함.

두었는데, 이 중에서도 진흥(晉興) 강공[姜紳]의 논한 것이 비록 간략한 듯 하지만 포폄(襃貶)[18]이 가장 잘 드러난다. 일기에 "장령 정조와 윤인의 상소는 말의 뜻이 망측하였다."고 하는 것은 폐모론을 가리키는 것이고, "유활과 박홍도가 모두 정조와 윤인의 말을 그대로 이어받아서 말하였다."고 하는 것은 흉악한 의논에 동조하는 것을 심히 미워한 것이다. 또 "최유원, 김지남, 정호관, 이성구 등이 다른 의견을 세웠다."고 한 것은 특별히 그들이 모후를 위하여 절개를 세운 것을 칭찬한 것이다.

분사(汾沙) 이성구는 누이의 초상 때문에 동참하지 못하다가 뒤에 함께 책임을 지려고 하였다. '신의 어리석은 생각으로 볼 때는 최유원, 김지남, 정호관 등은 다름이 없었다'고 말하였는데, 다른 의견을 내세운 사람의 항렬(行列)에 나란히 지칭한 것은, 그 절개를 세운 것을 밝혀서 몇 줄의 글자로 족히 천년의

---

18) 포폄(襃貶) : 선악에 대한 평가.

결론으로 삼으려 한 때문이다. 그러므로 이같이 앞에 기록하여 보는 사람들로 하여금 이에 근거하여 믿을 수 있도록 하려는 것이다.

연흥부원군 김제남 집안의 일기 중의 말

金延興^{悌男}家日記中語

『승정원일기』 등본과 다른 여러 집안의 일기도 아울러 같다.
政院日記謄本及他諸家日記幷同

목록 연흥 집안의 일기는 모두 6책인데 책마다 반드시 목록이 있어서 그 목록
에 따라 쓴다.

계축년 5월 25일

장령 정조, 윤인이 피혐하였다. "마땅히 끊어야 될 악이 뚜렷이 드
러났으나, 장차 국모(國母)로 대우할 것입니까?라고 발론(發論)하자 동료들
이 어려워하며 결정하지 못하였습니다. 이는 저희들이 신임을 충분히 얻지
못한 결과입니다." 등의 말을 하였다. 비답이 있었다.

헌납 유활, 정언 박홍도 등도 피혐하였다. 정조, 윤인과 같
았다.

대사헌 최유원, 집의 김지남, 지평 정호관이 피혐하였다. "조
정에 있을 때 청하기를 국법(國法)으로 이의(李㻩)를 처리하는 것으로서 종사
(宗社)의 큰 계책으로 삼아야 하지만, 자전에 대해서는 어찌 신하가 감히 의논
할 수 있겠습니까? 구차히 같이 참여하여 의논할 수 없습니다."라고 하였다.

대사간 이지완(李志完)[19]이 피혐하였다. "합사(合司)한 자리에서
자전에 대하여 말을 꺼낸 이가 있었는데, 신은 망령되게 생각하기를 '섣불리

행해서는 안 되며, 마땅히 대신 백관과 널리 의논해 처리해야 한다'고 여겼습니다." 하였다.

비답이 있었다.[20] 홍문관에서 양사(兩司)[21]의 관리를 처리하는 일에 대해 차자(箚子)[22]를 올렸다.[23]

계축년 5월 25일 장령, 정조, 윤인이 피혐하였다.

아뢰기를 "모자(母子)[24] 관계에 대해서는 다른 사람들이 말하기 어려운 점이 있고 종묘사직의 계책을 세우는 책임은 조정의 군신들에게 있는데 신들이 이렇게 논하게 되었으니 그 죄는 만 번 죽어 합당합니다. 다만 태학생 이위경(李偉卿)[25] 등의 상소에 '모후가 안

---

19) 이지완(李志完) : 1575(선조 8)~1617(광해군 9). 본관은 여주(驪州). 자는 양오(養吾), 호는 두봉(斗峯).

20)『조선왕조실록』광해군일기 5년 5월 25일조. ○ 대사간 이지완의 계(啓)

21) 양사(兩司) : 사헌부와 사간원.

22) 차자(箚子) : 격식 없이 사실만을 간략하게 적은 상소문.

23)『조선왕조실록』광해군일기 5년 5월 25일조. "홍문관이 양사의 관원을 모두 출사시키도록 청하였다."

24) 모자(母子) : 광해군과 인목대비를 지칭함.

25) 이위경(李偉卿) : 1586(선조 19)~1623(인조 1). 본관은 전의(全義). 자는 장이(長而).

으로는 무고(巫蠱 : 무당이 남을 해치는 저주)하는 일을 저지르고 밖으로는 역모에 응하였다'고 하였는데, 무고의 말이 전파된 지가 이미 오래되었고, 밖으로 응한 자취가 역적의 진술로 드러났으니, 이는 종묘사직에 죄를 지은 것으로 모후의 도가 끊어진 것입니다. 전하에게 있어서는 모자간의 정리(情理)가 지극하다 할지라도 종묘사직에 있어서는 끊어야 할 악이 분명히 드러난 셈인데, 오늘날 신하된 사람의 입장에서 볼 때 장차 모후로 대접해야 하겠습니까? 전하께서는 천지 종묘사직의 신과 사람의 주인 되시는 몸이니 역모에 참여하였던 모후와 한 궁궐 안에 함께 계실 수 없다는 것이 분명합니다. 그리고 『춘추(春秋)』에도 부인 강씨가 주(邾)로 피하였다[26]고 기록하였고, 『강목(綱目)』에도 태후를 이궁(離宮)으로 옮겼다[27] 고 쓰

---

26) "민공의 죽음에 애강(哀姜)도 관련이 되어 있었으므로 주(邾)로 피하였다."하였다. 애강은 제 환공(齊桓公)의 딸이요 노 장공(魯莊公)의 부인으로서 경보(慶父)와 간통하였는데 장공이 죽은 뒤 후계자 자반(子般)을 죽이고 민공을 세웠다가 다시 민공을 죽이자, 제 환공이 희공(僖公)을 세운 뒤 애강을 불러다 독을 먹여 죽였다. (『춘추좌씨전(春秋左氏傳)』「민공(閔公)」2년)

27) 전한(前漢) 곽후(霍后)의 고사임. 곽후는 곽광(霍光)의 딸인데, 그 어미 현(顯)이 허후(許后)를 시해한 뒤 궁궐로 들여보내 황후가 되게 하였다. 그 뒤 일이 누설

여 있으니 그 의리야말로 엄하고 바르다 할 것입니다. 신들의 소견이 이러하기에 오늘 대궐에서 양사가 회동하였을 때에 '전하께서 전에 없던 망극한 변을 만나셨으니 평상시의 도리로 처리할 수는 없는 일입니다. 마땅히 모후와 각각 다른 궁에 거처함으로써 변고에 대처하는 도리를 다해야 할 것입니다.'고 아뢰었더니, 모두 중대한 사안이라고 하면서 어려워하며 결단을 내리지 못한 채 자리를 파하고 나오게 되었습니다. 그리하여 막중하고 막대한 의논을 선불리 발론하게 된 결과를 끝내 면치 못하게 되었는데, 이 모두가 신들의 소견이 짧고 얕은 탓으로 신임을 충분히 얻지 못한 결과이니 신들이 어떻게 감히 스스로 옳다고 여기면서 거만하게 그대로 있겠습니까? 먼 곳으로 쫓아 보내도록 명하시어 신하로써 망언한 죄를 다스리도록 하소서." 하였다.

답하기를 "아뢴 것을 보고 매우 놀랐다. 어떻게 이런 말을 할 수 있단 말인가. 내가 덕이 없는 몸으로 몇 년 동안 자리를 더럽히면

되자 폐위되어 소대궁(昭臺宮)으로 옮겨졌는데 결국 자살하였다.(『한서(漢書)』 권68, 「곽광전(霍光傳)」). 이 기사를 폐모의 근거로 많이 이용하였다.

서 신민(臣民)에게 죄를 지은 탓으로 이런 변고가 있게 하였다. 그래서 임금 노릇 하는 것도 즐겁지 않고 얼굴만 달아올라 곧장 땅속이라도 들어가고 싶은데 그것도 안 되기에 스스로 애통해 할 따름이다. 대사헌 최유원 등에게도 어찌 의견이 없겠는가? 그대들은 물러가 생각해 보라." 하였다.

헌납 유활, 정언 박홍도 등의 피혐 내용도 대체로 정조, 윤인과 같았다.

같은 날 대사헌 최유원, 집의 김지남, 지평 정호관이 피혐하였다.

아뢰기를 "이번 김제남의 일이야말로 흉악하게 역모를 꾀한 그 정황이 정말 옛날에도 있지 않았던 일이므로 모두가 애를 태우며 뼈에 사무치게 통분해 하고 있습니다. 그리하여 삼사(三司)가 미리 입을 맞추지 않았는데도 똑같은 계사를 올리고 백관이 모두 조정에 나와 국법으로 이의를 처단할 것을 청하고 있는데, 이는 실로 종묘사직의 대계를 위한 것인 만큼 전하의 개인적인 정리 때문에 용서해 주는 바가 있어서는 안 될 것입니다. 그리고 자전(慈殿)에 대해서는 신하된 입장에서 어떻게 감히 의논드릴 수가 있겠습니까? 반드시 옛 성왕(聖王)들께서 온당하게 변고에 대처했던 사례들을 참고하여 그렇게 행해도 마음에 아무런 혐의도 없게 된 뒤에야 후세의 비난을 면할 수 있을 것입니다. 대체로 신하가 임금을 섬기는 도리에 있어서는 우리 임금을 허물이 없도록 인도해야 하는 것이 가장 중요한 도리라고 할 것입니다. 신들이 어떻게 감히 사리를 돌아보지 않고 섣불리 발론함으로써 한결같은 우리 성상의 지극한 효심을 손상시킬 수가 있겠습니까? 신들의 구구한 생각이 실로 여기에서 연유되었기 때문에 오늘 합사한 자리에서 모후(母后)의 문제를 말한 사람이 있었어도 구차하게 동조하여 의논에 참여할 수가 없었으니, 신들의 직책을 파직하도록 명하소서." 하니, 답하기를 "경들의 뜻이 지극하다. 다만 며칠 동안 피혐하여 추국하지 못한 결과 흉적들이 속으로 비웃게 되었으니 이 어찌 역적을 토죄하는 의리를 안다고 할 수 있겠는가? 사양하고 거절하지 말라." 하니 물러가 논의 결과를 기다렸다.

같은 날 대사간 이지완이 피혐하였다.

대사간 이지완이 "신은 지극히 어리석고 비루한 자로서, 성대한 시대를 만나 천지 우로(雨露)와 같은 은혜를 분에 넘치게 받았으므로 항상 나라 일에 몸 바칠 결심을 하고 있었으며, 나름대로 임금을 사랑하는 정성이 스스로도 옛 사람들보다 못하지 않다고 생각합니다. 그런대로 노둔한 자질이나마 다 발휘하여 한 번 보답함으로써 신을 알아주신 우리 성상의 은혜를 저버리지 않겠다는 생각을 마음속에서 잊은 적이 없는데, 사간원의 우두머리가 된 지 벌써 두 달이 찼는데도 단지 무리의 뒤만 쫓으며 터럭만큼의 보답도 하지 못하였으니, 늘 부끄럽고 두려운 생각만 들 뿐 스스로 몸 둘 바를 모르겠습니다.

오늘 합사(合司)한 자리에서 어떤 이가 자전(慈殿)에 대하여 말을 꺼냈는데, 신은 망령되게 '인륜상의 큰 변고를 대처하는 일이야말로 막중하기 그지없습니다. 따라서 올바르게 처리하지 못할 경우에는 장차 천하 후세의 비난을 초래하게 될 것이니 섣불리 행해서는 안 됩니다. 마땅히 대신 백관과 널리 의논해 처리함으로써 우리 임금을 요순(堯舜) 보다 나은 곳으로 인도해야 할 것입니다.'고 하였습니다. 신의 견해가 이러한 만큼 형세상 구차하게 동조하기가 어려우니 신을 체직시켜 주소서." 라고 아뢰니, 답한 것이 대사헌과 같았다.

홍문관이 장차 양사의 관리를 처리하려 할 즈음에, 부제학 이성(李惺), 전한 정호선(丁好善)[28], 응교 오정(吳靖), 한찬남(韓纘男), 교리 박정길(朴鼎吉), 권흔(權昕), 수찬 이민구(李敏求), 정광경(鄭廣敬) 등의 상소에 "양사가 나란히 피혐하여 물러갔습니다. 신하로서 임금을 사랑하는 정성이 진실로 그 지극함을 쓰지 않을 곳이 없는데, 인륜의 변고에 대처하는 일이야말로 막중한 일이니 옛날 성왕(聖王)들의 사례를 참고하고 대신과 백관에게 널리 의논하여 임금을 허물이 없는 곳으로 인도하고 후세에 모범이 될 수 있도록 해야 한다

---

28) 정호선(丁好善) : 1571(선조 4)~1633(인조 11) 본관은 나주(羅州). 자는 사우(士優), 호는 동원(東園). 인목대비 폐모론이 대두되자 병을 이유로 사직하였다.

는 주장이야말로 바꿀 수 없는 정론이고, 감히 섣불리 발론하지 못하겠다고 하는 것도 신중하게 처리해야 한다는 의리에 입각한 것입니다. 또 양궁(兩宮)[29]을 각각 다른 곳에 거처하게 해야 한다는 주장이나, 한 궁중에 같이 거처하는 것은 온당치 못하다는 주장이나, 상께서 이어(移御)하시게 해야 한다는 주장 역시 변고에 대처하는 방법을 깊이 강구한 것이고 모두 임금을 사랑하는 정성에서 나온 것이니 어찌 인피해야 할 혐의가 있겠습니까? 다만 종묘사직의 계책을 세울 책임이 묘당에 있다고 한 것은, 변고에 대처할 도리를 반드시 다 말씀드려야 할 상황에서, 말을 하는 즈음에 경솔하게 한 잘못을 면할 수가 없다고 할 것입니다. 갑자기 누이의 상(喪)을 만나 창망한 가운데에 달려나가 의논에 참여하지 못하여 모양이 이루어지지 않은 형세가 그렇게 되었으니, 더욱이 피혐할 만한 것이 아닙니다. 대사헌과 대사간 이하 모두에게 출사를 명하시고 두 장령[30]은 바꾸소서." 하였다.

---

29) 양궁(兩宮) : 임금의 거처와 대비의 거처. 여기서는 광해군과 인목대비.
30) 두 장령 : 정조와 윤인을 지칭함.

내[정시한]가 삼가 생각하건대 계축옥사(癸丑獄事)는 연흥부원군 김제남이 실로 재앙의 중심이 되었다. 그러므로 그의 집안에 기록한 것이 계축년부터 무오년에 이르는 6년 사이의 일이다. 크고 작은 일을 싣지 않은 것이 없으며, 여러 신하의 의논의 옳고 그름의 사이에는 더욱 상세하다. 그 책에 계축년 오월의 일은, 유활, 박홍도가 피혐한 것은 정조, 윤인과 같은 것으로 위에 기록하여 흉당(凶黨)과 악이 같다고 드러내었다. 최유원, 김지남과 나의 조부[丁好寬]와 이지완이 이견을 주장한 것을 그 아래 기록하여 선비들의 정론으로 드러내고 있다. 바로 강신의 일기와 똑 같다. 지금 이 기록으로 살펴보면 선비들 가운데 대론을 만났을 때 병을 칭하고 참가하지 않은 사람도 또한 절개를 세운 사람으로 들어가는데, 나의 조부와 여러 어진 사람이 엄격한 말로 이견을 주장한 절개는 그날 삼사의 여러 신하 가운데서도 진실로 드문 경우이다. 후대의 사람들이 이 기록을 보면 역시 당시의 사실을 분명히 징험해 볼 수 있을 것이다.

상국 오리 이원익[31]의 일기 중의 말

梧里李相國元翼日記中語

을묘년(1615) 2월 5일에 비밀 상소를 올렸는데[32] 대개 "전일에 의논을 모을 때 해당 관아가 공사(公事)를 시행하는 대로 따르겠다고 하였습니다. 다만 생각건대 저주의 일은 두루 대비전에 연결되어 있습니다. 각 도에 포교한 것은 일이 타당하지 않으며 또 항간에서 들리는 것은 차마 들을 수 없는 말이 많으니 '대비께서 장차 위호(位號)를 보전하지 못할 것이다'라고 합니다. 부모가 비록 어질지 못하다해도 자식은 효도하지 않을 수 없는 것입니다. 모자간이란 그 명분이 지극히 크고 그 윤리 기강이 지극히 중합니다. 성상의 치세에 어찌 이런 일이 있겠습니까? 혹시 신이 들은 것이 잘못된 것이

---

31) 이원익(李元翼) : 1547(명종 2)~1634(인조 12). 본관은 전주(全州). 자는 공려(公勵), 호는 오리(梧里). 인목대비 폐위론을 극렬하게 반대하다가 홍천으로 유배되었다.

32) 광해군 7년 2월 5일(壬午) ○ 완평부원군(完平府院君) 이원익(李元翼)의 상차(上箚)

라면 신은 마땅히 망언을 한 죄를 받겠습니다. 임금과 신하는 부모

자식과 같은 것이니 자식이 생각한 바가 있으면 부모에게 모두 말

하지 않을 수 없는 것입니다. 신이 나라의 두터운 은혜를 입고 말

씀드리지 않을 수 없습니다…."라고 하였다.

상소에 대하여 9일에 비답이 비로소 내려왔는데 죄인을 취조하

는 일[推問]을 언급하였다. 합사하여 아뢰기를 '이원익의 죄는 나라

사람들이 모두 죽여야 한다고 말합니다. 신들은 장차 일국의 공론

으로 하루에 두 번씩 궁궐 앞에서 부르짖어 이로부터 3개월을 계

속하였으나 허락하시는 말씀을 아직도 내리지 않으십니다….'라고

하였다. '지난해 정조와 윤인의 말은 비록 말 사이에 밝지 못한 일

이 있었지만 그 본심은 실로 임금을 사랑하는 마음에서 나온 것이

나, 이원익은 감히 이것을 매개로 삼아서 하나의 죄목을 만들어 함

정을 파서 사림을 일망타진(一網打盡)하려는 계획입니다….'라고 하

였다.

생원 홍무적(洪茂績)33) 등이 상소하기를 "신들이 들으니, 선비가

자신을 버리지 않으면 충성이 되지 못하고 말이 귀에 거슬리지 않

으면 간언이 되지 못한다 하였습니다. 그러므로 신들은 본분에 벗어나는 혐의를 피하지 않고 감히 전하의 뜻을 거스르는 죄를 범하니 삼가 성상께서 굽어 살펴주소서. 신들이 삼가 보건대, 이원익은 두 조정의 원로로서 충직 청렴하고 강개하여 한결같은 마음으로 나라에 봉사하였는데, 지금 말실수로 인해 가늠할 수 없는 죄를 입게 되었습니다. 신들은 초야에 있으면서 머리를 맞대고 서로 탄식하다가 연이어 눈물을 흘리면서 말하기를 '우리 임금의 밝은 덕으로 원익의 충성을 헤아리지 못하신단 말인가? 세상에 드문 원익의 충성으로 도리어 불측한 죄를 입는단 말인가?' 하였습니다. 신들이 이원익의 무죄함을 밝히려하니 우레 같은 위엄이 진노하고, 입을 다물고 말하지 않으려 하니 억울함을 당하는 원한이 실로 깊어집니다. 이리하여 망설이며 말하고자 하다가 그만둔 것이 한두 번이 아니나, 충심에서 일어나는 분함을 참을 수가 없습니다.

---

33) 홍무적(洪茂績) : 1577(선조 10)~1656(효종 7). 본관은 남양(南陽). 자는 면숙(勉叔), 호는 백석(白石). 1615년 정조, 윤인, 이위경 등이 인목대비 폐모론을 제기하자, 이에 반대하고 이들을 목 벨 것을 상소하였다.

신들은 삼가 생각건대 전하께서는 세자로 계실 때부터 인효(仁孝)의 덕이 세상에 드러났었는데, 급기야 보위에 오르자 불행하게도 인륜의 변을 당하였습니다. 이진(李珒)[34], 이의(李㼁)[35]의 변란에 백관이 조정에 가득 모여 법으로 처리할 것을 청하였으나 전하께서는 이를 허락하지 않고 측은히 여기는 뜻을 보였으니 전하의 깊은 우애가 참으로 지극하다 하겠고, 정조, 윤인, 이위경 등의 말이 모후를 범하여 패륜적인 언사를 쓰자 전하께서는 서슴지 않고 관직을 삭탈하여 성문 밖으로 내치셨으니 전하의 효성이 참으로 지극하다 하겠습니다. 비록 순임금이 변란에 대처하는 지혜라 하더라도 이보다 더할 수는 없을 것입니다. 성상의 우애로 다져진 덕성과 효도를 다하는 정성을 나라 사람들은 우러러 바라보며 흐뭇하게 여깁니다.

---

34) 이진(李珒) : 1574(선조 7) ~ 1609(광해군 1). 임해군. 선조의 서자.
35) 이의(李㼁) : 영창대군(永昌大君). 1606년(선조 39) ~ 1614년(광해군 6). 인목왕후의 소생이다. 광해군이 왕위에 오르자 서인(庶人)으로 강등되고 만 8세의 나이에 강화부사 정항(鄭沆)의 손에 죽음을 당했다.

이원익은 자신이 원로가 되어 임금을 사랑하는 충심을 지녔는데 어찌 전하의 사심 없는 덕의(德義)를 알지 못하겠습니까? 신들이 삼가 이원익이 올린 차자를 보건대 그 마음의 소재를 알기 어렵지 않습니다. 정조, 윤인의 무리가 한 말이 모후를 범하여 모두 처벌을 받았으나 얼마 안 되어 이내 관직이 회복되어 혹은 대각을 차지하고 청반 요직에 발탁됨으로써 인심이 흉흉하며 길거리가 시끄러웠습니다. 이원익은 이미 민심이 이와 같음을 알았고 또 사람들의 말이 이와 같음을 들었으니, 어찌 자신과 아무런 관계가 없는 듯이 여길 수 있으며, 품은 생각이 있으면 반드시 아뢴다는 의리를 생각지 않겠습니까? 이원익의 생각에는 필시 '우리 임금의 효성에 이런 일이 있겠는가? 우리 임금이 변란을 대처함에 이런 말이 있겠는가? 내 어찌 길거리에서 들은 것이라고 방치하여 임금에게 고하지 않겠는가?' 라고 여기어 길거리에서 들은 것으로 장차(章箚)를 밀봉하기에 이른 것이니 이는 실로 대신이 사전에 미리 아뢴다는 뜻입니다.

옛날에 송나라 영종황제(英宗皇帝)는 그 신하 한기(韓琦)에게 이르기를 '태후(太后)가 나를 은혜롭게 대하지 않는다.' 하니, 한기가 대답하기를 '예로부터 밝으신 제왕이 적지 않았으나 유독 순임금만을 대효라고 하였으니 이것이 어찌 그 나머지는 모두 불효자이기 때문이었겠습니까? 부모가 자애하고 아들이 효도하는 것은 당연한 일이기 때문에 다시 언급할 것이 없고, 부모가 사랑하지 않는데도 아들이 그 도리를 잃지 않아야 곧 효라고 칭할 수 있는 것입니다.' 하니, 황제가 깊이 깨닫고서 그 후부터는 다시는 태후의 단점을 말하지 않았다[36]고 합니다. 당시에 이것으로 한기를 처벌하였다는 말을 듣지 못하였으며 오히려 사책에 써서 미담으로 전해 오고 있습니다. 더구나 우리 전하께서는 순임금과 같은 효성으로 영종황제와 같은 과실이 없는 처지이신데, 이원익이 어찌 전하의 효성을 몰라서 전하에게 이런 마음이 있고 이런 일이 있다고 말하였겠습니까?

천지 귀신이 환하게 알고 있으며 삼엄하게 나열하여 있으니 이

---

36) 원(元) 진력(陳櫟) 찬(撰), 『역대통략(歷代通略)』 권3.

원익의 본심은 속일 수 없습니다. 그의 차자에 '성인은 인륜의 극치인데 성명의 시대에 어찌 이런 일이 있겠습니까?' 하였으니, 이는 이원익이 진실로 전하의 효성을 믿고 항간의 말을 의심한 것입니다. 아, 이원익이 평생 동안 임금을 사랑하고 나라를 걱정하는 정성은 성상께서 헤아려 살피시는 바이며 나라 사람들이 모두 아는 바입니다. 이제 죽을 나이가 되어서도 오히려 임금을 잊지 않았으나 말을 다듬지 않아 임금의 노여움을 사게 되었습니다만, 오직 믿는 것은 성상이고 의지하는 것은 충신(忠信)이며 사랑하는 것은 군부이고 걱정하는 것은 나랏일입니다. 그 본심을 추구할 때 어찌 다른 생각이 있었겠습니까?

신들이 삼가 이위경 등의 상소를 보니 '어머니의 도리를 이미 스스로 끊었습니다.' 하였고, 정조와 윤인의 말에는 '국모로 대접할 수 있겠습니까?'라고 하였습니다. 만약 국모로 대접하지 않는다면 모후를 어느 곳에 둔단 말입니까? 당시의 신민이 모두 이르기를 '전하께서 필시 그들을 극형으로 다스리실 것이다.'고 하였는데, 한 해도 넘기기 전에 청반 요직에 배치하였고, 시론 역시 그를 처벌해야 한다는 말이 한마디도 없었습니다. 이원익이 길거리의 말을 듣고 차마 임금을 잊을 수 없어 망령되이 임금께 알리어 항간의 의문을 풀어보려는 것이었는데 여론은 임금에게 악명을 가한다고 하니, 논자들의 의도는 무엇에 근거하여 그러는 것인지 알지 못하겠습니다. 아, 임금을 기만한 자는 정조와 윤인 같은 자가 없는데 전하께서는 그들을 버리지 않을 뿐 아니라 그들을 높이 드러내 주기까지 하시고, 임금을 사랑하는 자는 이원익 같은 이가 없는데 그를 거스를 뿐 아니라 그를 처벌까지 하시니, 신들은 전하의 좋아하고 싫어하는 도리에 혹시 미진함이 있는가 의심스럽습니다.

신들은 듣건대, 신하로서 능히 충성을 다하는 자는 감히 말하기 어려운 일을 피하지 않고, 임금으로서 용납하기를 잘하는 이는 항상 말하기 어려운 말을 듣고자 한다고 하였습니다. 그러한 연후에 밑에서는 실정을 숨기는 일이 없고, 위에서는 귀와 눈이 막히지 않아 사악함이 일지 않고 화란이 생기지 않을 것입니다. 이원익이 우레 같은 위엄을 범하면서 말하기 어려운 일을 발언한 것은 사실 임금을 사랑하기 때문이지 다른 이유가 있어서 그런 것이 아닙니다.

전하께서 시험 삼아 정조, 윤인과 이원익의 문제에 대하여 사람들의 의사를 듣는다면 누구를 죄주고 누구를 죽이라 하겠습니까? 사람들이 모두 이원익을 죄주라고 하면 그에게 죄를 주는 것이 옳고, 사람들이 모두 이원익을 놓아주라고 하면 그를 놓아주는 것이 옳습니다. 만약 나라 사람들의 말에 조금이라도 합치되지 않음이 있어 죄주어서는 안 될 자에게 죄를 주고 놓아주어서는 안 될 자를 놓아준다면 어찌 이를 공론이라 하겠습니까? 신들의 어리석은 소견은, 이원익 같은 자는 비록 백 번 죽임을 당한다 하더라도 민심을 진정시키지 못하고, 다만 이원익으로 하여금 외로운 충성심만을 안고 성인의 세상에 원통히 죽게 할 뿐이라고 봅니다. 반드시 정조와 윤인의 무리를 죽여 사람들에게 사죄한 연후에야 항간의 의심을 제거하고 민심을 진정시킬 수 있을 것입니다.

아, 자고로 충직한 신하가 그 말이 과격하고 절박하지 않으면 그 임금의 마음을 감동시키지 못하였습니다. 그러므로 주창(周昌)이 한 고조(漢高祖)를 걸주(桀紂)에 비교하였으나 한 고조는 그를 죄주지 않았고, 유의(劉毅)가 진 무제(晉武帝)를 환제(桓帝), 영제(靈帝)

에게 비유하였으나 진 무제는 그를 죄주지 않았습니다. 전하의 천지와 같은 도량과 일월과 같은 총명으로 어찌 높은 충절을 가진 한 원로를 포용해주지 못해서 사람으로 하여금 전하의 마음을 엿보게 하신단 말입니까? 관직을 삭탈하여 성문 밖으로 내치라는 명이 내려지자 온 나라가 실망하고 있으니, 전하의 넓은 도량이 천지와 함께 그 광대함을 함께 하지 못할까 걱정입니다.

신들이 마음속에 품은 생각을 다 아뢰며 곧장 성문에서 통곡하고 싶지만 그럴 방도가 없습니다. 신들은 모두 초야의 비천한 자들로 망령된 말을 함부로 올렸으니 아침에 봉장(封章)을 올리고 저녁에 죽어날 것을 모르는 것은 아닙니다만 충성심이 북받쳐 말을 가리지 않고 하였습니다. 차라리 성상에게 죽임을 받을지언정 한 가닥의 공론이 막혀서 없어지게 할 수는 없습니다. 삼가 바라건대 성상께서는 천지와 같은 도량을 넓히시고 일월과 같은 눈을 뜨시어 속히 정조, 윤인, 이위경 등을 처벌하여 성상의 지극히 성실하고 한결같은 효성을 빛내고, 이원익의 높은 충절을 특별히 용서하여 나라 사람들의 공변된 논의를 표현할 수 있도록 해주어 후세 사람으로 하여금 대성인의 처리한 일이 예사롭지 않은 데서 나왔음을 알게 하소서. 그러면 종사의 다행이며 신민의 다행이겠습니다." 하였다.

진사 정택뢰(鄭澤雷)[37] 등의 상소의 줄거리는 정조, 윤인, 이위경 등의 죄를 속히 바로잡고, 특별히 임금을 사랑하고 나라를 걱정하는 원로대신[이원익]을 용서하여 한 나라의 신하와 백성이 바라는 일을 거두어 달라고 하였다. 유생 김효성(金孝誠)등의 상소도 홍무적이나 정택뢰의 상소와 비슷하다.

---

37) 정택뢰(鄭澤雷) : 1585(선조 18)~1619(광해군 11). 본관은 하동(河東). 자는 휴길(休吉), 호는 화강(花岡). 정인지의 7대손. 1615년 홍무적, 김효성 등과 더불어 이원익을 변호하고, 이이첨 일파를 치죄할 것을 주장하다가 유배되었다.

진사 이위경 등의 상소

進士李偉卿等疏

일기에는 전문을 베껴 두었으나 여기서는 다만 그 개요만을 적는다.

그 대략에 '모후가 안으로 무고하고 밖으로 역모에 응하여 어머니의 도를 이미 스스로 끊었고, 왕자는 역적에게 추대되어 흉악한 음모가 은혜를 깨뜨리니 동기간의 정도 역시 스스로 끊은 것입니다.' 고 하였다.

부제학 이성, 전한 정호선, 응교 오정, 부응교 한찬남, 교리 민유경(閔有慶), 박정길, 부교리 오익(吳翊), 홍방(洪霶), 수찬 조명욱(曺明勗), 정광경 등이 차자를 올렸다.

대사간 이지완이 "신의 지극한 어리석음으로"라고 하며, "오늘 합사(合司)한 자리에서 어떤 이가 자전(慈殿)에 대하여 말을 꺼냈는데, 신은 망령되게 '인륜상의 큰 변고에 대처하는 일이야말로 막중하기 그지없습니다. 따라서 올바르게 처리하지 못할 경우에는 장차 천하 후세의 비난을 초래하게 될 것이니 섣불리 행해서는 안 됩니다. 마땅히 대신 백관과 널리 의논해 처리함으로써 우리 임금을 요순(堯舜)의 위로 인도해야 할 것입니다.'고 하였습니다. 신들의 어리석은 견해가 이러한 만큼 구차하게 동조할 수 없습니다."라고 하였다.

대사헌 최유원, 집의 김지남, 지평 정호관이 "이번 김제남의 일이야말로 흉악하게 역모를 꾀한 그 정상이 정말 천고에 있지 않았던 일이므로 혈기를 머금고 있는 자들 모두가 애를 태우며 뼈에 사무치게 통분해 하고 있습니다. 그리하여 삼사가 미리 입을 맞추지 않았는데도 똑같은 계사를 올리고 백관이 모두 조정에 나와 국법으로 이의(李㻶)를 처단할 것을 청하고 있는데, 이는 실로 종묘사직의 대계를 위한 것인 만큼 전하의 개인적인 정리 때문에 용서해 주는 바가 있어서는 안 될 것입니다. 그리고 자전에 대해서는 신하된 입장에서 어떻게 감히 의논드릴 수가 있겠습니까? 반드시 옛 성왕(聖王)들께서 온당하게 변고에 대처했던 사례들을 참고하여, 그렇게 행해도 마음에 아무런 거리낌도 없게 된 뒤에야 후세의 비난을 면할 수 있을 것입니다. 대체로 신하가 임금을 섬기는 도리에 있어서는 우리 임금을 허물이 없도록 하는 것이 가장 중요한 도리라고 할 것인데, 신들이 어떻게 감히 사리를 돌아보지 않고 섣불리 발론함으로써 한결같은 우리 성상의 지극한 효심을 손상시킬 수가 있겠습니까? 신들의 구구한 생각이 실로 여기에서 연유되었기 때문에 오늘 합사한 자리에서 모후의 문제를 말한 사람이 있었어도 구차하게 동조하여 의논에 참여할 수가 없었습니다."라고 하였다.

장령 정조, 윤인이 "모자 사이로서…."라고 말하였다.

사간 최동식(崔東式)[38]이, "오늘 합사한 자리에서 모후에 대한 말을 꺼낸 자가 있었습니다. 그러나 이와 같이 중대한 일을 어떻게 섣불리 행할 수 있겠습니까?"라고 하였다.

헌납 유활이 "국가의 불행으로써 변고가 지친(至親)에서 생겼고 모후에 대한 일이 이미 유생들의 상소에까지 나왔으니 언관의 책임이 있는 자로서 진정 끝까지 침묵을 지킬 수는 없으므로 오늘의 의논이 있게 되었습니다. 그러나 성상의 지극한 효심으로 변고에

---

38) 최동식(崔東式) : 1562(명종 17)~1614(광해군 6). 본관은 삭녕(朔寧). 자는 정칙(正則). 호는 율정(栗亭). 1613년(광해군 5) 사간에 임명되었으나 병을 핑계로 취임하지 않았다.

대처하는 방도는 신하의 감동을 기다리지 않고 그 지극함을 쓰지 않는 바가 없으시니 임금을 허물이 없는 곳으로 이끌어야 할 것입니다. 다만 이미 스스로 종묘사직과 관계를 끊어서 같이 한 궁중에서 거처하는 것이 과연 괴롭고 거북하게 되었습니다. 그래서 발론(發論)하였지만 마침내 헛되이 그만두게 되었으니, 신의 죄는 또한 책임을 면하기 어렵습니다."라고 하였다.

정언 박홍도가 아뢰기를, "모후에 대한 일이 유생들의 상소에까지 나왔고 보면 언관의 책임이 있는 자로서는 오늘과 같은 논의가 당연히 있어야 할 것입니다. 다만 인륜의 변고에 대처하는 것이야말로 중대한 일인 만큼 모름지기 온당하게 처리할 방도를 얻어 마음에 부끄럽지 않게 행한 뒤에야 변란에 대처할 방법을 얻을 수 있을 것입니다. 그런데 일단 인륜의 큰 변고를 만난 이상 함께 같은 궁에 계시게 하는 것은 형세상 거북한 점이 있다고 여겨졌습니다. 그래서 신이 전일에 감히 논의하는 석상에서 거처를 옮기는 일을 발론하여 성상께 진달 드린 것은 실로 이러한 이유입니다. 성상께서 거처를 옮기신 뒤에 모후는 그대로 이 궁에 있게 하면서 상세히 의논해 처리해도 안 될 것이 없을 것입니다. 그런데도 논의가 여러 갈래로 나뉘어져 끝내는 일치되지 않는 결과가 되고 말았으니 신들은 죄를 면하기 어렵습니다."라는 말들을 하였다.

지평 이성구가 아뢰기를 "신이 어제 출근한 뒤에 누이동생이 죽었다는 말을 갑자기 듣고는 어쩔 줄 모르고 급히 뛰어나가는 바람에 합사의 회의 석상에서 이루어진 논의에 미처 동참하지 못했다가, 문이 닫힌 뒤에 비로소 정원의 계사에 대해 내리신 비답을 보고는 신이 놀랍고 두려운 마음을 가누지 못한 채 대궐로 달려 왔습니다. 그런데 삼가 동료가 피혐한 사연을 보건대 신의 소견 역시 최유원 등과 다름이 없으니 어제 분주하던 때에 일을 제대로 처리하지 못하여 마땅함을 잃었으며, 법관의 신분으로서 체면을 해치니 그대로 직임을 맡기가 어렵습니다."라고 하였다.

홍문관의 차자에 "양사가 나란히 피혐하여 물러갔습니다. 신하로서 임금을 사랑하는 정성이 진실로 그 지극함을 쓰지 않을 곳이 없는데, 인륜의 변고에 대처하는 일이야말로 막중한 일이니 옛날 성왕(聖王)들의 사례를 참고하고 대신과 백관에게 널리 의논하여 임금을 허물이 없는 곳으로 인도하여 후세에 모범이 될 수 있도록 해야 한다는 주장이야말로 바뀔 수 없는 정론입니다. 감히 섣불리 발론하지 못하겠다고 하는 것도 신중하게 처리해야 한다는 의리에 입각한 것입니다. 그 '양궁(兩宮)'을 각각 다른 곳에 거처하게 해야 한다'는 주장이나, '한 궁에서 같이 처하면 괴롭고 거북하다'는 주장이나, '상께서 거처를 옮기시게 해야 한다'는 주장 역시 변고에 대처하는 방법을 깊이 강구한 것이니 모두 임금을 사랑하는 정성에서 나온 것으로 어찌 책임을 져야 할 혐의가 있겠습니까? 다만 종묘사직의 계책을 세울 책임이 묘당에 있다고 한 것은, 변고에 대처할 도리를 반드시 다 말씀드려야 할 상황에서 말을 하는 즈음에 경솔하게 한 잘못을 면할 수가 없다고 할 것입니다. 갑자기 누이의 상을 만나 창망중에 달려나가 의논에 참여하지 못하여 모양이 이루어지지 않은 것은 형세가 그러한 바이니 더욱이 인혐(引嫌)할 바가 없는 것입니다. 청컨대 이지완, 최유원, 김지남, 정호관, 최동식, 유활, 박홍도, 이성구 모두에게 출사를 명하시고 정조와 윤인은 바꾸소서."라고 하였다.

내가 살펴보건대 오리 이원익 재상의 일기 가운데 이위경의 상소와 옥당이 양사의 관원을 출사시키라는 차자는 계축년(1613) 5월의 일이지만, 지금 을묘년(1615)의 일기 중에 기록한 까닭은, 대개 오리 상공이 을묘년에 죄에 걸려있을 때 진계(陳啓)한 차자 때문이다. 그때[계축년]의 일기 속에 있는 그 차자의 줄거리와 양사의 죄를 청하는 계사(啓辭)[39] 뿐 아니라, 홍무적 등 여러 유생들의 상소 속에도 이위경, 정조, 윤인의 죄를 속히 바로 잡으라는 말들이 기록되어 있다. 그러므로 계축년 이위경의 상소와 옥당의 처치하는 차자를 근거로 하여 그 시말(始末)을 밝혔다. 참봉 이후성(李后晟)씨의 초록은 이 기록에서 나왔다. 아산 조구로(趙九輅) 형제에게 글을 주었을 때 계축년의 일을 을묘년의 일로 잘못 기록하였다. 아마 원래의 기록을 참고하고 따져보는 것이 치밀하지 못하여 그런 듯한데 보는 사람이 자세히 알 수 있다.

---

39) 계사(啓辭) : 죄를 논하여 임금에게 올리는 글.

종조 감사 정호선의 묘갈명 중의 말

從祖監司諱*好善*墓碣銘中語

창석(蒼石) 이준(李埈)[40)]이 지은 것이다.

계축년에 전한(典翰)[41)]으로 옮겼을 때 무고의 옥사가 일어났다. 말이 모후에게 연결되었으니 적신(賊臣) 정조, 윤인이 처음으로 폐모의 논의를 시작하여 이에 별궁으로 나가서 거처하게 되었다. 대석(臺席)에서 발론하였는데 공의 형인 정호관이 지평으로서 불가하다고 하였다. 정조와 윤인 등이 피혐하여 그 무리인 한찬남, 박정길 등이 옥당에 있으면서 힘써 정조와 윤인의 의논을 주장하였고 헌납인 유활이 흉악한 무리들의 편에 서서 지지하니 공이 차자를 올려 아울러 체직하여 달라고 청했다.

---

40) 이준(李埈) : 1560(명종 15)~1635(인조 13). 본관은 흥양(興陽). 자는 숙평(叔平), 호는 창석(蒼石).

41) 전한(典翰) : 홍문관 종3품 벼슬.

내가 삼가 연흥부원군 집안의 일록(日錄)을 살펴보건대 계축년 5월 옥당이 양사의 관리를 처리하며 정조와 윤인을 체직하라고 청한 뒤에, 6월 22일 헌납 유활, 정언 박홍도, 유학 조경기(趙慶起) 등이 정조, 윤인, 이위경에게 죄를 주라고 청한 상소로 인하여 다시 피혐하였다. 같은 달 23일 옥당의 전한 정호선, 응교 오정, 교리 홍방, 이민성(李民宬)[42], 수찬 권흔(權昕)이 차자하여 체직을 청하였고, 유활 등과 부응교 한찬남, 교리 박정길의 의논이 같지 않았으나 쫓아야 한다는 등의 말을 했다.

그렇다면 정조, 윤인 등이 피혐한 것은 5월이고 한찬남, 박정길, 유활 등이 힘써 정조와 윤인의 의논을 주장한 것은 6월이니 옥당에서 올린 전후의 처치 차자와 감사 종조(從祖)는 모두 그것에 해당하니 따라서 창석이 묘갈에서 합하여, 공이 차

---

42) 이민성(李民宬) : 1570(선조 3)~1629(인조 7). 본관은 영천(永川). 자는 관보(寬甫), 호는 경정(敬亭). 경상도 의성 출생. 폐모론이 부당하다는 내용의 차자를 올렸다가 이이첨 등의 모함을 받아 삭직되었다. 인조반정 후 사헌부 장령으로 복직하였다.

자를 올려 함께 체직을 청했다고 하였다. 5월의 차자는 이미 위에 적었으므로 6월의 차자는 이에 붙인 것이다.

그 대략에 "국가가 불행하여 반역이 밖에서 일어나고 무고(巫蠱)가 안에서 일어나니 신민의 고통이요 인륜의 변고이며 실로 예전에 있지 않았던 일입니다. 토역의 의논은 엄격하지 않을 수 없고 변고를 처리하는 방법은 역시 다하지 않을 수 없습니다. 진실로 두 가지에 있어서 터럭만큼의 미진함이라도 있으면 국법이 행해지지 못할 바가 있고 인도(人道) 역시 거의 없어질 것입니다. 전하의 지극한 효심이 천고에 없던 변고를 만나니 일국의 신민이 전하에게 바라는 것이, 어찌 옛 성인의 지극한 도리로서 오늘의 법을 삼는 것이 아니겠습니까?

근래에 정조와 윤인 등이 이위경 등의 상소를 모아서 자전을 직접 배척하였으니 심지어 '마땅히 끊어야할 악이 드러났다'고 하고, 또 '오늘날 신하가 국모로서 대접할 수 없다'고 하고, 또 강씨가 주(邾)로 쫓겨간 것을 인용하여 모후를 옮기는 말로서 결론을 맺고 있으니 신등이 보는 바는 이것이 어찌 신하가 말 할 수 있는 말이겠습니까? 그가 윤리기강에 죄를 얻는 것이 심한 듯합니다. 지금 말들이 많지만 명백한 것은 정조와 윤인의 입장을 위하는 말이 아닌 것이 없습니다. 그 피혐하는 말 가운데 각각 처한 두 글자를 뽑아보면 당초의 주된 뜻을 덮어 또 무고의 옥이 마치 헛되이 없었던 것 같이 말합니다. 대개 그 이어의 의논은 국인이 같이 하는 바이고 무고의 자취는 환히 나타나 의심할 바가 없다고 하는데, 유활의 말은 무엇에 근거하여 이토록 터무니없는 말을 하는지 알 수가 없습니다. 그 마음이 있는 곳을 진정 헤아릴 수가 없습니다."라고 하였다.

나의 조부[정호관]와 감사 종조부[정호선]는 형제로서 조정에서 나란히 사류의 기대를 받았는데, 마침 천고에 없었던 변고를 만나 조부가 엄격한 말로 헌부에서 앞장서 대론(大論)을 막았고, 종조는 홍문관에서 상소를 바쳐서 정조와 윤인을 체직하도록 논박하였으니, 형이 선창하고 동생이 화답하여 동시에 절개를 완전히 하였으므로 일시의 사론(士論)이 옳게 여기지 않는 이가 없었다. 그래서 창석 공이 특별히 종조의 묘갈명에 이같이 쓴 것이니, 불가하다는 주장을 견지했다고 말한 것은 빼앗기 어려운 지조를 나타내어 깊이 인정한 말이다. 그 뒤에 조부가 영해(嶺海)의 수령으로 나가자 창석과 우복[정경세], 경정[이민성]의 여러 현인들이 연이어 시편을 보내어 번갈아 가며 주고받았다. 조부가 돌아가시자 모두 만사를 지어 곡하였는데 심히 슬퍼하는 뜻이 말에 넘치게 드러나니, 조부가 사론의 인정을 받은 것을 역시 볼 수 있다고 하겠다.

옛날을 생각하니 관복입고 같이 조정에 섰을 때

풍모가 우뚝하여 백관을 감동시켰네.

해변 고을에서 잠시 공무에 수고로웠더니

가는 마을마다 노랫소리 두루 들리네.

바야흐로 악어[43]를 교화했다 청사에 쓰여졌고

날던 오리[44]가 문득 높은 하늘에서 내려와 알리네.

---

43) 악어[鰐] : 한유가 조주자사(潮州刺史)로 좌천되었을 때 「악어문(鰐魚文)」을 지어 악어를 물리쳤던 고사로 정호관의 처지를 빗댄 듯.

44) 오리[鳧] : 오리는 자기 현재의 분수를 잘 지키는 사람을 상징하는 새다. (『詩經』

만장이 낙동강 가를 거듭 지나니

비바람 견딜 수 없어 해 저물 녘 쓸쓸하구나.

  憶昔簪橐忝同朝, 風裁昂然動百僚.
  海邑暫時勞簿牒, 閭閻隨處遍歌謠.
  方看化鰐書靑史, 忽報飛鳧返絳霄.
  丹旐洛濱重過地, 不堪風雨暮蕭蕭.

                                          이준

매화 떨어지기 전에 형문(衡門)[45] 을 지나더니

매실 익으려하자 부고(訃告) 이미 들리네.

옥처럼 맑은 모습 아직도 눈에 선한데

가을에 즐겁게 보자는 말 거짓말이 되었네.
 - 공의 벼슬이 가을에 만기가 되니, 돌아 갈 때에 다시 방문하겠다는
   대답이 있었다.-

덧없는 삶, 필경 어찌 꿈이 아니랴

지난 일 돌아보니 꼭 구름 같구나.

「大雅」 부예(鳧鷖). 여기서는 정호관이 좌천되었지만 자신의 소임을 제대로 수
행한다는 의미인 듯.

45) 형문(衡門) : 은자(隱者)가 사는 곳을 비유적으로 이르는 말.

창밖의 매화 한 가지는 내년에 피리니

가지를 잡고서 시혼을 불러 견뎌 내리라.

> 梅花未落過衡門, 梅子初黃訃已聞.
> 玉鏡淸標猶在目, 素秋良覿謾成言.
> －公官滿在秋, 歸時有重訪之諾.－
> 浮生到底誰非夢, 往事回看只似雲.
> 窓外一枝來歲發, 可堪攀繞喚詩魂.

정경세(鄭經世)[46]

앵두나무 꽃 교대로 빛을 비추고

깃발 남쪽에 태수의 영화 있네.

소금을 거두는 풍성한 땅과

옥을 이은 듯이 아름다운 두 형제여.[47]

푸른 노로 신선 사는 섬을 엿보고

---

46) 정경세(鄭經世) : 1563(명종 18)~1633(인조 11). 본관은 진주(晉州). 자는 경임(景任), 호는 우복(愚伏). 유성룡의 문하에서 수학하였다.

47) 형제 : 연벽(連璧)으로 두개의 아름다운 구슬로 형제를 비유함. 이난(二難)은 왕발(王勃)의 「등왕각서(滕王閣序)」에서 나온 말로, 주빈이나 형제를 의미함. 여기서는 형제를 뜻하는 듯.

하늘에서 바다의 고래를 끄네.

화려한 글 아직 손에 있는데

흉악한 부고 갑자기 들리네.

꿈인가 했더니 다시 꿈이 아니니

곡소리도 내지 못했는데 이미 소리 잃었네.

통달한 재능은 응당 숙련되고 민첩하고

도와 지혜는 더욱 정밀하고 밝구나.

붓을 잡으면 사사로움에 얽매임 없고

벼슬에 있을 땐 절대로 명성만 추구하지 않네.

벗을 향해 진심을 보여주니

이르는 곳마다 인정을 얻었네.

어떻게 하여야 그대의 은혜 갚을까

우리백성 편안히 쉴 수가 없어졌네.

고갯마루 구름이 떠나는 상여를 따르고

강 가의 빗물 만장을 흩날리고

구현(駒縣)이 오직 새로운 마을이 되고

용양(龍驤)[48]은 바로 옛 무덤이 되었네.

바다와 호수가 그대의 호매한 기운 거둬가니

하늘과 땅이 외롭게 흐느끼네.

상여 보냄에 몸소 돕기 어렵고

시를 쓰니 눈물이 쉽게 차는구나.

백두옹(白頭翁)이 헛되이 칼을 잡고 이별하니

작은 정성 바칠 길이 없구나.

棣萼交輝映, 麾南五馬榮.
課鹽全盛地, 連璧二難并.
棹碧窺瓊島, 摩靑掣海鯨.
華篇猶在手, 凶訃遽承聆.
似夢還非夢, 呑聲已失聲.
通材應鍊敏, 術智更精明.
秉筆無私累, 居官絶近名.
披誠向朋友, 到處惜人情.
何計酬君惠, 無由息我氓.
嶺雲隨旅櫬, 江雨送銘旌.

---

48) 용양(龍驤) : 수군(水軍)을 가리킨다. 서진(西晉)의 용양장군(龍驤將軍) 왕준(王濬)
이 수군을 이끌고 오(吳)나라를 정벌하여 금릉(金陵)을 함락시킨 고사가 있다.
(『晉書』 卷42 「王濬傳」) 여기서는 바닷가를 의미한다.

駒縣惟新里, 龍驤卽舊塋.
海湖收爽氣, 天地泣孤熒.
執紼躬難助, 題詩淚易盈.
白頭空把劍, 無路效微誠.

이민성

큰 재주와 빼어난 모습 무리에서 뛰어났고

머나먼 시골에서 몸을 낮추니 인재를 잃었네.

술이 어찌 타고난 목숨을 죽일까

습한 풍토병이 오히려 정신을 해치네.

수령되어 천리에 굴레 쓰고 다닌 지 오래

수놓은 운구 삼경에 새 장지로 돌아오네.

반백년 세월에 고관[49)에 올랐으나

저 세상 어느 곳에 경륜을 쌓아 둘까?

시례(詩禮)의 가정에서 교화의 은택이 융성하고

문에는 선비가 가득하고 급제자가 숲을 이루네.

---

49) 고관 : 초옥(貂玉)은 초선관(貂蟬官)과 옥관자(玉貫子)로 높은 관직을 뜻함.

두 형은 이미 떠나가 신선을 이어 놀고 있고

세 아우 오히려 살아있으나 속된 생각 없구나.

늙고 병든 아내는 슬픔이 다하고

글 밝은 효자 있으니 경사(慶事)가 끝이 없네.

같은 이웃의 두터운 정의(情誼) 서신이 잦아

필적이 상자 속에 있으니 어찌 견디리.

> 宏才秀骨異常倫, 屈跡遐荒亦失人.
> 麵蘗安能戕性命, 瘴氛猶得損精神.
> 銅章千里羈遊久, 黼翣三庚返葬新.
> 半百年光止貂玉, 夜臺何處蘊經綸.
> 詩禮家庭敎澤隆, 盈門鸞鷟桂成叢.
> 兩兄已去仙遊繼, 三弟猶存世念空.
> 哀病寡妻哀有盡, 文明孝子慶無窮.
> 同隣厚誼頻書信, 手跡那堪在篋中.

심희수(沈喜壽)[50]

---

50) 심희수(沈喜壽) : 1548(명종 3)~1622(광해군 14). 본관은 청송(靑松). 자는 백구(伯
懼), 호는 일송(一松), 수뢰루인(水雷累人). 계축옥사가 일어나 김제남이 죽고 영
창대군을 해치려 하자 이항복, 이덕형 등과 강력하게 부당성을 논했다.

종조 진사인 정호제(丁好悌)공 역시 성균관 유생 이안진(李安眞)과 권심(權淰)이 정조, 윤인, 이위경 삼적을 죽이라는 소를 올릴 때에 참여하였다. 우리 조부 형제 삼인이 정조와 윤인에 대하여 통렬하게 배척하고 심히 미워한 것이 이렇게 선명하고 밝게 드러나는데도 동계(桐溪)[51]의 상소와 용주(龍洲)[52]의 글에서는 도리어 정조나 윤인과 섞어서 부르니, 이것은 이른바 물과 불, 얼음과 숯을 한 그릇에 담는 것이다. 시비(是非)가 뒤섞임이 세상에 간혹 있지만, 어찌 이같이 잘못됨이 있겠는가?

---

51) 정온(鄭蘊) : 1569(선조 2)~1641(인조 19). 본관은 초계(草溪). 자는 휘원(輝遠), 호는 동계(桐溪), 고고자(鼓鼓子). 영창대군이 피살되자 격렬한 상소로 정항의 처벌과, 폐모론의 부당함을 주장하다가, 국문을 받고 제주도에 위리안치하였다.

52) 조경(趙絅) : 1586(선조 19)~1669(현종 10). 본관은 한양(漢陽). 자는 일장(日章), 호는 용주(龍洲)·주봉(柱峯). 1612년(광해군 4) 사마시(司馬試)에 합격했으나 광해군의 난정으로 대과를 단념하고 거창에 은거하였다. 인조반정 후 형조좌랑, 목천현감 등을 지냈다.

동계 정온의 갑인년 상소

鄭桐溪薀甲寅疏

지난번에 정조, 윤인, 정호관 등이 대비를 폐위하고 아우를 죽이자는 의논을 앞장서서 발의하면서, 동료에게 상의하지도 않고 다른 관사에 통지하지도 않았으며, 대신에게 보고하지도 않고 여러 재신들에게 묻지도 않고는 회의 석상에서 몰래 발의하고 피혐하는 중에 갑자기 나타냈습니다. 그 신중함이 한 수령을 논핵하고 한 말단 관원을 탄핵할 때에 하는 신중함만도 못하였으니, 그들의 마음을 알기 어렵지 않습니다. 대개 근년 이래로 요행의 문이 한번 열리자 훈명(勳名)이 크게 남발되고 있는데, 공을 탐하고 화를 즐기는 무리들이 잇따라 일어나서 우리 임금의 지친(至親)을 자신의 부귀의 수단으로 삼기에 이르렀으니, 비유컨대 짐승을 쫓는 자가 남들을 밀어 제치고 홀로 달려가서 먼저 잡는 공을 얻기 바라는 것과 다름이 없습니다. 아, 신하된 자로서 이런 짓을 차마 할 수 있겠습니까?

내가 삼가 살펴보건대 계축년간을 당하여 영창대군이 유폐되어 죽고 대론이 시작된 뒤에 충의의 선비들이 목숨을 돌아보지 않고 궁문에서 울부짖은 자가 앞뒤에 발꿈치가 서로 이었으니 이안진, 조경기, 정복형(鄭復亨), 권심, 이명달(李命達), 홍무적, 정택뢰, 김효성 등 여러 사람들의 상소는 모든 것을 다 기록하지는 못하였으나 한결같이 이위경, 정조, 윤인을 들어 삼적(三賊)이라고 하였다. 그 뒤에 백사, 우복, 창석 등 여러 현인이 문자로 저술한 것과 오리 이원익, 이상 강신 등 여러 명가가 의논을 기록한 것이 저 같이 명백한데도 유독 동계의 한 상소만 이렇게 증거 없는 말을 하였다. 그래서 의논하는 사람들이 '동계의 상소는 각각 가리키는 것이 있으니, 폐비의 의논은 정조와 윤인에게 있고, 또 아우를 죽이는 의논[살제(殺弟)]은 나의 조부에게 돌아오는 것인데, 이것을 섞어서 쓴 것이다.'고 말한다. 이것은 마치 그럴 듯하지만 그 사실을 아는 사람은 오히려 이렇게 보아도 괜찮지만, 사실을 알지 못하는 사람은 알아보기 어렵다. 또 영창대군에 대한 '내쳐서 두어야 한다'는 장계가 비록 아우를 죽이는 시작이라고 하지만, 이미 대론이 일어난 뒤에 다른 의견을 세웠다면 그 본래의 사정을 알아 볼 수 있다. 군자가 사람을 논하는 도에는 오히려 아우를 죽이는 의논이라고 말하는 것도 옳지 않은 것인데, 어찌 폐비와 살제(殺弟)의 죄명으로 적신(賊臣)과 나란히 몰 수 있는가?

동계의 상소와 정조, 윤인의 피혐의 말을 조사하여 참고하여 생각해보면, 정조, 윤인의 피혐의 말은 '종묘사직의 계책을 세우는 책임은 묘당에 있는데 신들이 이렇게 논하게 되었으니 그 죄는 만 번 죽어 합당합니다.' 하고, 이지완의 이견을 세운 말 또한 '마땅히 대신 백관과 널리 의논해 처리하여야 한다.'고 한 것과 동계의 상소에서 이른바 '대신에게 보고하지도 않고 여러 재신들에게 묻지도 않고는 회의 석상에서 몰래 발의하고 피혐하는 중에 갑자기 나타냈습니다.'라는 것과 정히 서로 부합(符合)하니, 이것을 미루어보면 동계의 뜻은 마치 나의 조부가 정조, 윤인이 '각기 거처해야 한다.'고 하며 피혐할 때에 같이 참석한 것으로 생각하여 이와 같이 말한 듯하지만, 그 뒤에 동계가 깊이 스스로 후회하고 탄식하며 심지어 임금 앞에 말하고자 한다고 하였다. 내가 감사 오단(吳端)[53]에게 직접 들은 것으로도 역시 동계가 잘못 들은 것을 억지로 주장하는데 까지는 이르지 않았다는 것을 알 수 있다. 동계가 상소를 진달하는 일은 병자호란으로 상황이 변하여 이루어지지 않았지만, 동계의 상소는 지금까지 집안에 전해져 외워지고 있다. 그러므로 세상의 동계를 존경하고 믿는 사람들은 혹은 사실을 깊이 밝힐 수 없어서 동계의 상소를 근거로 하여 정론으로 삼아, 가령 조 용주가 지은 한음 상공의 비문 가운데에도 그대로 말한 것이 있다. 아아! 조부의 당일의 쇠 같은 절개는 밝은 조정에서 신원(伸寃)을 받았지만, 한두 명경(名卿)의 실상을 잃은 말로 인하여 그릇되게 뜻밖의 무고와 욕을 받았다. 그러나 조부의 흠 없는 지조에 있어서는 진실로 손익과 경중의 변화가 없으나, 자손의 마음에 있어서는 일찍이 분개하고 한탄하고 애통한 마음이 없을 수 있겠는가?

---

53) 오단(吳端) : 1592(선조 25)~1640(인조 18). 본관은 동복(同福). 자는 여확(汝擴), 호는 동암(東巖) · 백암(白巖). 광해군의 폐모 논의에는 불참하였다.

동계 정온이 갑인년 상소 뒤에 속마음을 진술한 것

鄭桐溪甲寅疏後就理原情

정온이 "신이 비록 어둡고 어리석어 일을 하는 것이 전도되고 망령되었다고는 하지만 군신의 대의는 소략하게나마 들어서 알고 있습니다. 상소를 진달(陳達)한 일은 실로 임금을 사랑하고 나라를 근심하는 지극한 정성에서 나온 것인데, 도리어 임금을 잊고 역적을 보호해준 죄에 빠졌습니다. 만 번 죽는 외에 다시 진달할 바가 없습니다. 저는 임금의 은혜를 두텁게 입어, 외람되이 정운공신(定運功臣)에 참여하였으니 실로 국가와 더불어 존망과 화복을 같이하는 자입니다. 사람이 비록 지극히 어리석더라도 어찌 스스로 자신을 위해 도모할 줄을 모르고 이미 죽은 이의(李㼁 : 영창대군)를 비호하여 스스로 예측하지 못하는 처벌을 부르겠습니까? 제가 망령되이 생각하건대, 삼사(三司)와 백료(百僚)가 법에 따라 의를 처벌하도록 상청(上請)을 한지 시간이 오래 지났으나, 주상께서 오히려 차마

대의로서 처단하지 못하도록 굳게 거절하시고 허락하지 않으셔서, 원근에 소문이 전해져서 모두 성상의 차마하지 못하시는 지극한 뜻에 감탄하였습니다. 정항(鄭沆)이 임소에 도착한 처음에 위리안치된 중에 연화(烟火)를 거두고 밖으로부터 밥을 제공하였는데, 3일에 병을 얻었다면 즉시 치계 했어야 합니다. 그런데 아주 늦게서야 장계를 올렸고, 곧 이어 죽었다고 아뢰었으니, 이러한 몇 가지 일들은 사람의 의심을 받기에 충분합니다. 상으로부터 추고하라는 명이 내려졌으니 성상의 의도를 환히 알 수가 있는데도 끝내 죄를 청하는 사람이 없었습니다. 이러한 일이 사방에 알려지고 후세에 전해진다면 성세의 누가 될까 염려됩니다. 그러므로 참수를 청하는 말을 상소문 중에 하여서, 성상께서 한 문제(漢文帝)가 거봉(車封)을 열지 않았던 각 현의 현령들을 다스린 뜻을 따르게 한 것입니다.[54] 제왕(濟王)에 대한 말에 이르러서는 진덕수가 신원(伸寃)한 뜻

---

54) 한나라 문제 때에 회남왕 장(淮南王長)이 황제의 지친(至親)으로서 매우 방자하여 문제가 꾸짖자 반란을 도모하였다. 그래서 그 추종자들을 모두 토벌하고 회남왕을 귀양보냈는데 도중에 회남왕은 자신의 잘못을 반성하고 스스로 굶어

을 단장취의(斷章取義)하여 비유[55]하였으나 마땅함을 잃었으니, 제왕으로서 이의에게 비교하여 이것을 말씀드린 것이 아님을 말씀드립니다.

정조나 윤인 등의 계사 속에 국모로 대할 수 없다는 말이 있었는데, 폐비라는 말이 여항간의 예사 얘기가 되었기 때문에 상소 중에 언급한 것입니다. 대개 다소간의 망설(妄說)은 의(㙨 : 영창대군)를 위한 것이 아니고, 모두 성상을 위하여 천하 후세로 하여금 모두 성상이 의에 대해서 살아서는 죽지 않기를 기대하고 죽어서는 정례(情禮)를 극진히 한 것을 알게 하려 한 것입니다. 이것은 진실로 임금에게 충성하고 나라를 사랑하는 저의 자그마한 마음에서 나온 것이니 상소를 초안하는 즈음에 문리가 분명하지 않고 말의 뜻이

죽었다. 수레를 옮기던 각현(各縣)에서는 감히 거봉(車封)을 열지 못한 채 계속 전달하였는데, 옹(雍) 땅에 이르러 옹의 현령이 열어보고는 문제에게 죽었음을 보고하였다. 이에 문제는 그 수레를 열어보지 않았던 자들을 모두 처형하였다. 『한서(漢書)』 권44, 「회남왕전(淮南王傳)」

55) 제왕(濟王)~비유 : 진덕수의 말을 인용하여 이의[영창대군]를 죽인 일은 지나친 것임을 비유한 것이다.

전달되지 않아 말실수를 하고 망발(妄發)을 하여 마음에 차지 않는 것이 한두 가지가 아니었습니다. '손을 빌린다(假手)'는 두 글자에 이르러서는 더욱 신하로서 차마 말할 수 있는 바의 말이 아닌데, 하늘이 나의 정신을 빼앗았는지 어리석게 살피지 못하여 떠돌아다니던 '임금이 손을 빌렸다'는 말을 인용하며 그 말이 급박한 바가 있는 것을 깨닫지 못하고, 승지의 말을 듣고서야 비로소 깜짝 놀라 바로 고쳤으나 처음에 망발한 죄에 대해서는 도피(逃避)하기 어려운 바가 있습니다. 제가 정말 부도(不道)한 마음이 있어서 이 말을 하였다면, 가령 승지의 말이 없었다면 절대로 즉시 고쳤을 리가 없을 것입니다. 어리석어 아는 것이 없는 제가 멋대로 상소를 한 것은 애당초 남의 사주를 받고 한 것이 아니지만, 위로는 군주에게 죄를 얻고 아래로는 노모에게 근심을 끼쳤으니, 불충하고 불효한 것이 한 몸에 모여 죽어도 남는 죄가 있음을 알고 있습니다. 그러나 만일 임금을 잊고 역적을 보호했다고 하면 천지의 귀신이 위에서 임하고 곁에서 질정을 할 것입니다. 일편충심(一片忠心)은 절대로 아뢴 것과 다른 것이 없습니다."라고 하였다.

내가 삼가 살펴보건대 정동계(鄭桐溪)가 상소를 진달 한 후의 속마음은 이 공사(供辭)[56]에 있다. 경신년 상소 가운데의 '모후를 폐해야 한다.'는 말과 '아우를 죽여야 한다.'는 말 그리고 '정항이 위리안치된 중에 연화를 거둔' 일, 정조와 윤인이 '국모로서 대우 할 수 없다'고 말한 상소를 조목을 나누어 의논했는데, 상소 가운데에서 말하였던 나의 조부의 성명(姓名)은 다시 언급하지 않았다. 이로부터 보면 감사 오단이 전한 바의 "동계가 깊이 후회하고 탄식하며 왕의 앞에서 진달하려고 하였다."는 말을 다시 증명할 수 있을 듯하다.

대체로 이 두 가지 사건은 계축년 오월에 있었던 일인데 갑인년에 동계가 새로 북쪽에서 조정에 돌아왔기에 상소를 진달하는 날에 그 사실을 자세히 알지 못하고 '궐 밖으로 내보내자'는 논의가 '동생을 죽이는 시작'이라고 생각하여 그 말이 이와 같았으나 속마음을 말하는 때에 이르러 필경 선비의 공론을 듣고 앞의 한

---

56) 공사(供辭) : 자기의 죄를 진술한 글.

말이 진실과 다른 것을 깨달았다. 그리하여 공사(供辭) 가운데 폐모는 정조와 윤인의 죄라고 하고 살제는 정항의 죄라고 하여, 원래의 상소에 말한 나의 조부의 성함은 다시 거론하지 않았다. 지금 용주는 이와 반대로 정조와 윤인의 아래에 조부의 이름을 이어 쓰고 있다. 말하는 사람들이 이것을 풀이하기를 "용주의 말은 동계에게서 나온 것이니 잘못된 것을 가지고 잘못 전한 것이니 모욕이 끝이 없으니 애통하다."라고 한다. 동계가 상소로서 죄를 얻었으므로 공사에서 원래의 상소를 가지고 구절에 따라 변론하였는데 앞뒤의 말의 뜻이 마땅히 다르지 않아야 하되, 앞에서 이미 상소 가운데에서 지적을 하고 뒤에 공사에서는 다시 언급을 하지 않았으니 반드시 사실에 맞지 않는다는 것을 깨닫고 고칠 뜻이 있었다는 것을 이에 알 수 있다. 그러나 공사는 세상에 전해지지 않으므로 아는 사람이 없다. 지금 계미년 겨울에 동계의 증손인 정중원(鄭重元)이 이성지(李性至)를 통하여 비로소 이 초안을 전하여 보여 주었으니, 그 또한 조부의 본래의 뜻에 부합되는 바가 있는 것이다. 삼가 받아서 이에 붙여서 적어둔다.

관작을 추탈⁵⁷⁾하라는 계해년의 계사

癸亥追奪官爵啓辭『출정록(出靖錄)』

    함께 상소하기를 "지평 정호관은 계축년에 대관으로서 처음으로 영창대군을 죽이자는 의논을 내어 상을 바라고 총애를 구하는 터전으로 삼았습니다. 그 몸은 비록 죽었지만 관직과 작위는 아직도 있으니 민심의 분하게 여김이 지극합니다. 청컨대 관작을 추탈하소서." 하였다.

    내가 선친에게 들은 것을 삼가 살펴보건대, 당시에는 간사하고 흉악한 무리들이 허수아비 같은 사람을 선동하여 유언비어를 만들어, 위로는 자전을 무고(誣告)하여 "안에서 무고(巫蠱:무당의 술법으로

---

57) 추탈(追奪) : 추삭(追削)과 동의어. 죽은 뒤에 그 사람생전의 위훈(位勳)을 깎아 없앰.

저주)를 만들고 밖으로 역모에 응하여 장차 궁중에서 영창대군을 옹립하려고 한다."고 말하였는데, 광해군이 시기하고 방비함이 특히 심하여 초를 잡고 밤을 지새웠다. 그러므로 당대의 명사들의 의논이 '우선 영창대군을 대궐 밖에 나와 있게[출치(出置)] 하여 혐의를 멀리하고 의심을 피하게 하면, 아마도 양쪽이 안전하길 바랄 수 있다.'라는 의견이 많았다. 조부의 '나와 있게' 하는 의논의 뜻이 실은 이에 있는데, 나와 있는 것이 이루어지기도 전에 일이 크게 잘못되어 영창대군이 생명을 보존하지 못하는 데 이르니 조부가 스스로 깊이 허물하여 돌아가실 때까지 후회하고 한탄하였다고 한다.

무릇 이러한 자세한 정황은 진정 다른 사람이 모두 들을 수 있는 바가 아니다. 대론에 이견을 세운 후에 이르러서는 뜻을 잃고 돌아다녀, 외직으로 나가서 영해(嶺海)에 보임[58]되어 돌아 가셨으니 당초의 본뜻이 역시 세상에 드러난 것이다. 그러나 지금 이 추삭(追削)의 계사는 '대군을 죽이는 것으로 상을 바라고 총애를 얻으

---

58) 지흥해군사(知興海郡事)에 보임됨.

려 했다'는 것으로 죄명을 삼았으니 진실로 이와 같은가? 당시에 어찌 영화로운 길에 높이 날아서 '상을 바라고 총애를 얻는' 실상을 취하지 못하고 먼 곳에 버려져 다시는 거두어 들여지지 않고, 그로 인하여 남방의 악질의 고장에서 죽었는가? 대개 조부가 정조와 윤인의 의논에 이견을 세웠고, 교유한 분 들은 모두 당시의 명사들이므로 계사 가운데 또한 간당(奸黨)으로 몰 수는 없었고, 여타의 장황하게 나열하는 죄과가 없으니 조사하여 이룬 죄명의 의논이 다만 동계의 상소에서 말한바 '자신의 부귀의 수단으로 삼았다'는 것일 뿐이다. 후인이 이 계사를 보고 조부가 당시에 내쳐진 사실을 참고하면 그 사이의 정상이 계사 속의 말과 크게 다르다는 것을 역시 증험할 수 있을 것이다.

임오년에 선친이 장령에 제수되었을 때, 원통한 뜻을 아뢰어 누명을 벗고자 하는 상소

壬午先人除拜掌令時伸冤疏

 엎드려 아룁니다. 엎드려 생각하건대 신의 선친 정호관이 성대(聖代)에 죄를 지고 구천에서 원망을 품고 있으니, 평생토록 지극히 애통하여 항상 촌각의 시간보다 급하게 생각하여 한 번 궁궐 아래에서 우러러 부르짖고자 하였으나, 눈물을 삼키며 고통을 참고 두려워하여 감히 아뢰지 못한 것이 지금까지 20여년입니다. 오늘에 이르러 전하의 은총이 송구스럽게 잘못 베풀어져 감격하여 보답을 도모하는 것 외에는 마땅히 다른 것을 돌아볼 겨를이 없겠으나, 다만 신의 아비가 지극한 원한을 황천에서 조금도 풀지를 못하였으니, 신과 같은 불초자식이 어찌 감히 깨끗하고 귀한 벼슬의 반열에서 기쁨을 표시할 수 있겠습니까? 미미한 신의 형세는 실로 두렵고 위축된 것이나, 어찌 만 번 죽는 베임을 피하려고 세상에 부모와 같은 어진 성상께 한 번 하소연하지 않겠습니까? 엎드려 성스럽고 자애로운 전하께서 특별히 불쌍히 여기시어 직접 살펴주시기를 애걸하나이다. 신이 가만히 엎드려 생각하건대 신의 아비가 시종신(侍從臣)이 된 것은 사실 선조(宣朝) 때의 일이었습니다. 계축년(1613)에 이르러 때마침 지평에 제수 되었다가 불행히도 천고에 없던 변을 만났습니다. 이 당시에 고신(故臣) 최유원은 대사헌이고 김지남은 집의로 있었는데, 적신 정조와 윤인이 함부로 모후를 폐위하자는 의논을 꺼내 신의 아비는 최유원, 김지남과 연명으로 피혐하였습니다.

그 피혐의 내용은 '자전을 어찌 신하된 자가 의논할 수 있는 일입니까? 마땅히 옛 성왕들이 변고에 대처한 것 중에서 올바로 한 일들을 참고해서 행하여 마음속에 거리낌이 없는 뒤에야 후세의 비난을 면할 수 있습니다. 대체로 신하된 자가 임금을 섬기는 도리는 임금이 허물이 없도록 하는 것이 바로 가장 중요한 도리인데, 어찌 감히 사리를 돌아보지 않고 함부로 발론하여 남이 갈라놓을 수 없는 지극한 효성을 손상시킬 수 있겠습니까? 구구한 뜻은 실로 이점을 염두에 두고 있는데 오늘 석상에서 모후를 폐위하자는 것으로 말을 하는 자가 있었으므로 구차하게 동조하여 그 논의에 참여할 수 없었습니다.'라고 하였는데, 옥당이 처치하면서 정조와 윤인을 체직시킬 것을 청하였습니다. 그 당시 옥당의 관원은 곧 신의 숙부인 고신 정호선이 전한이었고 지금의 전 감사 정광경이 수찬으로 있었으며, 기타 고신 홍방, 오정, 이민성, 민유경이 다 그 요속(僚屬)이었습니다.

계해반정 뒤에 상께서 정원으로 하여금 대론 당시 반대한 사람을 서계하게 하여 이미 죽은 자는 제향을 내리고 벼슬을 추증하며, 살아 있는 자는 가자(加資) 하고 찬양하셨으니, 일이 매우 성대하며 은혜가 무엇이 이보다 더 크겠습니까? 그런데 유독 신의 아비는 영창대군을 내보내 안치시킬 때 대관으로 있었다는 이유로 마침내 대론을 반대한 사람의 서계 속에서 누락되었으므로, 신의 아비의 본심과 실상을 우러러 일월의 아래에 알릴 길이 없어 마침내 어둠 속에 묻혀버리고 가려내지 못했으니, 하늘 땅 끝까지 사무치는 아픔이 어찌 끝이 있겠습니까?

신의 아비가 자전을 위해 다른 주장을 세운 것은 곧 계축년 5월

25일이었습니다. 그전에 영창대군을 내보내 안치하자는 의논은 신의 아비가 사실 그 책임을 면할 수 없으나, 그 당시 급박한 형세와 살벌한 공기는 차마 말로 형용하지 못할 정도였습니다. 신이 삼가 고상(故相) 이항복(李恒福)의 문집을 보니, 영상 이덕형(李德馨)과 서로 의논한 말 가운데 '영창대군을 위해 죽으면 용기를 손상하고, 모후를 위해 죽지 않으면 의리를 손상한다.'는 말이 있었으니, 이 두 신하의 근본 뜻을 상상할 수 있습니다.

아! 대군은 선왕의 유체(遺體)이고 자전의 한 덩이 살이니 모든 신하된 자로서 어느 누군들 위험을 무릅쓰고 꿋꿋하게 나가 목숨을 걸고서 간쟁하려 하지 않았겠습니까마는, 화(禍)의 낌새가 예측할 수 없고 그 형세가 사실 어느 한 쪽이 희생될 수 밖에 없었기 때문에, 비록 이 두 신하처럼 어진 사람으로서도 그 논의에 따라 참여함을 면치 못했으며, 그 당시 명사(名士)들도 정청(庭請)의 반열에 많이 끼였으니, 차마 이와 같이 한 데에는 어찌 그 사이에 경중을 따져보지 않았겠습니까? 이로써 본다면 신의 아비가 당초에 발의한 의논은 비록 감히 이 두 신하가 처치한 도리에는 함께 붙일 수 없지만, 대론을 반대한 다음에는 본심과 사실이 용서할 만한 점이 있습니다. 신의 아비는 생존시에 감히 대론에 이론을 세웠다는 것을 스스로 남에게 밝히지 않고 항상 부끄러움과 후회 속에 지냈으며, 궁벽한 해변 고을의 수령이 되어 잠자코 혀를 깨물며 근심 걱정으로 인해 병이 생겨 풍토병이 나도는 시골에서 세상을 떠났으니, 가령 신의 아비가 털끝만큼이라도 구차하게 시론(時論)에 맞춘 일이 있었다면 어찌 끝내 머나먼 고을에 버려져 거두어 쓰이지 않았겠습니까? 신은 늘 이를 생각할 때 자신도 모르게 가슴을 치며 하늘을 부릅니다.

아! 태양이 위에 있어 내리비추지 않는 데가 없으니 성상의 아래에 신이 어찌 감히 거짓말을 하겠습니까? 신의 아비가 비록 전일에 죄를 진 일이 있었다 하더라도 대론을 반대한 일까지 함께 무시되어 드러나지 않는다면 이 어찌 자식된 자의 지극한 아픔이 아니겠습니까? 삼가 생각건대, 성상께서는 왕위에 오르신 이후 20년 동안에 병화(兵禍)와 전란을 겪으시고 큰 사면을 여러 번 내리시어 임금의 은택이 죽은 자나 살아 있는 자를 막론하고 죄적(罪籍)에 들어 있는 모든 자들이 다 죄를 깨끗이 씻어 용서를 받았으니, 비록 이미 죽은 혼백이라도 황천에서 느끼지 않을 자가 없을 것입니다. 그런데 홀로 신의 아비만은 죄명이 오히려 사후에까지 남아 있어 지극한 원한이 암흑 속에서 씻기지 않았으니, 망부의 영혼이 천년이 지나도록 원한을 품을 뿐만 아니라 또한 미천한 신의 불효로 인한 아픔을 끝내 천지간에 스스로 드러낼 수 없습니다. 이것이 곧 신이 끝없는 아픔을 안고 밤낮으로 상심하며 일반 집사의 직임에는 억지로나마 남들을 따라할 수 있지만 분수에 넘는 자리는 마음이 감히 내키지 않는 이유입니다. 지금 새로 불초한 저에게 명하시니 생각해보건대 언관의 책임은 중한 것이니 저 같이 용렬한 자가 감당할 수 있는 바가 아닙니다. 명칭[名號]과 의제(儀制)는 가볍게 능욕할 수 없으며 공론(公論)을 생각하지 않을 수 없으므로 집에 숨어서 공손하게 여론을 기다리며 며칠이 지나도록 아직도 나아가 사은숙배(謝恩肅拜)하는 것을 지체하고 있습니다. 의리에 헤아려보면 진실로 감히 한결같이 물러날 수 없지만 신은 아직 아비의 원통함을 밝히지 못했는데, 이에 감히 대간의 말석에서 얼굴을 들고 임금을 대한다면, 효도로서 나라를 다스리고 백성을 가르치는 나라에서 사람들이 신을 무엇이라 하겠습니까? 아! 아비의 원망을 씻지 못하면 자식은 효를 할 수 없고, 효를 옮기지 못하면 신하는 충성할 수 없는데, 전하는 신에게 어떤 점을 보시고 풍교와 법도의 소임에 두시려는지 알지 못하겠습니다. 소신 또한 어찌 감히 영광을 훔쳐, 길거리에서 큰 소리로 이름이 불려져 마치 보통 사람처럼 할 수 있겠습니까? 신이 전하께서 조회에 나가시지도 못하고 정양(靜養)하시고 계시거나 또 국가에 일이 많은 때를 당하였는데, 감히 구구하고 사사로운 고통으로 우러러 제왕의 귀를 더럽히니, 신의 죄가 이에 이르니 만 번 죽어도 아깝지 않으나 형세가 민망하고 답답하여 진퇴가 어려워 혈서로서 상소를 하지 않을 수 없으니 위태로운 정성을 무릅쓰고 아뢰옵니다. 엎드려 바라건대 성스럽고 자애로운 세상의 부모이신 전하께서 특별히 신의 직책을 고치셔서 작은 명분을 편안하게 해주소서.

답하기를 "소를 보고 잘 알았다. 그대는 하직하지 말고 직무를 살피라." 하고, 원래의 소를 해당 관사에 내렸다.

이조의 답하는 계

吏曹回啓

이조의 계에 "장령 정언황(丁彦璜)[59]의 상소에서 말하였는데, 이 상소의 내용을 보니, 계해반정 초기에 대론을 반대한 사람은 생사를 막론하고 다 포양하는 은전이 있었으나, 정호관은 그 전에 죄를 범한 일이 있었다는 이유로 서계 속에서 누락되어 아직까지 죄적에 들어 있습니다. 앞뒤의 일은 공과 죄가 서로 엇비슷한데 세월이 오래 되고 여러 번 큰 사면이 있어, 가볍고 무거운 죄를 입은 사람 가운데 용서를 받은 자도 많이 있으니, 정언황이 아비를 위하여 억울함을 호소한 것은 참으로 지극한 정에서 우러난 것입니다. 그러나 이는 은명(恩命)에 관계된 것이므로 아래에서 감히 마음대로 할 수 없습니다. 주상의 재결(裁決)은 어떠하시옵니까?"하였다.

계(啓)하기를 회계(回啓)에 따라서 시행하도록 하였다.

---

59) 정언황(丁彦璜) : 1597(선조 30)~1672(현종 13). 조선 후기의 문신. 정호관의 아들이다.

정곡공변무록 권2

손자 사신[1]이 보낸 편지의 별지

孫兒思愼書別紙 壬申

    한음 상공의 비문은 조 용주가 지은 것인데, 지금 한음의 증손인 이윤수(李允修)[2]가 집안의 어른이 되어 비석을 관리하니 한음의 외손인 판서 오시복(吳始復)[3]에게 글을 청하여 조만간 세우려고 합니다. 종손인 정자(正字) 이수인(李壽仁)이 와서 그 글을 이야기 해주었는데 "그대의 집안에 해로운 말이 있어 그 사실을 참고해보니 또한 의심할 만한 것이 있으나 지금 잘 처리하기는 어렵다."고 합니다. 그 글을 취해서 보니 계축년의 일에 이르러 이에 고조부의 성

---

1) 정사신(丁思愼) : 1662(현종 3)~1722(경종 2). 자는 성공(聖功), 호는 기수(畸馬). 원주 출신. 정시한의 손자이다. 1693년 수찬이 되고, 이어 정언·지평을 역임하였다.

2) 이윤수(李允修) : 1653(효종 4)~1693(숙종 19). 본관은 광주(廣州). 자는 면숙(勉叔). 이덕형의 증손이다.

3) 오시복(吳始復) : 1637(인조 15)~1716(숙종 42). 본관은 동복(同福). 자는 중초(仲初), 호는 휴곡(休谷). 오억령의 증손이다.

함이 쓰여 있으니 '정조, 윤인, 정 아무개 등이 함께 폐모의 의논을 내었다'고 하는데 이르러서 살펴보니 지극히 괴롭고 놀랄만합니다. 대개 용주는 일생동안 동계를 일방적으로 믿었으므로 동계의 잘못 들은 것을 따라서 또 본받아 말하였습니다.

동계의 한 상소는 이미 어찌 할 수 없으나, 사실에 근거하여 거듭 말하여 온 세상이 모두 사실을 알고 있는데, 또 다시 전전(轉傳)하여 서로 잘못을 답습하여 금석(金石)에 새기려고 하니, 다만 자손의 지극한 아픔이 될 뿐이 아니라 일의 근거 없음이 이 보다 심한 것이 없습니다. 그러므로 한음의 자손과 서로 의논하니 이 정자는 "한음의 일생의 지기는 백사이니 그 때의 실상을 아는 것도 역시 백사만 한 이가 없을 것이나, 백사가 지(誌)를 지으면서 원래 거론하지 않았으며 우복이 지은 행장에도 그것이 없으나 여기에만 유독 나란히 거론했으니, 그것은 다만 동계의 말만 믿은 것을 알 수 있으니 깎아서 없애도 무방하지만 일가의 여러 의논이 같지가 않다."고 합니다.

여러 자손을 만나서 그 전후의 사실을 자세히 이야기 해 보면 역시 비슷한 것 같으나, 용주가 살았을 때 평창(坪昌) 이상정(李象鼎)이 거듭 질문하였으나 받아들이지 않았는데 "지금 용주가 돌아가신 후에 이르러 고치는 것은 미안한 바가 있고, 또 이곳의 자손이 비록 깎아서 없앤다 해도 만약 용주의 문집을 그대로 둔 채 출간한다면 반드시 타인의 뜻밖의 비방이 있을 것이니 피차 서로 좋지 않을 것이라 마땅히 널리 묻고 의논하여 처리하여야 한다."고 합니다.

그러나 지금 사람들이 용주를 일방적으로 믿고 옛일을 알지 못하니 쉽게 의혹을 푸는 것이 어려움이 있습니다. 이런 기회를 당하여 반드시 힘을 다하여 모두 밝히면 후세의 무고와 욕을 면할 수 있을 것이므로 가승(家乘)의 근거할 수 있는 것과 여러 사람들의 글을 가지고 변석(辨析)하는 것으로 삼아야 할 것입니다.

홍판서가 지은 증조부의 행장 가운데 역시 신원하는 상소가 실려 있으니 가져와서 증거로 삼으려 합니다. 행장과 잡록책의 신원의 상소와 회계(回啓)의 글과 아울러 참판 유명견(柳命堅)이 종조에게 이상 강신의 일기 속의 말을 써서 아래로 내려 보내어 '어찌할까 어찌할까'한 것 또 창석이 지은 감사 공 할아버지의 묘갈명에도 역시 "정조와 윤인이 처음으로 대론을 내었고 공의 형 아무개는 지평으로서 불가하다는 의견을 견지하였다."고 하였습니다.

역시 이 증거를 계책으로 삼아서 대개 손자가 여러 이씨에게 말하는 것은 다만 비천한 집안의 무고와 욕이 되는 것만이 아니라고 생각하여 이 말을 하는 것입니다. 한음 선생은 만대에 존경받는 명상으로서 절대로 터럭 한 올 만큼의 잘못된 글자도 묘도(墓道)의 문자에 더해져서는 안 될 것입니다.

또 평일에 한음과 고조는 교분이 얕지 않아서 시율(詩律)을 서로 준 것이 또한 있으며, 그 때의 사정을 또 직접 보셨으니 평일에 그렇지 않다는 것을 밝게 알고 계셨을 것입니다. 그럼에도 묘도의 문자에 이것을 적는 것은 절대로 한음의 뜻이 아닐 것입니다. 자손이 한음의 마음으로 마음을 삼는다면 반드시 깎아서 없애야 할 것입니다. 용주 역시 사사로운 호오(好惡) 때문이 아니고 다만 동계의 잘못을 답습한 것이니, 지금 만약 잘못 듣고 잘못 쓴 문자를 가지고 후세에 전하면 역시 용주에게 손해가 될 것이므로, 마음을 비우고 공정함을 가지고 보면 깎아서 없앨 수 있음을 의심할 것이 없습니다. 또 내가 이미 한음의 외후손(外後孫)의 반열에 있는데, 이 비문에 잘못 쓴 문자는 사실에 어긋나 삭제해도 되는 말입니다. 우리 집안에 천만년의 무고와 욕이 되는 말에 대해, 사실을 명확히 안 뒤에도 오히려 깎아서 없애지 않으면서, 그대로 한음의 자손록(子孫錄)에 나를 적는 것은 결코 사리의 마땅함이 아닙니다.

뒷날 한음의 묘 앞에서 또한 결코 살피고 쓸고 할 수 없으며, 한음의 직계 자손들은 비록 이들이 나와 지극히 가까운 사이이지만 결코 교유와 왕래를 할 수 없다고 한다면, 한음의 여러 후손 역시 그렇다고 하면서도 속으로만 생각하고 결정하지 못합니다. 이 또한 내외의 여러 자손과 바깥사람 가운데 용주를 일방적으로 믿는 사람들의 비방하는 의논을 두려워하는 것입니다. 그러므로 홍판서가 지은 행장을 가져온 뒤에 아울러 창석의 글을 하나하나 모두 분변하여 그들로 하여금 의혹을 풀게 하면 아마도 따르려고 할 듯합니다.

어제 정자 이수인과 논변할 때에 회양(淮陽) 이현조(李玄祚)가 마침 와서 듣고 "일찍이 한림으로서 있을 때에 그때의 일을 자못 상세하게 고찰해 보았는데, 역사를 고찰한 말은 비록 전파하기는 어렵지만 정흥해(丁興海)는 다만 대군을 출치(出置)하자는 의논에는 참가했지만 대론에는 이견을 세운 것은 명백할 뿐만이 아닙니다. 동계가 나란히 일컬은 것은 대개 분개함이 심하여 말을 선택할 겨를이 없어 출치의 계로서 살제의 의논이라고 하였습니다. '모모 등이 처음으로 폐모와 살제의 의논을 내었다'고 하는데 이르러서는 자손된 사람으로서 비록 지극히 슬프고 분하지만 타인의 입장에서 보면 오히려 번거롭다고 할 만한 것입니다. 용주는 잘못된 것을 이어받아 오류를 답습하면서도 살제라는 대목을 잘라서 없애고, 폐모를 처음으로 주장했다는 의논에 이르러서는 다만 동계의 상소보다 심함이 있을 뿐이 아니니 실로 지극히 원통하다 하겠습니다. 용주의 글로써 한음의 비문에 새겨 장차 멀리 전하려고 하지만, 실상을 잃은 글은 절대로 들어가서는 안 되니 깎아서 없애는 것이 당연합니다."고 하였습니다. 이것이 공론이니 이수인이 직접 들은 바이므로 자못 그렇다고 여기고 "같은 집안의 여러 사람에게 말하겠습니다."고 하였습니다.

그리고 또 "후인들이 역사책을 보는 데까지는 미치지 못하고 동계의 소가 한 시대에 전파될 것으로 생각됩니다. 그러므로 다른 사람이 그 때 사람의 묘도의 글을 쓸 때에는 역시 그것을 사용할 것이니 유독 우리 집안만의 일이 아니므로 후생들이 이것을 근거로 하여 정론으로 생각할 사람이 아주 많을 것입니다. 그리고 『용주집(龍洲集)』역시 당연히 출간 할 것이니, 자손이 한 번 상소로서 곡절(曲折)을 진술한 뒤에 서로 함께 풀어야 할 것입니다."고 하였습니다. 이 말이 그럴 듯하나 이미 신원의 상소를 한 후이니 다시 상소하여 말하면 미안(未安)한 듯하므로, 오직 당연히 근거할 수 있는 문적(文蹟)으로 명백히 분변을 다하여 사람들의 마음으로부터 의혹을 풀도록 하여야하니, 먼저 한음의 비문 가운데의 말을 깎아서 없애고, 다른 사람과 후인들로 하여금 부당하게 잘못 전해진 것임을 명백하게 알도록 한다면, 아마도 뒷날의 폐단이 없을 듯한데 저는 어떻게 할 지 모르겠습니다.

손자 사신에게 답하는 별지
答孫兒思愼別紙

　일찍이 들으니 용주는 평생토록 동계를 존경하고 믿었다고 한다. 동계의 당초의 상소는 다만 멀리서 서로 전하는 가운데 잘못된 것을 의거하여 이렇게 섞어 쓰는 실수가 있게 된 것이다. 용주가 이 글을 쓴 것은 또 동계의 상소에 의거하여 잘못을 답습하는 귀결에 이르렀으니, 이는 용주의 본래의 뜻이 아니고 동계가 한 때 잘못들은 소치이다. 용주의 잘못은 단지 한 사람의 말을 믿고 여러 사람의 기록한 것을 널리 보지 못하고 이 글을 지은 데 불과하다.

　만약 용주로 하여금 강 이상 등의 기록한 것과 『정원일기(政院日記)』를 보게 하였다면, 어찌 차마 만대에 사람을 무고하고 욕보이는 일을 즐겨하고 실상을 잃은 말을 고집스레 지켰겠는가? 장차 깎아서 고치는 것이 어려운 것이 아니니, 이는 실로 인정의 당연히 그러한 것이고 알기 어려운 것이 아니다. 이것을 미루어 말하면 용주의 자손된 자들이 이미 문적이 이와 같다는 사실을 명백히 증명한 것을 보았으면, 당연히 용주의 본뜻을 본받아 사실과 다른 한 구절의 말을 깎아서 고치는 것은 정말 마땅하다. 어찌 나중에 고친다는 혐의 때문에 사리의 경중을 생각지 않을 수 있겠는가?

또 고인의 이미 행한 일을 가지고 말하더라도 오봉(五峯)선생의 지언(知言)의 글이 이치에 미안한 것이 있어 회암(晦菴)선생과 남헌(南軒)선생이 서로 의논하여 개정하였다. 일반적인 인정과 도리로 미루어 보면 이치가 지극히 정미(精微)하여 오봉이 비록 착오가 있다고 보여도, 그 후인에 있어서 책으로 만들어진 것을 문득 고치는 것이 부당한 듯이 생각하여 다만 그 아래에 주를 나누어 달고 그 시비를 논하는 것으로 마땅히 여길 뿐이었다. 그러나 두 선생은 직접 본문을 고쳐서 전현의 실수를 정정하였으니 후세에 이것으로 오봉선생을 폄하하지 않으며 오봉에게 도리어 영광이 있게 되었다.

지금 사실은 현저히 드러난 것이고 또 이치가 미묘하여 알기 어려운 것이 아니며 이미 그 사실과 맞지 않는다는 것을 알았으면 효성스러운 자손이 어찌 구차하게 사실을 인정하지 않으며 잘못을 끝까지 밀어나갈 수 있겠는가? 사실에 의거하여 바로잡음으로 조부의 한 때의 밝게 살피지 못한 잘못을 고칠 것을 생각하지 못하여 남의 집안을 모독하는 지극한 원통함을 행하겠는가?

또 계축년간의 사실을 몸으로 겪고 눈으로 본 사람은 백사 상공만 한 사람이 없으니 백사가 지은 한음의 지문(誌文)은 그 자세한 것을 모두 다 싣고 남긴 것이 없다. 폐모 때의 일에 이르러 정조, 윤인이 처음으로 이 의논을 내었다고 직서(直書)하였다. 만약 과연 동계의 상소와 같다면 백사가 어찌 나의 조부를 너그럽게 비호하고 동계와 같이 정조, 윤인에 이어서 쓰지 않음이 있겠는가?

또 우복이 지은 한음의 행장을 살펴보면 또한 지문과 같으며, 이미 양현(兩賢)이 직접 손으로 사실을 기록하여 집안의 문서로 하였으니, 다시 사실에 부합되지 않는 문자로서 묘도에 드러나게 새겨놓는 것은 다만 사실에 비추어 보아 서로 어긋나는 바가 있을 뿐이 아니라 또한 한음 상공의 마음도 절대로 옳다고 하지 않을 것이니 자손이 어찌 깎아서 고치는 것이 어렵다고만 하겠는가? 상소로 갑자기 아뢰는 일에 이르러서는 일이 마땅하지 않은 바가 있다. 선인이 이미 전대의 조정에 상소를 진술하여 원한을 씻고 증작(贈爵)되었으니, 어찌 한 사람이 잘못 듣고 오류를 답습한 일로 인하여 다시 임금의 귀를 더럽히겠는가? 이것은 결코 해서는 안 된다.

손자 사신이 감사 이윤수에게 보내는 편지

孫兒思愼與李監司允修書

제번. 제가 엎드려 듣건대 한음 선생의 비문을 지금 새기려고 한다고 합니다. 사신 또한 외후손의 반열에 있어 일을 마땅히 들었어야 하지만 어리석고 천하고 연고가 없어 듣지 못하였습니다. 근래에 겨우 그 글을 얻어보니 바로 용주 조상서(尙書)가 지은 것이었는데, 계축년의 일을 쓴데 이르러 저의 고조의 성함을 들어 적신과 섞어 부르고 있으니, 그 자손의 마음에 있어 실로 하늘에 이르도록 지극히 원통함이 되어, 감히 이렇게 참람하고 함부로 한다는 혐의를 피하지 않고 당시의 사실을 대략 드러내어 따로 고조가 인목대비를 위하여 이견을 주장하여 피혐한 것과 증조의 신원(伸冤)의 소와 기타의 서너 가지의 글을 따로 적었습니다. 티끌도 살필 수 있는 밝은 눈으로 그 당시 일의 상황을 한번 보시고 나면 저절로 환해 질 듯합니다.

대개 혼란한 조정의 계축년에 적신 정조, 윤인이 무고의 변을 핑계로 처음 폐모의 의논을 내었을 때 '각각 다른 궁에 거처해야 한다.'고 말을 하였는데, 대석(臺席) 상에서 말의 기운이 포효(咆哮)하여 반대로 이론을 세우는 사람은 역적으로 여겨 모진 형벌이 미치니 사람들이 감히 누구도 어찌하지 못했으나, 고조는 지론을 조금도 굽히지 않으셨으니 창석이 말한 바 '불가하다고 견지한 사람'입니다. 정조, 윤인 등이 먼저 피혐을 하고 그 단서로서 시작하였으나 고조와 최유원, 김지남 등이 피혐하였으니 그 말이 별록 가운데 있습니다. 그 때의 명현일기에 모두 실려 있으니 선명히 살펴볼 수 있고 계해반정 뒤에 일을 담당한 사람들이 그 좋아하고 싫어함에 따라서 공과 죄가 뒤죽박죽이 되어 고조가 처음에 영창을 밖으로 내보내는 계사에 참가 한 것으로 포상의 규정에 넣지 않고 도리어 죄를 논하는 가운데로 몰아갔습니다.

　　동계의 소에 이르러서는 대개 새로 관북(關北)의 임소에서 와서 전해들은 것이 자세하지 못하여, 일찍이 대론에 이론을 세운 일을 알지 못하고, 다만 밖으로 내보내는 계사로써 살제의 의논으로 생각하여 뒤섞어 같이 불렀습니다. 이 상소가 지금에 이르기까지 사람들의 이목에 새겨져있어 후인들이 사적(事蹟)을 생각해보지 않고 다만 이 소를 본 사람들은 대부분 이것에 의거하여 말을 하였습니다. 그 때 동계와 한 무리를 이룬 사람으로 우복 정공이나 창석 이공 등의 여러 사람이 모두 사실을 알고서 고조와의 교우가 조금도 약해지지 않았습니다. 그러므로 동계 역시 오래지 않아 그 잘못 들은 것을 깨닫고 그 뒤에 증조부와 같이 시원(試院)에 들어간 뒤에 사람들에게 말할 때 후회하고 탄식하는 말을 하는데 이르렀습니다.

임오년에 이르러 증조가 장령이 되었을 때, 상소로서 사실을 진술하여 신원하고 욕됨을 씻는데 이르렀으니 당초에 영창을 밖에 두는 것에는 고조가 이미 그 계에 참가하였으니 굳이 그 책임을 사양할 수 없었고, 그 때의 일의 형세는 실로 지극히 어려운 바가 있었습니다. 그러므로 백사 같은 현명한 재상도 또한 '용기를 손상하고 의를 손상한다.'는 말씀4)을 하셨으니 정사년에 의논을 드린 뒤

---

4) "신이 삼가 옛 재상 이항복의 문집을 보니, 영상 이덕형과 서로 의논한 말 가운

에 말하기를 "오늘 거의 요동의 적흑자(翟黑子)[5]를 저버리지 아니하였다." 하고, 상촌(象村)이 "한음공을 저버리지 않았다."고 하였습니다. 고조께서 당초에 비록 출치의 의논을 면할 수는 없었으나 대론에 이론을 세운 뒤에는 마음의 자취가 드러났으니, 어찌 백사가 적묵자를 저버리지 않았다는 말과 같은 데로 돌아가서 일치하지 않겠습니까? 특별히 말의 깊고 얕음이 있어 죄를 입는 경중이 있었으니 이는 진정 백사에 삼가 빗댈 수 없으나, 만약 일신의 이해를 돌아보지 않고 앞서서 바야흐로 퍼지는 대론을 막은 것은 그 공이 진실로 또 남에게 뒤지는 것이 아닙니다. 이때를 당하여 재앙의 기미를 헤아리기 어려웠으니 움직이면 칼과 톱, 솥과 가마의 가장 혹독한 형벌[刀鉅鼎鑊][6]이 따랐으니, 그러므로 한 시대의 명성

데 '영창을 위해 죽으면 용기를 손상하고 모후를 위해 죽지 않으면 의리를 손상한다.'는 말이 있었으니, 이 두 신하의 근본 뜻을 상상할 수 있습니다." (『임오(壬午)년에 선인(先人)이 장령(掌令)에 제수 되었을 때, 원통한 뜻을 아뢰어 누명을 벗기를 구하는 상소』)

5) 적흑자(翟黑子) : "오늘에야 요동 적흑자(遼東翟黑子)를 저버리지 않게 되었다."는 말이 있다. 이는 한음을 가리킨 말이다.(『상촌집(象村集)』 제27권, 「신도비명(神道碑銘)」)

있는 재상도 정청의 줄에 힘써 참여한 사람이 또한 많았습니다. 간혹 병을 핑계 대고 참석하지 않은 사람이 있으면 오히려 절개를 세운 것으로 생각하였고, 가령 그 사이에 한 마디도 하지 않은 사람은 또 많지 않았습니다. 하물며 내어 달리는 파도에 서있는 즈음에 같은 말을 하는 여러 사람 사이에서 저지하는 말을 하여 당시에 절개를 온전히 하고서 후일에 무고를 받는 것이 세상에 어찌 이런 이치가 있겠습니까?

옳고 그름이 뒤섞이는 것이 예부터 그러하였으니 항상 한 때에 현혹이 되어 백년에 정해지니, 그러므로 당시에 서로 교제하고 눈으로 본 사람은 실상을 모두 알지만 국외(局外)의 사람은 대부분 듣는 것에 밝습니다. 대체로 서로 사귀고 그 때의 실상을 모두 아는 사람은 마땅히 백사만한 사람이 없습니다. 한음 선생의 묘문(墓文)을 지을 때 그 글을 직서한 사람은 마땅히 백사만 한 사람이 없었

---

6) 도거정확(刀鉅鼎鑊) : 큰 죄를 다스리는 형벌의 도구를 뜻하는 말로서, 여차하면 형벌을 받는 당시의 살벌한 시대분위기를 빗대어 표현한 말.

습니다. 그가 계축년의 일을 쓰면서 다만 정조, 윤인이 처음으로 모후를 폐하자는 의논을 처음으로 내었다고 하고 고조를 나란히 들지 않은 사실이 대저 어찌 터럭 하나라도 돌아보고 생각하는 사사로움이 있어 그런 것이겠습니까? 우복이 지은 행장 역시 그러하니 이 또한 믿고 증빙할 것이 있습니다.

동계와 용주는 모두 국외의 사람이니 용주는 또 동계의 전해들은 말을 높이고 믿어 잘못을 더욱 더하니 그 형세가 그렇기가 쉽습니다. 그러나 오늘에 이르러 시비가 이미 조정에서 정해졌고 사실을 문적에서 증명할 수 있으며 후인이 또 그렇지 않음을 명백히 아는데도, 후세에 전하는 글에 섞어서 새기면 자손의 지극한 원통함을 족히 풀어주지 못할 것이고, 일의 이치에 헤아려 보더라도 과연 해로운 바가 없겠습니까? 한음 선생은 만대에 우러러보는 바이니 그 묘도(墓道)를 쓰는데도 진실로 아름다움과 선을 다해야 할 것이고 터럭 하나라도 사실에 맞지 않는 말이 없은 뒤에야 남에게 신뢰를 받을 것이고, 후세에 전해져서 결코 구차하여서는 안 되는 것이 명백할 것입니다. 후세의 사람들이 다만 이 비문만을 볼 뿐이 아니며, 국사와 야사가 다만 밝지 않을 뿐이 아닙니다. 또 백사와 우복이 지은 묘지와 행장을 보면 이것과 어긋나니 또한 장차 어느 것으로 그 진실을 조사하여 고구(考究)하며 어느 것을 쫓겠습니까? 하나를 취하고 하나를 버리는 사이에 혹 살펴서 정하는 바가 있으면 비록 용주의 글이지만 또 어찌 후세에 믿을 만한 글이라고 정해질 수 있겠습니까?

어떤 사람이 용주가 이미 죽었으니 그 글을 나중에 고치는 것은 어려움이 있다고 하는데 이는 그렇지 않습니다. 용주의 마음이 진실로 사사로이 좋아하고 싫어함이 없었으며 또한 털 끝 만큼도 구애되는 생각이 없음을 환히 알 수 있습니다. 다만 평일에 잘못 전해들은 까닭이니 이미 들은 것이 있었으면 인정에 고집하여 고치지 않으려고 하지 않았을 것입니다. 만약 그 사실이 이러하다는 것을 알았으면 역시 마땅히 뒤집어 고치고 깎아서 없애는 데에 인색하지 않아야 할 것입니다. 후인이 진실로 사실을 고증하여 고쳤다면 용주의 마음도 진정 또한 후세의 자운(子雲)에게 기뻐할 것입니다. 용주가 후인에게 바라고 후인이 용주를 대하는 것이 당연히 이와 같아야 할 것입니다. 하물며 이 글은 그 사이에 더하고 고칠 수 있는 것이 아닙니다. 다만 이것이 처음에 아무개 사람이 참여하여 의논했는지 자세히 알지 못하고 썼으니, 뒤에 이미 아무개 분이 이론을 세웠다는 것을 알고 제거하는 것이 어찌 불가함이 있겠으며, 그 위아래의 글의 뜻에도 어찌 이어지지 않는 근심이 있겠습니까?

인하여 삼가 생각하건대 고조께서 이견을 세웠던 사실은 계축년 5월이니 한음선생이 아직 돌아가시기 전[7]이므로, 그 때 일의 상황을 눈앞에서 환히 보지 않은 것이 없었을 것이니 마음으로 그렇지 않음을 알고 계셨을 것입니다. 그러나 갑자기 묘도에 그것을 써서 무고한 사람이 망극한 원통함을 잘못 받도록 하는데 이르게 하여, 위대한 현인의 온화하고 어질게 용서하는 본뜻에 어긋날까 두렵습니다. 자손이 정성스럽게 이것을 마음으로 삼아, 묵묵히 체득하고 깊이 생각하면 따르고 어기는 사이에 처하는 것이 어렵지 않을 것입니다. 비록 하늘의 바른 도리와 인정의 마땅한 것으로 말하

---

7) 한음(漢陰) 이덕형(李德馨)은 1613(癸丑, 光海君 5)년 10월 9일 사망함.

더라도 조상이 내외의 여러 자손에 대하여 진실로 경중의 차별은 있을 것이나 그 어루만지고 사랑하는 마음은 하나일 것이니 이유 없이 버리고 끊지 않으려 할 것이 명백한 듯합니다. 그 사이 혹 선대에 덕행의 바르지 않음이 있는 자나, 자기가 천하고 악함을 행한 자는 족보에서 버림을 받으면 진정 또 어떻게 할 수가 없을 뿐입니다. 그렇지 않으면서도 만부당한 잘못된 죄의 명칭으로 남에게 그것을 더하여 외후손으로 하여금 원한을 안고 고통을 받게 하여 다시는 감히 묘정(墓庭)의 비석 앞에서 감히 알현하지 못하고, 또 자손록(子孫錄) 가운데에 그 이름을 새기는 것이 마땅하지 않으니, 대저 자손이 되어 자손에 이름을 나란히 할 수 없는데, 묘정에서 귀신에게 배알할 때는 감히 "자손이 일가 사이에 오고 가며 친밀하고 후대하는 뜻을 닦고 있습니다."라고 하겠는지요? 이는 실상 인륜의 불행이고 결코 정리의 당연함이 아니니, 사사롭게 구구한 아픔의 심함이 있으나 거론할 겨를이 없고, 그 내려보는 마음에 있어 과연 어떻게 생각하시는지 알지 못하겠습니다. 제가 조용히 생각하여 계산이 있어 진실로 어리석은 말을 하지도 않고, 사심이 생겨 참람함을 피하지 않고 감히 비루한 생각을 극단적으로 논변하고 모두 말하였으니, 저는 고견에 감정이 상함이 있지 않았는지 모르겠습니다. 이 일은 비록 사사로운 정성을 진술하였지만 실은 공언(公言)이며 무릇 지금의 말은 피차의 여러 말은 제쳐두고 다만 명현의 묘도의 글은 결코 한 글자라도 사실에 맞지 않아서는 안 된다는 마음의 뜻을 위주로 하는 것이라면 비록 어질기가 용주와 같고 문장이 용주와 같더라도 이것으로 의심을 하지는 않을 듯합니다. 하물며 그것을 고치는 데에 있어서는 용주에게도 손해 될 것이 없거늘 더욱이 비문에 손해가 되겠습니까?

저는 오직 공정한 마음으로 관대하게 살피셔서 너의 말은 사사로운 것이라 하지 마시고 말한 것을 베풀어주시기를 허락해주시면 다만 저희 집안의 막대한 행운이 될 뿐이 아니라 자손 대대로 감격하여 칭송함이 끝이 없을 뿐이겠습니까? 큰 덕을 선양(宣揚)하고 사실을 적어서 후세에 전하는 글도 조금은 보충할 것이 없지 않다고 하겠습니다. 저는 인의를 베풀고 재량하여 행운을 주시기를 바라옵니다. 위엄(威嚴)을 범하였으니 두려워하며 죄를 기다리겠습니다.

서울의 벗에게 답하는 별지

答京中士友別紙

제가 가르침과 깨우침을 받은 것이 하나하나 간절하고 상세하여 두 번 세 번 받들어 읽으니, 실로 사랑이 깊고 생각이 절실한 정과 은혜가 느껴지고 새겨져서 마음 깊이 있으니 어찌 감히 잊을 수 있겠습니까? 이 일은 당초에 조부께서 영창대군이 나가서 있게 할 때에 대관이었기에, 계해년 초에 이전의 허물을 찾아서 삭탈관직(削奪官職) 당하기에 이르렀습니다. 선친이 평생토록 원한을 품고 있다가 임오년에 헌관(獻官)의 직책을 제수 받자, 사양하는 소를 올려 대론에 이견을 세운 실상을 갖추어 진술하였습니다. 인조대왕이 즉시 명하여 원통함을 씻고 잘못을 바로잡게 하셨으니, 이로부터 다시 다른 의논이 없었습니다.

그러나 다만 동계의 한 상소는 애초에 국경의 먼 곳에 잘못 전해진 말에 근거한 것으로, 한 곳에 적신과 성명을 섞어서 쓰는데 이르렀습니다. 폐모와 살제의 말을 논하자면 비록 말의 뜻이 각각 가리키는 바가 있다고 했으나, 또한 사실을 곰곰이 생각하지 않은 데서 말미암아 실정(實情)에 근본하지 못한 소치입니다. 하물며 이 비석의 문자(文字)는 그 상소의 위아래는 잘라내고 두 적신의 아래에 이어서 바로 '처음으로 폐모의 의논을 내었다'고 썼으니 이는 억지로 대역부도(大逆不道)의 죄를 사람에게 더하는 것입니다. 자손의 마음에 이 무고와 모독을 듣고, 군부(君父)에게 이미 원통함을 씻었고 국사(國史)에 밝게 실려 있는데도 명공의 묘도(墓道)의 비석에 드러내어 새기려고 하는 것을 그대로 내버려 둘 수가 없습니다.

아이들로 하여금 선친의 상소와 여러 현인이 사실을 기록한 명확한 증명의 문자를 가지고, 양가의 자손에게 통하여 그 전후의 사실을 밝게 안 뒤에 깎아서 고칠지의 여부를 정하기를 청하였으니, 이는 다만 비천한 집안의 군색한 사사로움이 아닙니다. 대저 임금의 어머니를 폐하는 것은 천하의 대역(大逆)이니 대역의 명호(名號)로 남에게 더하니 이는 얼마나 중대한 일입니까? 보통 사람이 평소에 더럽고 천함을 행하여 자신에게 과오(過惡)가 있는 사람이라도 오히려 의심스러운 것으로 대역의 죄로서 단정할 수는 없습니다. 하물며 대론에서 다른 의견을 세운 사람으로, 임금과 조정이 모두 이것을 당시에 직접 눈으로 보고서 작은 죄로서 큰 절개를 덮지 않고 원통함을 씻고 잘못을 바로잡게 하시고 관작을 회복하고 작위를 주신 것인데, 억지로 몰아서 천하의 대역의 무리에 넣어 크게 쓰고 깊이 새겨 큰 벼슬한 명공(名公)의 묘도(墓道)에 세울 수 있는 것입니까?

비록 "용주의 마음이 사적으로 좋아하고 싫어함이 있는 것이 아니고, 다만 동계를 존경하고 믿었기 때문에 이것을 이어서 쓰는 일이 있었다. 유독 한 사람을 일방적으로 믿지 않고 널리 찾고 폭넓게 생각하지 않더라도 대관(大關)[8]은 매우 삼가야 하는데, 대역의 법률을 지레 단정하여 절개를 세우고 원한을 씻은 사람에게 더한 잘못인 것이다."라고 하더라도, 이러한 관점으로 본다면 이것은 용주가 직필을 하였다는 것입니까? 용주가 잘못하였다는 것입니까?

---

8) 대관(大關) : 도달하기 힘든 목표나 표준으로 여기서는 폐모론을 지칭한다.

지금에 이르러 명확히 증명하는 글이 곳곳에 있으니 사대부 가운데 그것을 본 사람은 그 실상을 밝게 알지 않음이 없으니, 이미 알고 난 뒤에 선조의 글을 감히 함부로 고칠 수 없다는 것으로 핑계를 삼아 그것을 금석에 새기고 글로 써서 책을 만들면 처음에는 꼭 남을 무고하는 것에 뜻을 둔 것이 아니더라도 끝에는 실로 남을 무고하는 것이니, 남을 악역(惡逆)의 죄인으로 무고하는 것을 어찌 어진 사람이 차마 할 수 있는 것입니까? 그의 자손이 이미 그 사실을 밝게 안 뒤에 그 사실에 맞지 않는 한 구절의 글을 깎아서, 그 선조의 한 때의 살피지 못한 실수를 고치는 것이 마땅한 것입니까? 깎아내지 않고 그 선조가 영원히 남을 악역의 구덩이에 빠뜨린 것을 면치 못하게 하여, 남의 집안에 백세(百世)의 무고와 모욕을 하는 것이 마땅한 것입니까?

선조가 남에게 무고와 모욕을 당하는 것은 자손의 마음에 참으로 지극히 가슴을 아프게 하는 것입니다. 선조가 남을 무고하였다는 명호를 받는 것은 자손의 마음에 어찌 유독 편안하겠습니까? 이 일은 각각 선조를 위하여 그 무고와 모욕을 밝히고 그 빠뜨린 것을 고쳐서 지당한 허물없는 곳에 돌아가게 하려는 것이니, 어찌 유독 비천한 집안의 사사로운 일일뿐이겠습니까? 이 때문에 가령 우리 아이들이 전후의 증명하는 글을 가지고, 저 집안의 자손에게 실상을 갖추어 진술하여 공손히 가부(可否)를 기다려도, 저들이 따르고 어기는 것은 제가 어찌 기약 할 수 있겠습니까? 그 사이에 저절로 공정한 도리가 있으니 다시 어찌 감히 새로 털끝만큼의 사사로운 꾀와 사사로운 뜻을 용납하겠으며 그 사이에 힘을 펴겠습니까? 저들이 비록 끝내 깎아서 없애지 않는다 해도, 우리 집안은 이미 먼저 조정에서 원통함이 씻어지고 잘못이 바로잡혔고 국론이 이미 정해졌으니, 어찌 감히 다시 한 사람의 잘못을 답습한 글을 이유로 함부로 소장(疏章)을 진술하여 군부의 앞에 남의 잘못을 고발하여 행동거지가 근거 없는 행동이라는 것을 말하겠습니까?

그렇지 않으면 이에 한 가지 말이 있을 것이니 사람의 마음이 사사로움에 가려지면 지극한 이치가 있는 곳을 알 수가 없습니다. 지금 만약 피아(彼我)의 사사로움을 잊고 지극히 공정한 마음을 잡으면, 가령 자신이 그 곳에 처한 것으로 선조를 생각하여 혹 한 때에 비추어 보지 못한 실수가 있으면 자손이 사실에 의거하여 바로잡아서 백옥(白玉)의 한 점의 작은 하자를 씻어서, 공정하고 거리낌 없는 선인의 유지(遺志)를 이루어 천고의 시비로 하여금 감히 도덕 문장(道德文章)에 대하여 손가락질하는 바가 있지 않게 하여야 할 것입니다. 누가 대역부도(大逆不道)의 처지로 남을 무고하여 시비가 어지럽고 원망과 책망이 같이 일어나고 입에 오르내리며 꾸짖는데 들어가는 것이 끝이 없게 합니까? 이로서 미루어 보면 지혜롭고 어리석은 이나 현명하고 불초한 사람을 기다리지 않아도 모두 그 시비와 경중을 밝게 알 수 있으니 분별하기 어렵지 않습니다. 존경하는 이른바 사림 사이의 논의는 '양쪽 집안이 마음대로 스스로 깎고 고치는 것은 매우 곤란한 것이다.'라고 하는데, 저는 실로 그것이 천하의 공정한 시비의 표준인지 아직 깨닫지 못하겠습니다. 저의 견해가 이와 같으므로 감히 스스로 숨기지 않고 이러한 말을 거듭하여 마치 경솔한 듯 한 것입니다. 저는 반복하기를 꺼리시지 말고 모든 것을 가르쳐 주셔서 저의 미혹하고 어두움을 풀어주시기를 바라니 어떠하십니까?

한음 자손에게 보내는 편지
與漢陰子孫書

　　제가 병으로 시골에 엎드려 있으니 친구의 집안에 대하여 모든 일에 관심이 없이 세상과 떨어져 있는 사람 같습니다. 비로소 삼가 들으니 한음 선생의 비문을 용주 조상서가 지은 것으로 지금 새기려 한다고 합니다. 그 글은 어두운 조정의 계축년 조의 한 항목으로 실상과 크게 어긋나서 제가 차마 들을 수 없는 바가 있습니다. 경악이 지극하고 애통함을 이길 수 없어 아이들로 하여금 감히 선인의 신원소와 여러 명가에서 기록한 바의 명증하는 글을 가지고서 가르침을 기다렸으니, 여러분들도 역시 사실을 보시고 풀리어 의심이 없고, 그 깎아서 없애는 것이 마땅함이 되는 것을 밝게 아셨으면 저희 집안의 다행이니 마땅히 다시 어찌하겠습니까? 그러나 공손히 기다리기를 열 달이 되었으나, 오히려 명백한 가르침을 듣지 못하니 이에 비루한 정성을 간략히 펴려고 합니다. 사실에서 이미 보신 것은 다시 장황하게 말하지 않으니 저는 여러분께서 시험 삼아 이것을 보아주시기를 바랍니다.

아! 계축년 사이의 일은 차마 말하겠습니까? 재앙의 그물이 하늘에 가득차고 사나운 불길은 바야흐로 치솟아, 움직이면 칼 톱 솥 가마의 가장 혹독한 형벌로서 일세의 사람을 몰았으나 오직 우리 선생과 백사, 오리 제현이 우뚝이 강물 가운데의 지주(砥柱)가 되었으니, 한 무리의 사류들로 하여금 보고 느껴서 의지하게 하였으므로 나의 조부 또한 삼가 아래에서 따랐습니다. 한 몸의 이해(利害)를 계산하지 않고 바야흐로 앞에서 펼쳐지는 사악한 의논을 막았으니 거의 제현을 배반하지 않았습니다. 그러나 지금 까닭 없이 갑자기 두 적신의 줄에 이어서 쓰고 선생의 비석에 크게 써서 깊이 새긴다면, 그 자손된 자의 마음을 썩이고 뼈에 사무치는 고통은 비록 족히 불쌍할 것이 없더라도, 한음 선생께서 그것을 보셨다면 과연 어떻게 말씀하셨을지 알지 못하겠습니다. 저는 생각하기에 선생께서는 평일에 호오(好惡)가 지극히 공정한 마음으로, 한 시대의 인물의 선하고 악함과 곱고 추함을 밝게 살핀 뒤에 숨기지 않고 조용히 포폄(褒貶)의 가운데에 붙이셨다고 알고 있습니다. 그러나 문득 잘못된 말을 전해들은 것으로 인하여, 선생 묘 앞의 비석에 같은 시대에 절개를 세운 사람이 잘못되어 무고와 모욕을 받으면 어찌 대군자가 '한 사람이라도 제 살 곳을 얻지 못하면'[9] 부끄러워했던 어진 마음에 어긋남이 있지 않겠습니까? 여러분께서 진실로 선생의 마음을 본받아 나와 남을 구별하는 사사로움을 잊고 조용히 생각하고 깊이 사고하면, 사실에 근거하여 바로 잡기에 급박하실 테니 어찌 저의 한 두 마디의 말을 기다리시겠습니까?

또 백사 상공은 선생에게 실로 평생의 지기이니 출처와 화복에 대하여 같지 않은 적이 없었습니다. 그러므로 백사가 지은 선생의 지문(誌文)에 사실을 모두 적어 하나도 남긴 것이 없었으며, 용주가 지은 비문 가운데도 역시 '백사의 지문은 한 가지 일도 남기지 않

---

9) "옛날 선정(先正)인 보형(保衡)[이윤(伊尹)]이 우리 선왕을 진작하여 이르기를 '내 군주로 하여금 요순(堯舜) 같은 군주가 되게 하지 못하면 마음에 부끄러워하여 시장에서 종아리를 맞는 듯이 여겼으며, 한 지아비라도 제 살 곳을 얻지 못하면 이는 나의 잘못이다.'라고 하였다." (『서경(書經)』「열명(說命)」하, 제10장)

았다.'고 하였습니다. 만약 내 조부와 관련된 정황 또한 조금이라도 의심할 것이 있었으면, 백사가 하나의 일이라도 남기지 않으려는 마음으로 어찌 너그럽게 용납하고 비호하여 유독 포폄의 사이에 남겨두었겠습니까? 이것을 미루어 보면 용주의 전후의 글이 서로 어긋남을 면치 못하고, 전해들은 것이 잘못된 것임을 알 수 있습니다. 또 우복이 지은 행장도 지(誌)의 글과 그 말이 똑 같고, 창석 이공이 지은 저의 종대부 감사공의 묘갈에 특별히 '정조, 윤인이 처음으로 폐모론을 주장하였고, 공의 형 아무개는 지평으로서 불가하다는 의견을 견지했다.'고 하였습니다. 이것이 어찌 사실대로 써서 증빙할 수 있는 것이 아니겠습니까? 비록 어질기가 용주와 같더라도 그 때에 조정에서 벼슬하지 않았으면, 보고 듣고서 상세하게 모두 아는 것이 반드시 당시에 여러분들이 눈으로 본 명확함만 못할 것입니다. 여러분들의 선조를 추모하는 효성스런 생각으로 선생의 불후의 비석을 세우는 것은, 진실로 마땅히 선(善)을 다하고 미(美)를 다하여 한 글자의 흠도 의논할 만한 것이 없어야 할 것이니, 그런 뒤에야 후세에 전해져 믿음을 받을 것입니다. 그리고 이미 백사와 여러 현인이 눈으로 본 것으로 실상을 적어 가장 (家狀)을 만들었는데, 다시 실상에 맞지 않는 전해들은 구절을 그 사이에 뒤섞어 후인으로 하여금 지적과 의논할 바가 있게 하면, 이 것이 어찌 대덕을 선양하고 사실을 기록하여 후인에게 전하는 본 뜻이겠습니까?

어떤 사람은 용주가 이미 죽어 그 글을 소급하여 고치는 것은 어려움이 있다고 하는데 이것은 그렇지 않습니다. 예전에 장남헌(張南軒)이 『이선생집(二先生集)』[10] 가운데에 오자가 있으나 일찍이 호문정(胡文定)의 손을 거쳤으니 다시 고칠 수 없다고 하니, 회암(晦菴) 선생이 글을 보내어 가르쳐 말하기를 "문정이 진실로 고칠 수 없다고 하는 것은, 가령 『춘추전(春秋傳)』 가운데의 군부(君父)를 존경하고 이적(夷狄)을 내친다는 것 같은 큰 윤리와 큰 법도는 비록 성현이 다시 나오더라도 고칠 수 없다는 것이다. 만약 문자의 틀린 것은 어찌 당시에 전해진 것이 선(善)을 다한 것이 아님을 알면서 그

---

10) 『이선생집(二先生集)』: 『이정문집(二程文集)』을 이름.

것을 바로 잡지 않겠는가? 만약 말한 것과 같다면 이천(伊川)선생이 '앞에 미안한 것이 있으면 나중에 다시 바로 잡을 수 없다.'는 것이 또 장차 오늘에 다시 일어날 것이다. 다시 마음을 비우고 기운을 편안히 하여 오로지 의리로서 구하기를 바란다."라고 하였습니다. 이것을 보면 예전의 성현이 서로 권면한 것은 지극히 공평하고 사사로움이 없고 다만 의리가 있는 곳을 볼 뿐임을 이에서 볼 수가 있습니다.

지금 이 용주의 글은 대개 마지막 결론과 논단하는 곳 같은 것은 진실로 가볍게 고치기 어렵겠으나, 편집과 서사의 사이에 이르러서는 당시에 들은 것이 크게 잘못 된 곳은 후인이 사실에 근거하여 살펴서 고치는 것이 문장의 뜻에도 해로움이 없고 의리에도 완전히 합당할 듯합니다. 삼가 생각하건데 용주의 치우치고 거리끼는 바가 없는 마음으로 역시 반드시 이렇게 하는 것을 기뻐하고 조금도 거리낄 것이 없음이 분명하고 명확합니다. 그러나 하물며 한때 전해 듣는 것의 착오는 성현도 면하지 못할 바이지만, 그 사실이 드러난 뒤에는 비록 어리석은 자도 이것을 알 수 있습니다. 지금 나의 조부가 비록 대군을 밖에 두는 계(啓)로서 죄와 벌의 가운데 섞여 들어갔으며, 잘못된 것을 전해들은 것으로 하여금 사실을 바꾸어 한 두 명공의 귀에 흘러 들어가게 하는데 이르렀을 뿐입니다. 그러나 오직 대론의 일에서 다른 의논을 세운 것은 덮을 수 없으니 그러므로 밝게 증명하는 글이 곳곳에 있으니 사대부의 사이에 밝게 알지 못하는 사람이 없으니 이미 밝게 안 후에 오히려 또 용주의 글을 가볍게 고칠 수 없다고 핑계대어 선생의 묘도(墓道) 앞에 있게 되면 후인 가운데 찾아와서 공경을 드리려는 자로 하여금 만지고 가리키며 말하기를, "아무개와 아무개가 함께 폐모론을 내었다."고 하게 될 것입니다.

이것은 선생의 묘비로 인하여 허물없는 사람이 잘못하여 대역(大逆)의 이름을 백년의 뒤에까지 받게 되는 것이니, 선생의 인후(仁厚)한 본래의 뜻에 있어서 어떠하겠습니까? 그리고 비천한 우리 집안의 끝없는 원통함은 또한 어떠하겠습니까? 제가 비록 불효하고 불초하지만 진정 조부가 이런 무고와 욕을 받는 것을 견디지 못하여 한 생각으로 원한을 품어 뼈에 사무치나 늙어 병들어 숨을 헐떡

거리니 죽을 날이 얼마 남지 않았습니다. 죽어 원귀(冤鬼)가 되어 만약 지하에서 선생에게 나아가게 되어 송사(訟事)하고 질문하면 절대로 저의 말이 사적인 것이라고 생각하지 않으시고 그 실정을 살펴 아시고 불쌍히 여기시는 바가 있을 것이 확실합니다.

대저 아시는 것이 없으면 그만이겠지만 지금 여러분께서 이미 아시고 장차 깎아 내려는 뜻이 있으시면 당연히 사실을 파악할 때에 헤아려 결정하셔야 할 것임에도, 하필 판결하지 못하는 의심을 가지고서 시간을 보내어 저로 하여금 하루아침에 갑자기 세상을 떠나서 황천에서 원한이 맺히게 하려고 하십니까? 저는 엎드려 여러분에게 선생의 남기신 뜻을 우러러 본받으시기를 비오니 그날의 실상을 두루 의거하여 빨리 바른 곳으로 돌아가서 큰일을 완성하시면, 다만 저희 집안의 대대로 내려오는 끝없는 지극한 고통을 풀 뿐이 아니라 또한 선생의 묘도의 비석이 다시는 한 글자의 남은 흠도 없고 후인에게 논의되지도 않게 될 것입니다. 오직 여러분께서 깊이 생각하여 빨리 도모하시기를 간절히 기다립니다. 두려워하며 재배 드립니다.

집의 심계량[11]에게 답하는 편지

答沈執義季良書

애써 돌보아 주심에 감사드립니다. 사신(思愼)이 갈 때에 이미 한음 자손에게 준 편지에 다하였으니 생각건대 이미 보았을 것입니다. 그러나 이 일은 다만 의리상 마땅히 고쳐야할지 마땅히 고치지 않아야 할지만 볼 것입니다. 의리상 고쳐야할 것이면 주위 사람이 비록 말로서 꾀고 위엄으로 협박하여 고치지 말도록 하여도 어찌 고치지 않을 것이며, 의리상 고치지 않아야 할 것이면 주위 사람이 비록 말로서 꾀고 위엄으로 협박하여 반드시 고치게 하려고 해도 어찌 고칠 수 있겠습니까?

그렇다면 용주가 당일에 섞어서 쓴 잘못을 후인이 이미 명확히

---

11) 심계량(沈季良) : 1659~1719. 자(字)는 직부(直夫), 부(父)는 심재(沈梓), 조(祖)는 심유행(沈儒行) 본관은 청송(靑松).

증명한 글을 보고서 그 잘못을 진실로 알았다면 이 쪽[愚潭家]에 있어서는 액운을 만난 것에 불과하지만, 저 쪽[龍洲]에 있어서는 이에 도리어 남을 무고하는 말을 한 것입니다. 어찌 남을 악역(惡逆)[12]이라고 무고하는 말로서 새겨서 책으로 묶어 그 선조에게 누가 되게 하겠습니까? 어찌 남을 악역(惡逆)이라고 무고하는 말로서 돌에 새겨서 그것을 그 선조의 묘에 세울 수 있겠습니까? 이것으로 논해 보건대 그 자손이 된 사람은 다만 의리에 마땅히 고쳐야 할지 마땅히 고치지 않아야 할지를 보고 인정과 하늘의 바른 도리의 당연한 바에 힘쓸 뿐이니, 어찌 주위 사람의 권하고 만류하는 것으로서 그 의리의 바름을 잊을 수 있겠습니까?

또 들으니 한 종류의 의논에, "양가의 자손이 이미 그것이 실상에 맞지 않는 것을 밝게 알아서 고치고자 하지만, 외부의 의논이 여러 가지이므로 시비를 정하지 못하니 어찌 감히 마음대로 스스로 깎아 고쳐서 나무라는 평가와 비난하는 의논을 부르겠습니까?

---

12) 악역(惡逆) : 의리에 어긋나는 몹시 악한 행위. 부모나 조부모를 때리거나 살해하는 죄.

만약 무고를 받은 집안에서 반드시 큰 조치를 하여 임금에게 상소를 올려 임금의 명령으로 조정이 고치기를 청하면 양가의 자손이 감히 고치지 않을 수 없을 것이다. 그러면 여러 의논이 저절로 조용해 질 것이니 다시 시비가 없을 것이다."라고 합니다. 과연 참으로 이와 같다면 이것은 남을 위하는 것이고 자기를 위한 것이 아니며, 자기를 위한 것이고 선조를 위한 것이 아닐 것입니다. 양가의 자손은 어찌 이 의논에 동요되어 그 선조에게 마음을 다할 수 없게 되었는지, 그 이유를 나는 알 수가 없습니다. 별지에 상세하게 있어, 나머지는 누누이 말하지 않으니 오직 조용히 이해해 주기를 바랍니다.

별지

別紙

비문(碑文)의 일은 삼가하여 뜻을 모두 보였습니다. 그러나 가만히 생각하건대 이 일은 다만 마땅히 용주(龍洲)공이 말한 것이 사실과 의리의 시비에 참된 것인지를 먼저 논해야 할 것입니다. 그런다음으로 그 자손과 한음(漢陰) 상공 집안의 고치지 않을 수 없다는 도리와, 내[정시한]가 마땅히 고쳐야 한다고 청했던 바의 뜻을 말해야 할 뿐입니다. 그 앞뒤의 증거의 글과 논변의 말은 그대와 한 상공의 집안에서 이미 익숙히 들어 갖추어 알고 확연히 모두 보았을 것입니다.

저 용주가 말한 잘못은 사리의 시비이니 지금 군더더기를 쓸 것이 없습니다. 유독 사리가 이미 밝아진 뒤에도 양가가 오히려 각각 본심에 있는 바를 근본으로 근심하고 생각하여 빨리 고칠 것을 도모하지 못하는 것을 애석해합니다. 대저 자손이 효도하는 본심은 애초에 외력(外力)을 기다리지 않고 역시 각자 스스로의 재주와 힘을 다하려고 할 뿐입니다. 그러므로 아름다움이 있으면 드러내고 허물이 있으면 숨겨주며, 뜻의 펴지 않은 것은 계승하고 일의 끝내지 않은 것은 이어받아 일찍이 그 지극함을 쓰지 않은 것이 없었습니다. 지금 이 비문 가운데 섞어 쓴 잘못은 나에게 있어서는 이것이 선조가 남에게 무고를 받는 것이며, 용주의 자손에 있어서는 이것이 선조가 남을 무고(誣告)했다는 명호(名號)를 받는 것이 됩니다. 한음의 자손에게 있어서는 이것이 장차 무고하는 말로서 선조의 곁에 올리는 것이 됩니다.

대개 선조가 남에게 무고를 당하면 나의 도리에 있어서는 진실로 이미 지극한 원망과 고통이라 상대에게 진술하여 올바른 곳으로 이끌어 저들로 하여금 깎아 고쳐서 바른대로 돌아가게 한 뒤에 그칠 것입니다. 만약 그렇지 않으면 사람 마음은 얼굴과 같아서 끝내 변할 수가 없으면 역시 당연히 의를 끌어다가 절교를 고하고 책에 수록하여 당세에 질정해 보고 자손에게 전하여 백세의 공정한 평론을 기다릴 뿐입니다. 만약 선조가 남을 무고하였다는 명호를 받으면 필시 당연히 그 마음에 놀라고 두려워하여 먼저 일에서 취하여 증명하고 서로 비교하여 고쳐 저 득실의 돌아가는 것을 살필 것입니다. 그리고 과연 그 한 실수를 보면 그 형제 자손과 근심하며 속히 고쳐서, 선조가 우연히 실수한 것이 후세에 드러나지 않도록 할 것이니 그렇게 하는 것이 어찌 효에 성대한 것이 아니겠습니까? 다만 이렇게 하지 않고서 지나치게 어렵게 여기고 형적에 구애되며, 선입견을 주로 하고 근거 없는 의논에 어지럽혀져 오래 시간을 지체하여 더욱 비난하는 의논이 어지럽게 일어나게 한다면, 이것이 어찌 정성스럽고 간절한 효성에 그만둘 수 없었던 본래의 마음이겠습니까? 만일 한음 상공의 효성스런 손자라면 본래의 마음에 도가 있을 것이니 시험 삼아 작은 일로 비유해보겠습니다. 지금 상공의 묘도의 곁에 혹 가시나무가 자라는 것이 있으면 반드시 그것을 벨 것이며, 그 귀두(龜頭)의 위에 이끼가 번성하게 자라면 반드시 없앨 것입니다. 작은 것도 오히려 그러한데 하물며 내가 이미 남을 역명(逆名)의 대역으로 무고한 것이 큰일이며 잘못된 것임을 알면서야 어떻겠습니까? 이에 감히 그 잘못된 것으로 묘도 옆에 세워 희생을 묶는 돌로 삼아, 선조의 시비의 감식(鑑識)과 인후한 덕으로 하여금 길이 서운함이 있게 한다면 그 효도하고 공경하는 마음에 유독 유쾌하다고 하겠습니까?

세 집안의 일을 모아서 말하면 우리 한 집안의 마음속 깊은 곳의 고통은 상대적으로 무겁고, 저 두 집안이 당한 일은 상대적으로 가볍습니다. 그러나 사리로서 판단하면 옳은 것은 우리에게 있고 그른 것은 저쪽에게 있으니, 저들은 마땅히 고쳐야하고 우리는 마땅히 밝혀야 합니다. 밝히는 것과 고치는 것 사이에 그 감추고 드러내고 계승하는 것이 지극한 도를 쓰지 않음이 없으니 그 책임도 오직 같은 것입니다.

지금 친구가 나를 사랑하는 것이 대개 나를 염려하는 까닭에 나를 꾸짖는 것은 크고 무겁게 하고, 저 양가에 대해서는 마치 소홀한 듯함이 있으니, 혹여 또한 천하의 공정한 의논이 아닐까 걱정이 됩니다. 대저 내가 양가에 대하여 더불어 논변한 바의 것은 다만 나의 본심에서 나왔고, 의리의 마땅히 고쳐야 할 것을 밝게 말하였습니다. 저들로 하여금 또한 대개 그 선조에게 효도할 것으로 생각할 수 있게 하였으며 하늘의 바른 도리에 맞게 고치게 할 뿐입니다. 또 어찌 털끝만큼이라도 주선(周旋)하여 그 사이에 사사로운 뜻을 이룰 수가 있겠습니까? 혹 내 마음의 아픔이 지극하여 사사로운 감정을 견디지 못하여, 한 가지만을 향하여 내어 달려 힘써서 이에 고치기를 청하겠습니까? 이는 옳음이 나에게 있지 않고 저에게서 옳음을 찾는 것과 다르지 않으니 만약 그렇다면 비록 다시 꾀고 협박하여도 저가 어찌 듣겠습니까? 혹시 듣는다 할지라도 어찌 여러 사람의 의혹이 불어나지 않겠습니까? 그리고 조부의 당일의 뛰어난 절개를 세운 마음을 길이 후세에 말하지 못 하도록 하겠습니까?

친우가 나를 돌아보아 주는 뜻으로 나로 하여금 한양에 들어가 서로 고하게 하고, 또 나로 하여금 성상께 호소하여 원망을 하소연하게끔 합니다. 그러나 인(仁)으로 바로잡고 의(義)에 질정하여 피아의 경계를 지나는 것은 실제로 불가능한 바가 있습니다. 그러므로 감히 옳치 않은 것으로 하지 않고, 다만 말과 글로서 서로의 뜻을 통하여 이 마음과 이 이치를 양쪽이 서로 깨달아서 끝내는 뜻이 향하여 돌아갈 바가 있기를 바랄 뿐입니다. 그렇지 않으면 비록 불초한 몸에 쇠한 병이 심하지만, 어찌 선조를 위하여 먼 곳에 가는 것을 아끼겠습니까?

어떤 사람이 "한음 집안에서 이 글을 쓰지 않으면 그만이겠지만 만약 사용한다면 어찌 감히 마음대로 깎겠는가?"라고 하는데 대저 아름드리나무에 몇 자의 썩은 곳이 있으면 좋은 장인은 반드시 그 썩은 것을 깎아내고 그 나머지를 남기니 동량을 쓰는 방법이라 하겠습니다.

지금 용주의 글이 한 곳이 그르고 모든 곳이 옳다면 반드시 그 그른 것을 제거하고 그 나머지를 취해야 할 것이니, 과연 취사의 뜻에 해로움이 되겠습니까? 하물며 용주의 말에 이르기를, '백사의 지(誌)는 한 일도 남기지 않았다.'라고 하고는 다만 이 한 구절은 섞어 써서 백사의 남긴 것에 더하였으니 앞의 것으로 뒤를 증명해 보면 스스로 서로 모순이 되어 행할 수 없음이 명백합니다. 지금 용주의 남기지 않아야 할 말을 용주의 남겨야 할 글에서 깎아내는 것이니 또 어찌 마음대로 깎는 혐의가 있겠습니까? 또 이 문자는 첨가하고 고쳐 쓰는 것과 같지 않으니, 다만 이것은 성명 세 글자를 지우는 것이니 문장에 조탁한 부자연스런 흔적이 없고 뜻은 흠을 없앤 아름다움이 있으니 도리어 거듭 생각하여도, 실로 깎아서 고치는 것에 인색한 사람은 무슨 도리가 있는 것인지 알지 못하겠습니다. 그렇지 않으면 혹 용주의 잘못된 글을 깎아내는 데는 어려워하고, 도리어 무고하는 말로서 그 선조의 묘비를 더럽히기를 계속하는 데는 어려워하지 않는다면, 또한 어찌 그 경중의 뜻을 살핀 것이겠습니까?

그대 또한 한음 상공의 외후손이니 마땅히 헤아려 시비를 밝히고 오류를 고치는 확고한 도리가 있을 것입니다. 그러므로 감히 이같이 구구하게 뜻을 펴니 오직 세밀하게 생각하고 살피고 또 반복하여 내려 주시기를 바랍니다.

정곡공변무록 권3

익찬 이하경[1]에게 보내는 편지의 별지

與李翊贊夏卿別紙

지금 책 하나를 보내니, 이는 저의 집안의 돌아가신 조부(祖父)가 모함을 받은 것에 대해 신원(伸寃)[2]을 청한 상소, 이조(吏曹)의 회계(回啓)[3]와 여러 명가의 분명한 증거가 되는 글, 그리고 이번에 주고받은 서찰 등의 기록입니다. 전후의 사정은 한 번 보시면 분명히 알 수 있을 것이기에 여기서는 다시 언급하지 않았습니다. 선친(先親)이 이미 조정에 상소를 올려 신원을 받은 뒤에, 불초한 저는 남은 생을 구차히 보존하면서 더럽게 모함을 받는 글이 갑자기 명성 높은 공경(公卿)의 손에서 나와 장차 명성 높은 재상의 비문에 새겨

---

1) 이유장(李惟樟) : 1624(인조 2) ~ 1701(숙종 27). 조선의 학자. 자는 하경(夏卿), 호는 고산(孤山). 본관은 전의(全義). 한국고전번역원 판본에는 「여이익찬유장별지(與李翊贊惟樟別紙)」으로 되어있다.

2) 신원(伸寃) : 임금이 신하의 원통한 일을 풀어주는 일.

3) 회계(回啓) : 임금의 물음에 대한 신하의 답변.

지려는 일을 직접 보게 되었으니, 너무도 통탄스러워 차라리 살고 싶지가 않습니다. 이견(異見)을 주장한 조부의 글이 당초『정원일기(政院日記)』에는 분명히 실려 있었으나, 반정 초에 수정가주서(修正假注書)를 뽑아 그로 하여금 혼조(昏朝)[4] 때의 일기를 수정하도록 하였는데, 수정할 때에 상세함을 다하지 못하여 피혐과 계사가 거의 빠지게 되었습니다. 그러나 등본(謄本)은 당시 승지와 주서의 집에 보관된 것이 많았기 때문에 아이들이 또한 얻어 볼 수가 있었고 연흥(延興) 김제남(金悌男), 이상(貳相) 강신(姜紳) 등 명문 집안의 일기와 기타 상고할 수 있는 글들이 여러 곳에 있습니다.

그리하여 아이들로 하여금 이것을 가지고 가서 일일이 한음(漢陰)과 용주(龍洲) 두 집안의 자손들에게 분명히 보여주도록 하니 모두 의심함이 없었습니다. 한음의 자손은 반드시 삭제하려 하다가 끝내 말하기를, "용주의 문집이 머지않아 간행될 것인데 그것과 달라서는 안된다."고 하며, 아이들과 함께 용주의 자손에게 명백한

---

4) 혼조(昏朝) : 어두운 임금의 재위 시기, 여기서는 광해군 때를 지칭함.

말을 함께 말하니, 용주의 자손은 말하기를, "사실은 이와 같지만 선조가 이미 돌아가셨으니, 후손인 우리들이 이와 같이 멋대로 고치기는 어렵다."라고 하였습니다. 다만 이 글은 용주가 결론지어 논단한 곳이 아니라 일을 서술하던 도중에 미처 널리 참고하지 못하고 단지 동계(桐溪)의 상소만을 믿고서 이름 석 자를 연이어 썼을 뿐입니다. 지금 비록 사실에 근거하여 삭제하더라도 그 선조의 미처 살피지 못한 실수를 보완하는 것이지 조금도 글 뜻에 해가 됨이 없는 것이며, 또한 한 글자도 그 사이에 보태는 것이 아닙니다. 그러므로 상관없는 사람들도 대부분 말하기를, "고칠 수 있다는 것은 의심할 것이 없다. 다만 사실을 모르는 사람은 제멋대로 바꾸기를 어려워하는 마음이 있다. 그러므로 다만 두 집안의 자손이 다른 사람들의 수정한다는 비난을 매우 두려워하면서 바르게 처리하는 방법은 모르는 것이다."고 합니다. 또 한음 집안의 글들은, 백사(白沙)가 지(誌)를 지었고, 창석(蒼石)[5]이 장계의 초고를 지었고, 우복(愚

---

5) 이준(李埈) : 1560(명종 15)~1635(인조 13). 조선 후기의 문신. 본관은 흥양(興陽). 자는 숙평(叔平), 호는 창석(蒼石).

伏)[6]이 행장을 지었는데, 세 현인이 서술한 바는 한결같이 다름이 없습니다. 용주가 지은 비문 중에 또한 백사의 지(誌)를 따랐다고 말을 하였으니, 백사의 지가 모든 일을 빠뜨리지 않았다고 여긴 것입니다. 그러나 이것으로 미루어 보건대 용주의 말은 서로 모순됨을 면하지 못하니, 잘못 전해 듣고서는 글을 지을 때에 잘 살펴보지 못했다는 것이 분명합니다. 글은 남긴 후에 도리어 용주로 하여금 다른 사람을 무고하고 반역의 누명을 씌운 잘못을 받게 하였습니다. 용주의 자손이 이미 분명히 증명할 수 있는 사실 기록을 보았다면 사실에 근거하여 바로잡는 것은 실로 또한 용주에게 영광인 것이지, 사사로운 부탁을 받고서 몰래 허락해 준 것에 비할 바가 아닙니다. 고견은 어떠하신지 모르겠습니다.

예나 지금이나 집안에서 문집을 간행할 때는 자손과 제자, 친구들이 많은 부분을 삭제하고 수정하여 후인들에게 비판 받지 않도록 해야 할 겁니다. 그리하여 비록 한편 전체라도 기록하지 않은

---

6) 정경세(鄭經世) : 1563(명종 18)~1633(인조 11). 조선 중기의 문신·학자. 자 경임(景任), 호 우복(愚伏), 시호 문장(文莊).

것이 많으니, 사소하게 글자를 삭제하는 등의 일이 어찌 한스럽겠습니까? 저는 보고 들은 것이 고루하여 어떤 이들이 어떤 현인의 문집을 간행하면서 어떤 글자를 삭제하였는지 명백히 증거로 댈만한 것을 확실히 알지를 못합니다. 식견이 높고 사물에 밝은 족하께서는 문장에 뛰어나시고 선현의 고장인 영남에 거처하시니, 반드시 문헌으로 검증할 것과 들어 알고 있는 것이 많을 것입니다. 삼가 바라건대 상세히 살펴 알려주시고, 또 널리 물어보고 찾아보면 반드시 증거로 삼을만한 것을 볼 수 있을 것이니, 몇 가지를 제시해 주심이 어떠하겠습니까? 의리로 볼 때에 비록 매우 분명한 것이지만 근거할만한 사실이라는 것이 더욱 쉽게 사람들을 이해시킬 수 있기에 감히 이렇게 번거롭게 청하니, 자상히 유념해 주신다면 매우 다행이겠습니다.

대개 용주의 글은 동계의 상소에서 나온 것입니다. 동계의 상소가 비록 이것과는 조금 다른 듯 하지만 동계의 상소가 있었기 때문에 용주의 글이 있게 된 것입니다. 동계는 먼 지방에서 와서 전해들은 것이 자세하지 않은 상태에서 비분강개의 마음이 극에 달하였고, 또 말을 가려 쓰지 않아 여기에까지 이르렀던 것입니다. 그러나 당시 동계와 동류였던 우복 정선생, 창석 이선생 같은 제현들은 모두 조부와 사귀어 친해진 정이 조금도 쇠해지지 않았기 때문에 동계도 곧 그가 잘못 들었다는 것을 깨달았습니다. 그리고 그 후 을해년(乙亥年, 1635)에 동계와 선친이 함께 과거 시험관이 되자 어떤 이들이 선친에게 함께 시장(試場)에 들어가지 말라고 권하니, 선친이 말하기를, "이 사람은 단지 잘못 전해진 말을 들었을 뿐이고 사적으로 좋아하고 싫어하는 감정에서 나온 것이 아니니, 내가 이것을 개인의 원수로 여겨 얼굴을 돌려서는 안된다." 하시고는 함께 시장(試場)에 들어갔습니다. 그리고 시장이 파한 뒤에 동계가 사람들에게 극찬을 하며 말하기를, "아무개는 실로 훌륭한 선비다. 내가 듣자니 아무개의 아비는 그 아들보다 낫다고 한다. 나의 상소의 말이 사실과 어긋났다고 하는데 후회해도 어쩔 수가 없다. 내가 장차 경연 자리에서 임금에게 이와 같이 아뢰겠다."라고 하였습니다. 감사 오단(吳端)[7]씨가 선친을 찾아와 말하기를, "오늘 동계를 만났는데 그의 말이 이와 같았다."라고 하였고, 제가 오단의 말을 직접 들었습니다. 그런데 오래지 않아 병자년(丙子年: 1636)의 난리가 나자 동계는 고향으로 내려갔으니, 이것이 참으로 저희 집안의 불행입니다. 이 말은 비록 문서로 기록된 것이 아니라 직접 믿기 어려운 점은 있으나, 그대 앞에서 감히 속일 수가 없는 것입니다. 이것으로 보건대 동계는 이미 그 상소가 사실과 어긋난다는 것을 알고 있었던 것 같습니다.

또 듣자니 용주가 동계의 시호를 청하는 장계를 지으면서 그 상소의 전문을 적고는 끝에 이르기를, "아무개[8]가 공의 상소를 보고 말하기를, '나는 천고의 죄인임을 면할 수 없다.' 하고는 마침내 날마다 술을 마시다가 병들어 죽었다." 하였습니다. 이는 참으로 제가 들어보지 못했던 것입니다. 비록 그 말이 믿을만한지는 모르겠으나 대개 당초 조부의 '궁궐에서 내보내야 한다.'는 의견은 실로 영창의 목숨을 안전하게 보호하려는 의도였는데, 궁에서 내보낸 뒤에 영창대군(永昌大君)이 갑자기 화를 당하였고, 국사가 점차 올

---

7) 오단[吳端] : 1592(선조 25)~1640(인조 18). 조선 후기의 문신. 본관은 동복(同福). 자는 여확(汝擴), 호는 동암(東巖)·백암(白巖).

8) 정호관을 지칭한다.

바르지 못한 지경에 이르렀습니다. 그렇기 때문에 조부께서 비록 폐모론에 이견을 주장하다 바닷가 시골의 외직⁹⁾에 보임되었으나, 그래도 시사를 개탄하여 스스로 깊이 슬퍼하며 사람들에게 말할 때에 매번 회한의 말을 하였습니다. 동계의 상소 중에 또한 살제(殺弟)의 의론이 있으니, 군자가 스스로를 반성하는 도에 있어 자신에게 허물을 돌리는 것이 이러한 이치입니다.

그리고 폐모(廢母)의 논의에 이르러서는 이미 이견을 주장하였으니, 어찌 이 때문에 죄를 받을 리가 있겠습니까? 이것은 한음 비문 중의 말과는 다르니, 비록 갑작스레 고치기는 어렵겠지만 만약 명공(名公)의 글을 얻어 전후의 사정을 상세히 밝혀 후세에 전할 실제의 기록으로 삼는다면 이러한 말로 후인들도 판단하여 알 수 있을 것이고, 저희 집안의 지극한 원통함도 백세 뒤에는 조금 풀릴 것입니다. 훗날 이 일을 마무리 짓는 데에는 고명한 선생에게 바랄 바가 없지는 않지만 지금은 감히 말을 할 수가 없습니다. 그러나

---

9) 외직 : 지흥해군사(知興海郡事)에 보임됨.

차후 이 책자의 끝에 발문을 쓰는 것에 대해서는 한가할 때에 유념해 주시기를 실로 바라고 있으니, 부디 헤아려 주십시오.

어떤 이는 두 집안의 자손에게 아무개가 마땅히 편지를 보내야 한다고 합니다. 그리하여 삼가 이렇게 글을 엮었는데, 한음의 자손은 평소 서로 알던 바라 먼저 보냈고, 용주의 자손은 일찍이 만난 적이 없어 말을 만들기가 매우 어려울 뿐만 아니라 이 글에도 맞지 않는 것이 많으며, 또 용주 자손에게 편지를 보내는 것이 사리에 어긋나지 않는지 잘 모르겠기에 우선 보내지 않았습니다. 선생의 고견은 어떠한지 모르겠습니다. 어떤 사람은 제가 이미 이러한 큰 변을 만났으니, 물러나 가만히 있어서는 안되고 마땅히 친히 상경하여 해명할 준비를 하고서 우선 거짓으로 받은 모함을 변론해야 한다고 합니다. 서울 가까이 달려 나아가는 것은 참으로 불가할 것이 없지만, 저의 뜻은 이 일에 대해 단지 사리를 개진할 뿐이고, 실로 개인적인 의견으로 그 사이에서 극구 말해서는 안된다고 생각합니다. 그러므로 우선 이곳에 가만히 있으면서 아이들로 하여금 서로 왕래하게 하여 사정을 개진하고 있으니, 이 또한 의리에 어떠

합니까? 혹은 사적으로 주고받는 것으로는 결국 일을 이룰 수 없으니, 반드시 상언(上言)을 하거나 상소를 한 연후라야 청을 이룰 수 있다고 하면서, 서애(西厓)의 자손이 상소로 안방준(安邦俊)[10]의 일기에 대해 변론한 것을[11] 인용하여 증거삼고 있습니다. 그러나 저의 뜻은 이미 상소로 아뢰어 신원이 된 뒤에 또 다시 상소하여 청하는 것은 외람된 것 같으니, 이 또한 어떻게 해야 할지 모르겠습니다. 이 몇 가지에 대해 저는 의리가 밝지 못하여 무엇을 따라야 할지 몰라 감히 이렇게 우러러 아뢰는 것입니다. 삼가 바라건대 일일이 지적하며 가르쳐 주시어 미혹됨을 깨우쳐 주심이 어떠하겠습니까?

제가 이러한 변을 당한 뒤로 밤낮으로 비통한 마음에 실로 세상

---

10) 안방준(安邦俊) : 1573(선조 6)~1654(효종 5). 조선 중기의 학자. 본관은 죽산(竹山). 자는 사언(士彦), 호는 은봉(隱峰)·우산(牛山)·빙호(氷壺).

11) 서애(西厓)의 …… 변론한 것을 : 유성룡의 손자인 유후상(柳後常)이 상소하여, 안방준이 『기축위록(己丑僞錄)』을 기록하며 최영경(崔永慶)을 죽인 일은 유성룡이 주장한 것이라는 등의 거짓 내용으로 유성룡을 거짓으로 모함하였다고 하여, 임금의 윤허를 받았다. (『肅宗實錄 肅宗18年 4月 14日』)

에 살 뜻이 없으니, 진실로 고명하신 선생께서 특별히 불쌍히 여기시어 이 일에 대처할 수 있는 방도를 제시해 주시고, 의리상 마땅한 바를 밝게 가르쳐 주시어 저로 하여금 혼미하여 어찌지 못하는 지경에 이르지 않게 하신다면, 저는 비록 오늘 저녁에 죽는다할지라도 또한 유감이 없을 것이니, 그러므로 이렇게 여쭙니다. 그간 보내지 않고 사적으로 적었던 글과 다른 사람들에게 보여주지 않았던 서찰을 모두 적어 보내니, 고명하신 선생께서 일의 상황을 상세히 알아서 마치 자리를 함께하여 직접 말하는 것처럼 하려는 것입니다.

제가 서울의 사우들에게 답한 편지의 별지에 대해서는, 아이들이 또한 도리어 격앙된 바가 있으니 보여주어서는 안된다고 합니다. 사형도 이 뜻을 말하지 않아도 이해할 것이니 남들에게는 말하지 마십시오. 저와 고명하신 선생의 관계는 사귄 지는 오래되지 않았지만 우의(友誼)에는 차이가 없어 평소 우러러 믿고 의지하는 것은 실로 다른 사람에게 뒤지지 않습니다. 그러므로 격해지는 사사로운 마음으로 번거로움을 마다않고 이렇게 자세히 아뢰는 것이

니, 천만번 잘 헤아려 밝게 가르쳐 주시어 밤낮으로 기다리는 성의

를 저버리지 않으신다면 매우 다행이겠습니다.

익찬 이유장에게 받은 편지의 별지

李翊贊惟樟別紙

저[이익찬]는 시골에 사는 고루한 사람으로 근대 명현(名賢)의 사적에 대해서는 전혀 아는 바가 없습니다. 지난 겨울 우연히 산사를 찾아 머무를 때에 돌아가신 대부[정호관]의 혼조때 처신했던 행적을 보고서, 세상의 어지러움이 끝이 없음에 말없이 탄식하였지만, 돌아가신 성주(城主)[12]의 지성으로 성상께 아뢰었던 실제는 또한 만세의 사표라 이를 만하겠습니다. 그러나 불행한 말이 또 명경(明卿)의 글에서 나오게 될 줄을 누가 알았겠습니까. 삼가 생각건대 그대의 정황을 어디에 비유해야 할지 모르겠습니다. 대개 두 대현(大賢)자손의 경우로 말한다면, 문구를 고치는 것의 이득과 고치지 않는 것의 손실은 그 차이가 현격하니, 어째서이겠습니까? 천하에는 양

---

12) 성주(城主) : 정언황을 지칭.

쪽 모두 옳은 것은 없으니, 명경의 말이 비록 매우 믿을 만하더라도 어찌 당일의 임금에게 올린 글 만 하겠습니까? 이는 자기 자신이 기록한 것으로 참된 사실인 것입니다.

지금 삭제하는 것을 어렵다고 말하는 것은 필시 주부자(朱夫子)가 범충선(范忠宣)이 비석을 새긴 것을 논한 일로 증거를 삼는 것이지만, 이것은 크게 다른 점이 있습니다. 구양수공[歐公]의 글에는 본래 의심할만한 것이 없었는데, 범충선이 특별히 개인적인 잘못된 생각으로 지은이를 찾아가지도 않고 몰래 완성된 글에서 중요한 말을 빼버린 것이니, 주자가 이것을 옳다고 여기지 않은 것은 당연합니다.[13] 용주(龍洲) 재상의 사실을 적은 글이 비록 믿을만한

---

[13] 범충선(范忠宣)공은 송나라 범순인(范純仁)이고, 구양공은 범순인의 부친 범중엄(范仲淹)과 절친했던 구양수(歐陽脩)이다. 범중엄이 죽은 뒤 구양수가 그의 비문에 '두 사람이 만년에 원한을 풀었다.'고 썼는데, 범순인은 자신의 아버지가 화해한 적이 없는데 이렇게 쓴 것은 아버지를 욕되게 하는 일이라고 생각하여 비문에서 그 구절을 빼 버렸다. 주희(朱熹)는 이에 대해서, 범순인은 구양수에게 부친의 진심을 자세히 아뢰고 그 처분을 따라야 했고, 만약 끝내 서로 의견이 맞지 않을 경우에는 의리에 입각하여 구양수와의 관계를 끊었어야 옳다는 견해를 밝혔다.(『晦庵集 卷38 答周益公書』) 여기에서 이 예는 용주의 자손의 경우에는 이와 반대의 경우라는 것을 말하고자 한 것이다.

것이라고 하지 않을 수는 없지만, 백사(白沙)와 우복(愚伏) 두 현인이 말하지 않았던 것을 끌어댄 것은 혹 잘못 전해들어 그러했는지 또한 알 수 없습니다. 『승정원일기』와 여러 명공(名公)의 기록이 이같이 명백하다면 어찌 의심할만한 것이 아니겠습니까? 고치지 말아야 하는데 고치는 것과 고쳐야 하는데 고치지 않은 것은 모두 정도에 어긋나는 것이니, 범충선의 일로 경계를 삼아서는 안될 듯합니다. 하물며 문집을 만듦에 있어서는 대현(大賢) 이하 모두 교정하고 산삭하지 않음이 없으니, 퇴계(退溪)가 주서(朱書)[14]를, 서애(西厓)가 『퇴계집(退溪集)』을 얼마나 삭제하였는지 모르겠다. 그러나 본의를 해치지만 않는다면 비록 번잡하고 생략된 곳에 대해서도 많은 부분 삭제하여 충분히 정밀해지기를 도모한 뒤에 그친다. 하물며 사실과 어긋난 말로써 무고한 사람을 해치는 경우라면 그 자손된 자들은 마땅히 사실에 따라 바로잡기에 여념이 없어야 할 것입니다. 이것은 친애하는 마음으로 죽은 조상에게까지도 효성을 다하

---

14) 주서(朱書) : 『주자서절요(朱子書節要)』를 지칭하는 듯함.

는 도입니다. 만약 선대에 지은 것이라 후인이 고칠 수는 없다고 하고, 이미 지어진 글을 뒤에 손대기는 어렵다고 하면서 한결같이 고집하며 금석에 새기고 엮어 간행하여 훗날 온 세상에 오히려 고치지 못할 말이 있도록 한다면 그 불행이 어찌 그대에게만 있을 뿐이겠습니까?

삼가 살피건대 고명하신 선생이 두 집안에 보낸 글은 곡절을 설명하며 이해를 다 말하여 너무도 분명하니, 보는 사람이 어찌 서글픈 마음으로 감동하지 않겠습니까? 더구나 해백령공(海伯令公)[15] 같은 이는 실제 당세의 위인으로 반드시 다른 사람들의 말을 기다릴 필요도 없이 스스로 잘 처리하는 도리가 있거늘 용주 상공의 자손에 이르러 더욱 크게 놀라고 두려워하여 의심스러운 것을 결정짓지 못했습니다. 그리하여 마땅히 고쳐야 할 것을 고치지 않아 그 선조로 하여금 문장을 꾸며 진실을 잃어버린 허물을 입게 하였으

---

15) 해백(海伯)은 보통 '황해도(黃海道) 관찰사(觀察使)'를 지칭 하지만, 여기서는 제주목사를 역임한 정시한의 선친 정언황을 지칭하는 것으로 보임.

니, 귀중한 옥에 작은 흠을 만드는 원한을 이루 다 말할 수가 있겠습니까? 또 두 집안이 점차 원한을 맺게 됨에 이르러서는 도리어 대인 군자를 한스럽게 하는 것이니 그 득실이 어떠하겠습니까? 고명하신 선생이 해야 할 도리는 마땅히 극력 깨우치는 것이겠지만 그래도 받아들이지 않는다면 또한 그만일 뿐입니다. 오직 마땅히 성왕 시대에 사관(史官)이 기록한 바를 삼가 지키며 백세의 올바른 평가를 기다릴 뿐입니다.

삼가 제공들의 의론을 보건대 그대가 직접 나아가 변명하는 말을 하되 선조를 위하는 경우에는 안 될 것이 없습니다. 그러나 가령 고명하신 선생의 진퇴는 일반인들과 다릅니다. 임금의 부름을 몇 차례 사양한 것은 이미 온당치 않거늘 일이 선조와 관계되자 단숨에 궐문에 들어온다면, 임금과 어버이는 한 몸과 같다는 의리에 조금은 차이가 있는 듯 합니다. 저의 어리석은 견해로는 고명하신 선생을 위해 말을 해 줄 수가 없습니다. 삼가 보건대 서애(西厓) 유선생(柳先生)이 대란을 당하였을 때 처신한 것을 두고 부족한 바가 있다고 말할 수는 없는데, 정 동계(鄭桐溪)가 지은 월천(月川) 조목

(趙穆)의 비문에는 옳지 않았다는 말이 자못 있었습니다.[16) 그리하여 비를 세울 적에 졸재(拙齋) 유원지(柳元之)[17)공이 마땅히 삭제하고 고쳐야 한다는 뜻으로 누차 타일렀지만 저쪽 집안에서는 시비 판단이 명확하지 않아 끝내 받아들이지 않았으니 또한 어찌할 수가 없는 것이었습니다. 그리고 안방준(安邦俊)에게 거짓으로 모함받은 일에 미쳐서는 서애의 자손들이 상소를 올려 신원을 얻었으니 일이 매우 통쾌한 것이지만, 말하는 사람들은 오히려 자질구레하게 상소로 호소한 것을 꺼리어 싫어합니다. 옛 사람이 이른바 천하에는 한 쪽만 잘하거나 잘못하는 경우가 없다는 것이 과연 그러한 것입니다. 용주 상공의 자손이 글을 고치는 것을 꺼리는 것을 탓할 것은 없습니다. 비록 능력 있는 사람이라 할지라도 가감할 수

---

16) 정 동계(鄭桐溪)가 …… 있었습니다 : 정온(鄭蘊)이 지은 월천조선생신도비명(月川趙先生神道碑銘)에, "서애가 영상(領相)으로 있으면서 강화(講和)에 관한 논의를 주장한다는 말을 듣고서 편지를 보내 말하기를, '상국이 평생 성현의 글을 읽고서 결국 얻은 것은 단지 강화오국(講和誤國) 네 글자란 말인가?' 하였는데, 말이 매우 준절하였다."는 내용이 있다.(『桐溪集 卷4 月川趙先生神道碑銘』)

17) 유원지(柳元之) : 1598(선조 31)~1674(현종 15). 조선 후기의 학자. 본관은 풍산(豊山). 초명은 경현(景顯). 자는 장경(長卿), 호는 졸재(拙齋).

없는 것이거늘 하물며 어리석고 못난 사람들이야 어찌 감히 보태고 뺄 수가 있겠습니까? 평소 알고 지내지 못했다 할지라도 더불어 글을 보내어 토론하는 것은 무슨 안 될 것이 있겠습니까?

저는 자질과 성품이 용렬하고 학식이 천박하여 아무리 살펴보아도 하나도 취할만한 장점이 없습니다. 이에 천리 먼 곳까지 사람을 보내어 글의 문맥의 변화를 물으시며 의견을 말하라고 하셨지만, 제가 만약 조금이라도 본 바가 있다면 어찌 감히 고명하신 선생께 다 말씀드리지 않겠습니까? 다만 아는 것이 없어 무어라 할 수가 없어 대강 한두 가지 저의 염려를 조잡하게 아뢰는 것으로써 큰 기대에 책임을 면하고자 합니다. 이른바 '가득 싣고 왔다가 빈 자루로 돌아간다.'는 상황이니, 매우 부끄럽고 한탄스러워 견딜 수 없습니다.

용주의 자손에게 보내는 편지
與龍洲子孫書

매서운 날씨에 삼가 여러분의 존체(尊體) 건강하시고 복이 가득하시길 빕니다. 저는 병으로 고향으로 물러난 것이 이제 10년이 되었습니다. 이에 일상의 인간사(人間事)에 대해 마치 귀머거리와 장님처럼 지내왔습니다. 그런데 지난번에 삼가 들으니 한음(漢陰) 상공의 비문은 바로 돌아가신 용주(龍洲) 대감이 찬술한 것이라 합니다. 그 가운데 한 대목에서 저의 조부의 이름을 적신인 정조와 윤인의 아래에 이어 쓰면서 그들과 같이 '모후(母后)를 폐위하자는 논의를 처음으로 거론하였다.'라고 기록되어 있다고 들었습니다. 듣고는 너무도 경악스러웠습니다. 이미 성상께 누명을 벗었고, 역사서에 분명히 실려 있다는 이유로 금일 비문에 새겨지는 것에 대해 아무런 해명을 하지 않을 수는 없다고 생각했습니다. 그리하여 마침내 저희 아이들로 하여금 선친이 신원 받았던 상소의 원고와 분명한 증거가 되는 제현의 사실 기록들을 가지고 문하에 올려 일일이 그 실상을 우러러 아뢰어 여러분의 처분이 어떠하신지 들으려고 삼가 몇 개월을 기다렸으나 아직까지 분명한 언급이 없으십니다. 이에 감히 다시 전후 사실들과 변변하지 못한 저의 의견을 가지고 다시 여러분에게 아뢰는 것이니, 상세히 헤아려 살펴주시기를 엎드려 바랍니다.

조부께서는 애초 영창대군을 궐 밖으로 내보내는 일을 당하여 사헌부의 관리로 있었기 때문에 계해년 반정 후에 관작을 추탈당하는 데에 이르렀습니다. 혼조 계축년에 정조와 윤인이 폐모론을 주장할 때에 조부는 그들과 다른 의견을 주장한 일이 있었기 때문에 임오년(1642)에 선친이 상소를 올려 사정을 아뢰자 인조대왕과 조정의 여러 신하들은 모두 당시 직접 목격한 사람들로서 폐모론에 그들과 다른 의견을 주장했던 실상을 잘 알았기에 흔쾌히 신원해 주었으며, 관직을 회복해 주고 작위를 덧보태 주어, 훌륭한 성인의 지극히 공정한 마음을 볼 수 있었으니, 작은 허물은 용서하고 큰 절의를 중히 여겨 고치는 데에 인색하지 않았음이 이와 같았습니다. 이 이후로는 다시 다른 의론이 없었는데 단지 동계의 상소에 저의 조부의 성명을 두 적신의 아래에 섞어 써서 폐모와 살제의 죄명으로 논단하였습니다. 이런 이유로 그 전후 사실을 모르는 사람은 섞어 쓴 것을 얼핏 보고는 간혹 그로 인해 의심을 하는 사람도 있으므로 지금 청하며 아뢰는 것입니다.

아아, 계축년의 일[18]을 어찌 차마 말할 수 있겠습니까? 간악한 흉적이 권세를 도적질하여 유언비어를 퍼뜨리며 위로 자전을 거짓으로 모함하여, 안으로는 무술(誣術)로 사람들을 현혹하고 밖으로는 역모의 설을 조작하여 장차 영창을 궁중에서 옹립하려 한다는 유언비어를 조정에 여러 경로로 퍼뜨렸습니다. 그 때 명사들의 의견도 또한 영창을 궐 밖으로 내보내 혐의를 멀리하고 의심을 피하도록 하면 영창대군과 대비가 모두 안전할 수 있을 것이라 여겼습니다. 그러므로 우리 조부의 궐 밖으로 내보내자는 의견의 실상은 실로 여기에 있었던 것입니다. 뒷날 영창이 갑자기 화를 입고 보

---

18) 계축년의 일 : 영창대군의 사건과 폐모론을 말한다.

니, 이것이 조부가 종신토록 통한해 했던 바입니다. 그리고 폐모의 논의에 이르러서는 정조와 윤인이 처음 주장하였는데 합사(合司) 석상에서 조부는 곧장 최유원(崔有源)공, 김지남(金止男)공, 이지완(李志完)공과 같은 뜻으로 그들을 배척하였으니, 그 때 다른 의견을 주장한 것은 바로 흉도들의 기세가 막 일어나던 초기였기 때문에 당시 모든 사람들이 다 잘 알고 있고, 국사(國史)와 야사(野史)에도 분명히 다 실려 있으니, 여러분께서도 또한 이미 상세히 보아 잘 알고 계실 것입니다. 조부가 당시에 결국 미움을 받아 먼 시골로 좌천되어 나갔는데 당초의 의도를 그 당시 명류들 대부분이 알고 있었습니다. 그러나 오직 정 동계는 먼 지방에서 올라왔기에 애초 대론(大論)[19]에 다른 의견을 주장했던 일을 알지 못하고 다만 잘못 전해지던 소문만 듣고서, 궐 밖으로 내보내자고 아뢴 것을 영창을 살해하는 편번의 시작이라고 여겼기 때문에 정조와 윤인의 아래에 연이어 써서 함께 폐모와 살제(殺弟)의 의론을 주창했다고 하였습

---

19) 대론(大論) : 폐모론을 지칭.

니다. 그러나 그 말한 바가 자못 분명하지 못하여 사람들의 의심을 야기하기에 충분하지만, 만약 실상을 참고하여 본다면 오히려 섞어 쓴 가운데에 그 지적한 뜻이 각각 가리키는 바가 있음을 알 수 있을 것입니다. 그런데 지금 이 비문은 아래 단락을 잘라버리고서 두 적신과 더불어 연이어 써서 폐모론을 함께 주창하였다고 지칭하는 데에 이르렀고, 바로 임금에게 큰 죄를 지어 도리에 크게 어긋나는[大逆不道] 죄로 단정하였으니, 세상에 어찌 이런 일이 있을 수 있겠습니까? 대개 임금이 자신의 어머니를 폐위하는 것은 세상의 가장 큰 죄이니, 가장 큰 죄의 죄명을 다른 사람에게 가하는 것은 세상을 살아가는데 중대한 일입니다. 참으로 실제의 사실에 근거하지 않고, 하늘의 바른 도리로 판단하지 않는다면 가벼이 의론해서는 안 될 것입니다. 대개 천명(天命)과 천토(天討)[20]는 참으로 하늘이 내려준 성품과 천성을 지킴의 가운데에 갖추어지지만, 죄를 심의함에 있어서는 신중 하라는 성인의 뜻은 죄를 성토함에 있

---

20) 천명(天命), 천토(天討) : 하늘의 도움과 하늘의 벌.

어서는 더욱 신중히 하라는 은혜로운 법입니다. 그러므로 『춘추(春秋)』의 조심하고 엄밀한 뜻은 실로 이에 근원하는 것이니, 후에 붓을 잡고 사실을 기록하는 여러 현자들은 또한 『춘추』의 남긴 뜻을 본받아, 포폄(褒貶 : 칭찬하고 나무라는)하는 때에 항상 두려운 마음으로 감히 그 사이에서 하나의 일이라도 거짓으로 모함하는 일이 없어야 할 것입니다. 하찮은 사람이 잘못된 평가를 받는 것을 보면 마치 자신이 그렇게 만든 것처럼 여긴다면 그 일을 중히 여겨 어려운 듯 삼가는 것이 어떻겠습니까?

백사(白沙)가 지은 한음(漢陰)의 지문(誌文)은 모두 몸소 겪고 눈으로 본 것을 남김없이 모두 기록한 것인데, 용주 대감이 지은 비문 중에도 '백사의 지문은 하나의 일도 빠뜨리지 않았다.'고 하였습니다. 백사는 계축년의 일에 대해 단지 정조와 윤인이 먼저 폐모론을 주장하였다고만 기록하였으니, 만약 우리 조부의 당초 궐 밖으로 내보내자는 의론에 대한 그간의 정황이 혹 터럭만큼이라도 의심스러운 것이 있었다면, 백사의 강직하고 공정하여 하나의 일도 빠짐없이 세밀하게 기록한 성품에 미루어 볼 때에 어찌 사사로이 용서함이 있어 유독 포폄에서 가장 큰 죄에 대해 죄인을 벌할 마음을 버리고서 현재의 비문과 같이 말하였겠습니까? 두 적신의 아래에 연이어 쓰지 않았겠습니까? 우복(愚伏) 정공 또한 한음의 행장을 지으면서 그 말이 동일하였고, 창석(蒼石) 이준(李埈)공은 저의 종대부(從大父)인 감사공(監司公)의 묘갈을 지으면서도 특별히 기록하기를, "정조와 윤인이 폐모론을 발론하였을 때에 공의 형 아무개는 지평으로써 이와 같이 불가함을 주장하였다." 하였습니다. 이 세 명의 현자는 모두 당시 함께 조정에서 일을 처리하여 직접 목격하였으므로, 반드시 그 마음에 숨은 작은 씀씀이도 환히 알고 있었을 것입니다. 만약 간악한 마음과 사특한 뜻이 있어 그 마음을 꾸짖어서 벌해야 할만 했다면 세 공의 현명함으로 절대로 빠뜨리지 않고 철저히 기록하였을 것이니, 마침내 이 비문 중에 기록한 것과 같지 않은 것은 유독 어째서이겠습니까?

만약 궐 밖으로 내보내자는 조부의 논의가 간악한 흉도들에게 빌붙어 참으로 살제의 마음이 있어 정 동계가 상소한 것과 같았다면, 그 당시에 어찌 깨끗한 벼슬에 올라 영광의 길을 높이 날지 못하고서 멀리 궁벽한 바닷가 외진 시골로 내몰려 종신토록 지냈단 말입니까? 과연 정조와 윤인과 더불어 폐모의 논의를 주창한 것이 지금 비문 중의 말 같이 계해년 이후에 선친이 어찌 감히 선비의 대열에 끼어 국가의 시험을 볼 수 있었겠으며, 무진년에 벼슬에 나온 뒤로는 어떻게 승문원(承文院)에 배속될 수 있었으며, 임오년에는 어떻게 사헌부(司憲府)의 직임을 맡아 상소를 올려 신원 받을 수 있었겠습니까? 이것으로 미루어 보건대 분명한 증거가 되는 글을 기다릴 것도 없이 또한 판단할 수 있을 것입니다.

하물며 지금 사실을 분명히 고찰할 수 있는 것으로 『정원일기』등본(謄本) 및 연흥부원군 김제남, 이상(貳相) 강신(姜紳) 등 여러 명가의 일록(日錄)의 곳곳에서 나타나고 있습니다. 이를 본 사대부들은 그 실상을 분명히 알지 못하는 사람이 없어 모두 원통하다고 말합니다. 지금 그 원통함을 알고도 그대로 고치지 않고서 금석에 새기고 출간을 한다면 애초에는 반드시 남을 거짓으로 모함하려고 한 것은 아니었겠지만 마침내는 진실로 남을 거짓으로 모함하는 것입니다. 생각건대 돌아가신 대감이 당초 연이어 썼던 것은 단지 동계가 섞어 쓴 글에 기인한 것으로 사적으로 좋아하고 싫어함은 없었으나, 지금 사실이 분명히 드러난 뒤에 이르러 이미 그 원통함을 알았다면 사리상 여러분께서는 마땅히 변통의 도가 없지 않을 것입니다.

저승과 이승이 한가지이며 하늘의 이치는 변함이 없으니, 금일의 일을 가지고 하늘의 바른 도리에 비춰 본다면 어둡지 않은 대감의 영령이 이미 그 사실과 맞지 않음을 깨닫고서 저희 집안이 거짓으로 모함을 받았음을 굽어보고서 아마도 서글픈 마음으로 저승에서 후회하면서 후인들이 사실에 근거하여 바로잡아 주기를 날마다 바라고 계실 것입니다. 생각건대 저승과 이승은 차이가 없으니 이 어찌 하늘의 바른 도리의 당연한 바가 아니겠습니까? 옛말에 이르기를, "유왕(幽王)과 여왕(厲王) 같다는 이름을 붙이면 아무리 효성스러운 자식이나 자애로운 손자라도 백세토록 고칠 수가 없다."[21] 하였습니다. 비록 선대의 일에 해당하지만 그 사이의 실정이 만약

---

21) 『맹자(孟子)』「이루(離婁)」, "名之曰幽厲 雖孝子慈孫 百世不能改也."라 하였다.

의심할 만한 것이 있다면 하늘이 내리는 형벌을 피할 수 없을 것입니다. 제가 비록 매우 볼만한 행실이나 공적은 없지만 어찌 감히 개인적인 사정이 절박하다고 하여 옳지 않은 것으로 사람들을 끌어들여 여러분들께 고칠 것을 청할 수 있겠으며, 또한 여러분께서도 어찌 감히 선조가 지은 글을 마음대로 빼고 고칠 수 있겠습니까? 다만 이 일은 살아가는 실상으로 따져보고, 공평한 하늘의 바른 도리로 결정하고, 성인의 형벌은 신중히 해야 한다는 의리와 『춘추』의 근엄한 뜻을 참고하고, 후대 현인이 두려운 마음으로 마치 자신이 밀어 넣은 듯한 심정을 참작하고, 백사, 우복, 창석의 뜻을 상고한다면, 어떤 상황이던 고치지 않고 그대로 두어 천고에 거짓으로 모함 받고, 거짓으로 모함했다는 비난을 받아서는 안 될 것입니다. 그러므로 제 입장에서는 지극한 인정과 실제의 사리로 볼 때 아무 말 없이 가만히만 있을 수는 없고, 여러분의 입장에서는 뜻을 잇고 사업을 계승하면서 그저 그만 둘 수가 없을 것입니다. 삼가 여러분께서는 또한 깊이 생각하소서.

지금 다른 사람의 입장에서 지극히 공정한 마음으로 당상(堂

上)[22]에서 그것을 논해보건대, 조부가 다른 사람에게서 거짓으로 모함을 당하면 자손된 사람의 마음이야 참으로 더 없이 비통하고 절박할 것입니다. 만약 선조가 남을 거짓으로 모함했다는 지명(指名)을 받게 된다면 자손 된 사람의 마음에 어찌 홀로 편안할 수 있겠습니까? 또 이 글이 만약 다른 사람의 손에서 나왔다면, 저희 집안에서는 이미 성상께 신원을 받았고 세상 사람들 또한 그 원통함을 알고 있으니, 하늘의 올바른 도리와 사람의 떳떳한 도리를 끝내 속일 수 없을 것입니다. 시비와 곡직이 절로 밝혀질 것이요, 한번 이 사실을 밝힌 뒤에는 많은 말이 필요 없을 것이니, 다만 마땅히 문적에 수록하여 당세에 평가를 받고, 후손에게 전하여 먼 훗날의 공정한 평가를 기다리면 될 따름입니다.

---

22) 당상(堂上) : 『맹자(孟子)』「공손추 상(公孫丑上)」, "무엇을 지언이라 하는가?(何謂 知言)"의 주희(朱熹) 주석에 "맹자의 지언이란, 바로 사람이 당상에 있어야만 비로소 당하에 있는 사람들의 곡직을 분별할 수 있는 것과 같다. 만약 자신이 아직도 당하에 있는 사람들 속에 끼어 있는 일을 면하지 못한다면 그 곡직을 분별하여 결정할 수 없을 것이다.(孟子知言 正如人在堂上 方能辨堂下人曲直 若猶未免雜於堂下眾人之中 則不能辨決矣)"라는 정호(程顥)의 말이 인용되어 있다. 여기서는 곡직을 분별할 수 있는 관점에서 본다는 의미로 사용됨.

돌아보건대 돌아가신 대감은 평소에 저의 선친과 친분이 얕지 않아 평소에 찾아오시기도 했으며, 저는 당시에 비록 어려서 사리를 잘 살피지는 못했지만 삼가 몇 가지 말씀과 의지, 대대로 나눈 인정과 의리를 들으니 참으로 마땅히 두 집안 사이에 뜻이 통하였으며, 당일의 사실을 증명하는 것 같습니다. 그러나 지금의 이 글은 아마도 동계의 상소를 그대로 따라서 나온 것이라 혹 미처 분명히 살펴 수정하지 못한 듯합니다. 그러므로 감히 돌아가신 대감께 미쳐 우러러 질정하지 못한 것을 가지고서 여러분께 바라는 것이니, 다시 의심하여 멀리하지 마시고 속마음을 나타내 주시길 바라옵니다. 엎드려 바라건대 여러분께서는 자세히 살펴 너그러이 헤아려 주신다면 매우 다행이겠습니다. 삼가 두려운 마음으로 절하고 아룁니다.

손자 사신에게 보내는 편지

寄孫兒思愼書

근래에 헌납 정자우(丁子雨)[23]를 통해 들으니 한음 집안의 자손이 마침내 비석에 새기기로 결정하였는데, 절대로 빼고 고치고자 하는 마음이 없다고 한다. 그러므로 또 글을 지어 알리고 싶지만 이미 처음 편지에 대해서도 답하지 않고 있으니, 지금 다시 번거롭게 할 수가 없고, 또 차마 묵묵히 아무 말을 하지 않을 수도 없다고 하기에 사리의 대강을 간략히 써서 너에게 주니, 너는 반드시 이것을 가지고 여러 이씨 집안에 가서 나의 뜻을 전하고, 답해주는 바를 상세히 기록하여 가지고 속히 돌아와서 나에게 보이도록 하여라.

일찍이 들으니, 한음 집안의 자손이 이 일로 용주에게 문의하니

---

23) 정자우(丁子雨) : 정시윤(丁時潤)이다. 1646(인조 24)~1713(숙종 39). 조선 후기의 문신. 본관은 압해(押海). 자는 자우(子雨), 호는 두호(斗湖).

답하기를, "아무개는 실로 어진 자제이기 때문에 이같이 능히 신원 받을 수 있었다."라고 한다. 그 뜻은 '조부에게 실로 잘못이 있으나 선친이 주선하여 덮어버렸다. 마땅히 신원 받아서는 안되는 상황에서 신원 받았기 때문에, 부득이 『춘추』에서 특별히 기록하는 예[24]를 가지고 그 마음을 꾸짖어서 벌한 것이다. 감히 사사로운 인정과 사사로운 생각으로 지극히 공정한 도를 손상시킬 수 없으니 삭제하여 고치기를 허락할 수 없다.'는 것이다. 그러나 이것은 내가 믿을 수 없는 것이니, 아마 잘못 전해진 것인 듯하다.

평소 용주(龍洲)는 처신과 마음가짐이 참으로 천박하지 않아 세상에서 존경하고 사모하여 추앙하는 것이 또한 어떤 사람과도 비교할 수가 없다. 어찌 용주가 이러한 마음을 가졌으며, 이러한 말을 했겠는가? 설령 조부가 당초 대궐 밖으로 내보내자는 의론에 있어 진실로 아우를 죽이려는 마음이 있어 정 동계의 상소 내용과 같고, 또 계축년 폐모론에 다른 의견을 주장한 일이 없이 단지 훗

---

24) 대의명분을 밝혀 세우는 춘추필법(春秋筆法)의 준엄한 논법을 말함.

날 스스로 지난날의 잘못을 후회하기만 하여 당시에 미움을 받아 멀리 궁벽한 곳으로 내쫓겨 종신토록 머물게 된 것이고, 선친의 참된 효성은 남보다 뛰어나 능히 당세에 변명하여 조부의 후회하고 잘못을 고친 본심을 다 아뢰어 전날의 잘못을 덮고 신원의 은전을 받은 것이라고 할지라도, 참으로 군자의 마음을 갖고서 남의 아름다움을 이루어줌을 기뻐하는 사람이라면 반드시 대부분 기꺼이 선을 추구하는 어진 마음을 가지고 지극한 정성으로 성상의 마음에까지 이른 효성에 감동할 것이다. 이를 인정하고 칭찬하기를 마치 자신이 그러한 것처럼 할 것이니, 이것이 인자(仁者)의 공정한 마음이며 하늘의 올바른 도리의 마땅한 바일 것이다.

하물며 조부의 궐 밖으로 내보내자는 의론은 애초 두 분[25]을 안전하게 하려는 마음에서 나온 것이며, 이는 폐모론에 다른 의견을 주장하고 난 뒤에 이르러 본심과 실정(實情)이 더욱 분명하게 드러났다. 이는 인조대왕이 일찍이 직접 본 것이고, 당시 조정에 가득

---

25) 영창대군과 인목대비를 지칭함.

한 공경대신(公卿大臣)들이 모두 분명히 아는 바였다. 그리하여 마침내 억울함을 풀고 신원을 받기에 이른 것이다. 그런데 지금에 와서 전후의 사실을 완전히 무시하고 따로 품은 마음이 있었던 것 같다고 억측하여, 백사와 우복이 하지 않았던 말을 기록하여 스스로 마음을 꾸짖어서 벌하기 위해 특별히 기록한 것이라고 하며, 곧다는 명성을 얻고자 차라리 친구를 저버려 핍박하면서 반드시 신원받은 사람을 대역의 죄인으로 함께 기록하고 있으니, 이것은 과연 『춘추』와 주자(朱子)의 필법에 합치되는 것이겠는가? 이것으로 보건대 인자의 공정한 마음으로는 결코 이와 같지는 않았을 것이라 생각한다. 어찌 용주가 이러한 마음을 가지고, 이러한 말을 했겠는가? 아마 이는 잘못 전해진 것인 듯하다.

용주의 이 일은 동계가 섞어 쓴 것이 원인이니 혹 잘 살피지 못한 것일 따름으로, 이는 족히 괴이할 것이 아니다. 『중용(中庸)』이란 책은 일찍이 자사(子思)의 손을 거친 것이지만 주자(朱子)께서는 오히려 깎아 내어 줄임[刪節]에 다하지 못한 곳이 있다고 하였으니, 용주가 그 섞어 쓴 것에 기인하여 미처 잘 살피지 않은 채 이어 썼기에 이러한 일이 있게 된 것이다. 옛날에 비추어 고찰해 보건대 비록 대인 군자라도 간혹 이 같음을 면치 못하는 경우가 있다. 지금 그 자손이 삭제를 어려워하여 그 선조의 한 때 잘못 들은 착오를 즉시 고치지 않고서 돌에 새겨 후대에 전한다면, 애초에는 남을 거짓으로 모함할 의도가 없었던 것이지만 결국엔 실제로 남을 거짓으로 모함하는 것이다. 남을 거짓으로 모함했다는 오명으로 선조에게 누를 끼치는 것이고, 선조의 잘못을 고치지 않는 것은 깊이 사려하지 못한 것이라 생각된다.

지금 들으니 한음 집안에서 비명에 그대로 새기는 것은, 내가 조부의 일에 대해 마음을 다하지 못하여 성상께 상소로 사실을 다 아뢰지 않았고 또 크게 힘을 쓴 일이 없다고 여겨 자손의 불효를 깊이 미워하고, 실제 의심스러움이 있어 이치상 위축되는 바가 있다고 오히려 의심하게 하였다. 또 사사로이 스스로 삭제하는 것은 남들의 비난을 받을까 걱정하기 때문이라고 하니, 이것은 실로 평소 나에게 볼만한 행실이나 공적은 없고 성의가 천박하여 이전의 일에서 생긴 문제에 대하여 마음을 다하지 못했기 때문이다. 이 말을 들으니 두렵고도 부끄러워 참으로 천지 사이에 얼굴을 들 수가 없었다. 다만 우매한 소견으로 생각하기에 이미 선대 조정에서 신원을 받아 국론이 이미 정해졌다면 지금 한 사람의 오류를 답습한 글로 인해 다시 고하여 이미 신원된 일을 가지고 성상께 다시 신원을 청하는 것은 실로 의미가 없는 것이며, 지금 다시 신원을 청한 뒤에 혹시 또 이 같은 일이 있게 된다면 또 매번 신원을 청할 수 있겠는가? 반복하여 생각해 보아도 사리에 어긋나기에 마침내 그렇게 하지 못한 것이다.

또 저들은 이미 바르게 기록하여 선대의 묘를 꾸미는 것이라 하니, 비록 임금의 명이 있다고 한들 쉽게 고치기는 어려울 듯 하다. 만약 그 잘못되었음을 알았다면 자손의 효성과 존경의 마음으로 스스로 감히 남을 거짓으로 모함했다는 말로 선조의 명성에 흠을 입히지는 않을 것이다. 반드시 남을 위하고 자신을 위하지 않으며, 자신을 위하고 선조를 위하지 않는 일은 절대로 하려 하지 않을 것이다. 스스로 능히 효성을 다하여 취사를 정하는 것은 바로 인지상정인 것이다.

우리 집안에서 당한 일은 자손의 마음에 참으로 지극히 통탄할 일이지만 이미 분명히 신원을 받았으니 마음속으로 반성하여 부끄러울 것이 없다. 지금 이 용주의 잘못을 따라서 섞어 쓴 것은 사리로 논해보건대 결국 순리에 어긋나는 것이니, 하늘의 올바른 도리와 백성들의 상식은 끝내 속일 수가 없고, 시비와 곡직은 절로 제자리를 찾을 것이다. 지금 만약 나의 비통한 사정을 견디지 못하고서 한결같이 분주히 설득하고 고쳐달라고 요청한다면 이는 올바름이 나에게 있지 않기 때문에 상대에게 올바름을 구걸하는 것과 다름이 없는 것이다. 어찌 다시 터럭만큼의 사사로운 지혜와 사사로운 뜻이라도 용납하여 그 사이에서 이리저리 변통하고, 마치 몰래 청구(請求)하며 부정한 방법으로 도모하는 것 같이 하겠는가? 그러므로 이에 분명히 증명 할 수 있는 글과 편지로 사리의 시비를 논하여 아이들로 하여금 한음의 자손에게 가지고 가서 아뢰도록 한 뒤에 삼가 찬성과 반대의 결정을 기다렸던 것이다. 뜻하지 않게 내가 불효하고 볼만한 행적이 없다하여 답서를 보내지도 않고 단호하게 반드시 새기고자 하는구나. 나는 비문을 고치겠다는 말을 듣지 못하리라고는 결코 생각지 못했었다. 이는 나의 어질지 못함으로 인해 조부께 누를 끼친 것이니, 곧장 죽고 싶지만 그럴 수도 없구나. 그러나 이 일로 인해 다만 일의 시비와 이치의 당연하고 그렇지 않음을 볼 수 있을 뿐이다. 만약 사리 상 고칠 수가 없다면 어찌 거짓으로 모함을 받은 집안에서 분주히 주선한다고 단숨에 고칠 수가 있겠으며, 사리 상 고칠 수가 있다면 스스로 왕복하며 깊이 생각하여 지당한 귀결을 구한 뒤에 그만두면 되는 것이다. 어찌 거짓으로 모함을 받은 집안의 자손이 다급하게 힘을 다하지 않는 것을 가지고 스스로 굴복하여 위축됨이 있다고 간주하여 갑자기 흉악무도한 자의 반열에 기록하고서 조금의 의심도 없을 수 있겠는가? 명백히 증명하는 글들을 저처럼 분명히 상고할 수 있는데, 단지 알지 못하는 세상 사람에게서 혹 비방이 있을까 두려워하여 사실과 다르게 남을 거짓으로 모함했다는 것을 분명히 알면서도 단호히 돌아보지 않고 선조의 묘도문(墓道文)에 똑똑히 새기는 것이 어찌 다만 우리 집안의 욕됨만 되겠는가? 저 사람들도 자신의 조상에게 스스로 정성과 공경을 다하여 터럭만큼이라도 부족함이 없어야 하는 도리에 비추어 볼 때, 과연 사리에 마땅한지 또한 알지 못하겠구나. 반드시 이러한 뜻을 받들어 사리에 견주어 물어본 뒤에 처리를 기다리도록 하여라.

참봉 이후성[26]이 아산 조구로와 사서 조구원[27]에게 보내는 편지

李參奉后晟與趙牙山九輅司書九睕書

후성(后晟)이 드립니다. 작년 겨울에 집안의 아이가 진선(進善) 정시한(鄭時翰)씨가 형제께 보낸 편지를 가지고 왔습니다. 나는 늙고 병들어 무료하던 차에 우연히 살펴보니, 정공이 자신의 조부를 위해 원통함을 호소한 일이 매우 절박하였습니다. 그러나 나는 후세에 태어난 사람으로 혼조 때의 일을 상세히 알지 못하고, 게다가 한음 상국의 비문이 용주 선생이 직접 지은 것이라면 반드시 사실에 근거하여 기록하였을 것이니, 실로 감히 따질 것이 아니라고 생각하였기에, 정공의 편지에 비록 해명하는 글이 많았지만 또한 보고 지나쳤을 뿐입니다. 그런데 그 뒤로 집안 아이가 우연히 오리(梧

---

26) 이후성(李后晟) : 이돈오(李惇五)의 아들로 용주의 문하에서 수학한 것으로 보임.
27) 조구로(趙九輅), 조구원(趙九睕) : 용주(龍洲) 조경(趙絅)의 손자.

里) 상국의 일기를 얻어 왔는데, 처음부터 끝까지 여러 번 넘겨보니 계축년 정 동계의 상소에 과연 정조(鄭造), 윤인(尹訒), 정호관(丁好寬) 등이 먼저 폐모와 살제의 의론을 이와 같이 주창했다고 하였습니다. 용주 선생의 찬술은 필시 이 상소에 근본한 것이지만, 을묘년 모후를 따로 거처하게하자는 논의에 이르러서는 지평 정호관과 대사헌 최유원(崔有源), 집의 김지남(金止男)이 다른 의견을 주장했다는 것은 매우 분명하여 덮을 수가 없습니다. 그리고 그 뒤 대간의 계사와 유생들의 상소에도 단지 정조, 윤인, 이위경(李偉卿)이 폐모의 의론을 먼저 주장하였다고 하였지 결코 정호관의 이름은 없었습니다. 그렇다면 정공의 편지에서 이른바 단지 대군을 궐 밖으로 내보내자는 일을 논하였을 뿐 폐모론에는 참여하지 않았다고 말하는 것은 반드시 의심할 것이 없습니다.

정 동계는 이때에 북도(北道)의 임소[28]에 있어 필경 당시의 전말을 상세히 알지 못하였을 것이니, 단지 전해들은 것과 조보(朝報)[29]

---

[28] 동계가 함경도 경성판관(鏡城判官)으로 재직한 것을 지칭하는 것 같다.

에 있는 대군을 궐 밖으로 내보내자는 말만을 보고는 자세히 살피지 않고 섞어서 언급한 것인가? 그리고 용주 선생 또한 당시 벼슬하고 있지 않았고, 혹은 멀리 거창(居昌) 등지에 머물러 있어 조정의 일을 또한 일일이 직접 보지는 못했으니, 비문을 찬술할 때에 단지 동계의 상소에 의거하여 이렇게 말한 것인가? 모두 억측할 수는 없습니다. 동계의 상소에서 만약 폐모와 살제의 논의를 두 가지로 구분하여 각각 그 사람을 지목하였다면 뒤에 그것을 보는 사람이 바로 구분할 수 있었을 텐데, 지금 이미 세 사람의 이름을 이어 쓰며 말하기를, 처음으로 폐모와 살제의 의론을 주장했다고 말하였으니, 가리키는 뜻이 각각 귀결이 있음을 잘 살피지 못하면 사람들에게 혼동을 준다는 것은 참으로 이 때문입니다. 다만 동계 같이 충성스러운 말과 곧은 절의를 지닌 사람은 고금을 통틀어 이 한 사람뿐이니, 지금 동계의 상소에 잘못 쓴 글이 있다고 말하는 것은

---

29) 조보(朝報) : 조선 시대에, 승정원에서 재결 사항을 반포하던 관보. 조칙, 장주(章奏), 조정의 결정 사항, 관리 임면, 지방관의 장계(狀啓)와 사회의 중요한 사건까지 실었다.

실로 외람된 것이지만, 계축년과 을묘년의 조정의 사실을 기록한 글을 두루 상고해 보면 어찌 동계의 상소를 두고 감히 이와 같이 말하지 못하겠습니까? 더구나 오리 상국의 일기를 베낀 글과 당시 대간의 계사는 한 글자의 가감도 없으니, 그 가운데에 "대사헌 최유원, 집의 김지남, 지평 정호관이 이와 같이 아뢰었는데, '자전에 대하여 어찌 신하된 자가 감히 이와 같이 의론할 수 있겠습니까?' 하였고, '오늘 합사 석상에 모후에 대해 말을 하는 자가 있으니, 참으로 이와 같이 함께 논의에 참여할 수가 없습니다.' 하였다." 하였습니다. 이 세 사람이 아뢴 것은 다른 대간의 계사에 비해 매우 간명하여 모호한 뜻이 없으니, 여기에서 세 사람의 속내를 알 수 있으며, 여기에서 정호관이 계축년에 피혐했을 때에 단지 대군을 궐 밖으로 내보자는 주장을 했을 뿐 폐모론에는 참여하지 않았음을 분명히 알 수 있습니다. 다만 오리의 계축일기 중에 대간의 계사를 기록하지 않았기 때문에 당시의 사실을 기록할 수가 없었으니, 애석합니다. 그날 지평 이성구(李聖求)가 피혐하며 말하기를, "신의 소견은 최유원(崔有源) 등과 다름이 없습니다." 하였으니, 이 몇 사람은 당세에 이름난 사람이 아니란 말입니까? 유독 정호관 만이 이러한 오명(汚名)을 입었으니, 그 자손된 자들이 진정으로 원통하다고 하는 것은 참으로 당연한 것입니다. 만약 정호관이 먼저 폐모의 의론을 주장했다면 반정 이후에 반드시 형벌을 받는 것은 의심할 것이 없는데 어찌 단지 추탈만 당했겠습니까?

정공의 편지에 이르기를, "계해년 반정 이후에 대군을 궐 밖으로 내보내자고 논의했던 대관으로서 관작을 추탈당하는 데에 이르렀습니다." 하였는데, 계축년 이후 대군을 궐 밖으로 내보내자는 논의는 모든 신료들이 조정에서 청하는 상황에 이르렀으니, 당시 조정에 있던 사람들은 한 사람도 죄를 면할 수가 없거늘 유독 정호관의 관직만 추탈당한 것은 반드시 궐 밖으로 내보내자는 논의를 먼저 주장했고, 그 후에 대군이 결국 생명을 지키지 못하는 상황에 이르렀기 때문입니다. 그리고 관작이 회복되고 사후에 벼슬을 준 것은 반드시 당시 조정의 모든 관리가 다 그러했는데 홀로 그 벌을 받았기 때문일 것입니다. 만약 용주 선생이 이 일기를 보았다면 비록 동계의 상소가 있었더라도 반드시 정호관의 이름 석 자를 거론하지 않았을 것이지만, 지금 어찌 할 수 없는 것이니 비록 탄식한들 어찌하겠습니까? 형제가 말하기를, 감히 마음대로 정 아무개의 이름을 삭제할 수 없다고 하는 것은 또한 이치상 마땅한 듯하지만, 나의 소견은 이와는 다르니 무슨 근거로 그렇게 말하겠습니까? 나는 어릴 때부터 선생의 문하에 출입하였고, 또 돌아가신 대부(大夫)[30]와는 일생 자리를 같이 하였으니, 선생의 순수한 덕과 아름다운 행실에 대해 아는 자는 마땅히 나만한 이가 없을 것입니다. 선생은 평소 악을 미워하기를 원수처럼 하였고, 좋은 얘기를 들으면 즉시 고쳐서, 혹시 터럭만큼이라도 마음에 흡족하지 못함이 있으면 반드시 두려운 마음으로 자신을 반성하기를 마치 가시를 등에 진 것같이 여겼을 뿐만 아니었으며 더구나 후세에 전하는 글의 대단히 중요한 곳에 비록 한 글자 한 구절이라도 구차히 쓰지 않았음을 알 수 있습니다. 지금 한음 이덕형 상국의 공적과 절개있는 행동은 마땅히 만세토록 사라지지 않을 것이니, 선생의 글도 또한 이

---

30) 두 형제의 아버지 조위봉(趙威鳳)을 지칭하는 것으로 보임.

와 더불어 만세토록 썩지 않을 것입니다. 그러므로 백세의 뒤에 정호관은 이런 절의를 세운 일이 있는데 폐모론을 주장한 사람으로 잘못 기록되었음을 누가 알겠습니까? 만약 선생이 아직도 살아계셔서 이러한 실제의 행적을 아셨다면 반드시 두려워하며 놀라고 흔연히 즉시 빼버렸을 것입니다. 그러니 형제는 비록 이 석 자를 삭제 하더라도 선조의 뜻을 계승하여 발전시키는 도리에 비추어 온당치 못한 일은 아닐 듯합니다. 그리고 밝으신 선생의 영령이 이를 아신다면, 후손인 형제에게 이 수정의 책임을 맡기고자 할 것입니다. 나의 이러한 말은 정공만을 위하는 것이 아닙니다. 폐모의 주창자라는 것이 얼마나 큰 오명입니까? 그러한 일이 없는데 그러한 이름을 입었다면 비록 황하 물을 끌어와 그 더러움을 씻을지라도 또한 될 수가 없을 것입니다. 하물며 자손된 자가 비통한 한을 품고서 그 원통함을 풀고자 하는 것은 마땅히 어떤 극단적인 일이라도 하지 않음이 없을 것입니다. 또, 『정원일기』와 여러 현인들에게 근거할 만한 글이 있어 분명히 상고할 수 있는 경우에야 말할 필요가 있겠습니까? 내가 비록 직접 보지는 못했지만 지금 오리(梧

里) 이원익 상국 의 일기를 보니 한 글자도 스스로 쓴 것은 없고 단지 당일의 계사를 베낀 것이니, 그가 오명을 억울하게 입은 것이 명확하여 의심할 것이 없습니다. 남을 위한 일을 하며 진심을 다해야 하는 도리에 있어서 어찌 이와 같지 않을 수 있겠습니까? 정호관이 이론을 주장한 일이 만약 애매모호하여 믿기 의심스러우면 선대의 글을 후대에서 삭제하는 것은 절대 할 수 없는 일입니다. 그러나 지금 이렇게 분명히 근거할 사실이 있으니 어찌 마음대로 고치는 것은 부당하다고 핑계하면서 그대로 둔 채 삭제하지 않는단 말입니까? 이는 감히 한 마디 말도 함부로 할 수 없다는 것과는 많이 다릅니다. 그러나 삭제할지 않을지는 형제가 판단하여 처리하는 데에 달려있을 뿐입니다. 다른 사람이 억지로 하게 할 수 있는 바는 아니지만 나의 소견이 이미 이와 같으니 또 다른 사람과 비교할 것은 아닙니다. 그러므로 감히 언급하는 것이니, 부디 나의 말을 늙은이의 말이라 들을 필요 없다고 여기지 않기를 바랍니다. 옛날 주부자가 장위공(張魏公)의 행장[31]을 지었는데 뒤에 다른 글에서 그렇지 않음을 많이 보고는 깊이 후회하며 말하기를, "단지 그 집안의 글에만 의거하여 짓다 보니 이러한 잘못이 있게 되었다." 하였습니다. 만약 선생께서 현재 생존해 계셔서 이러한 실상을 본다면 돌이켜 뉘우치며 필시 삭제할 것입니다. 그렇다면 선생의 자손된 자가 이미 그 잘못을 알고서 그대로 두고 고치지 않으며 말하기를, "선조가 직접 지은 것이라 감히 이와 같이 멋대로 고칠 수가 없다."고 하는 것은 마땅하지 않은 듯 합니다.

정공이 만일 폐모의 의론을 주장하였다면 비록 이미 죽은 사람이라 할지라도 장차 그 마음을 꾸짖어서 벌하는 데에 겨를이 없어야 하니, 어찌 정공을 위해 변명하는 것이 여기에 이를 수 있겠습니까? 『춘추전(春秋傳)』에 이르기를, "사람의 아름다운 점을 온전하게 해주고, 잘못된 점은 부각시키지 않는다." 하였는데, 아름다움을 온전하게 해주지 않고 오명을 더한단 말입니까? 진선(進善) 정

---

31) 주자(朱子)가 장 위공(張魏公)의 행장(行狀)을 지으면서, "이강(李綱)이 사사로운 감정 때문에 송제유(宋齊愈)를 죽였다."고 하고, "곡단(曲端)에게는 실로 모반(謀叛)하려는 정상이 있었다."고 하였다. 이는 사가(史家)의 설과 크게 차이가 나는데, 대체로 주자는 남헌(南軒)의 기록을 근거로 해서 지었기 때문이었다.(『계곡집(谿谷集)』 계곡만필 제2권)

시한이 이른바 "조부가 다른 사람에게서 거짓으로 모함을 받는다면 자손의 마음은 참으로 매우 비통하고 절박할 것인데, 선조가 만약 남을 거짓으로 모함했다는 지명을 받게 된다면 자손된 이의 마음에 어찌 홀로 편안할 수 있겠습니까."라고 한 것은 참으로 정확한 지적의 말입니다. 다른 사람의 입장에서 말을 한다면 이미 동계의 상소가 있으니 근거함이 그러하다고 여기겠지만 정씨 집안 자손의 입장에서는 억울하다고 하는 것이 당연합니다. 말할 때마다 언제나 조부가 거짓으로 모함을 받았다고 하니, 어찌 괴롭고도 괴로운 일이 아니겠습니까? 정공이 만약 그 조부의 행적을 기록한다면 반드시 이 한 대목을 거론하여 '거짓으로 이와 같이 모함을 받았'고 할 것입니다. 가령 두 집안의 문집이 세상에 간행된다면 피차간에 모두 좋지 못할 것입니다. 형제는 또한 이점을 양지하기 바랍니다.

나는 아는 것이 없고 늙은이의 몸으로 시골에 있어 비록 정공을 한 번 만난 적도 없지만 일찍이 돌아가신 조부께서 고조인 장령공의 행장(行狀) 초고 뒤에 쓴 글을 보니, "재상 정옥형(丁玉亨)[32]은 공의 이웃 어른인데, 을사년 새벽 중학(中學)에서 처음 만나 이와 같이 공을 맞이해 주었다."고 하였습니다. 대개 나의 선대의 집은 향교동(鄕校洞)에 있었고, 정 재상 또한 같은 동에 있었으니, 그 친분은 공씨(孔氏)와 이씨(李氏)의 절친한 교분[33]과 비견된다고 생각합니다. 이 이후 대대로 맺은 교분은 우연이 아니니, 내가 정공을 모른다 하여 멸시하지 않는 이유입니다. 용주 선생은 나에게 있어 스승과 제자의 관계였으니, 이미 견해가 있으셔도 감히 아무 말도 않고 묵묵히 있을 수가 없으니 늙어서 간섭하기 좋아하는 사람이라 이를만 합니다. 그러나 팔십 먹은 사람이 오래토록 고질을 앓고 있으니 실로 죽을 날이 얼마 남지 않은 것인데, 이렇게 지리하게 말을 하고 있으니 망령이 아니고 무엇이겠습니까? 오직 형제가 속으

---

32) 정옥형(丁玉亨) : 1486(성종 17)~1549(명종 4). 조선 전기의 문신. 본관은 나주(羅州). 자는 가중(嘉仲), 호는 월봉(月峰).

33) 공씨(孔氏)와 …… 교분 : 공융(孔融)이 10세 때에 당시의 명문인 이원례(李元禮)를 찾아가 자신의 선조인 공자(孔子)와 이원례의 선조인 이백양(李伯陽 : 노자(老子)를 말함)의 교유를 들어 양가의 세교(世交)있음을 말하였다. 즉, 이는 대대로 친분관계가 있는 집안을 가리킴. (『世說新語 言語二十一』)

로 어떻게 생각하느냐에 달려있을 뿐입니다.

한음 상국의 행장은 젊었을 때에 본적이 있으나 지금은 한 자도 기억나지 않습니다. 이공섭(李公燮)이 집안에서 들은 것을 가지고 일찍이 나에게 말하기를, "영창대군의 큰 사건[獄事]이 있었을 때에 한음 상국이 오성(鰲城) 상국에게 사적으로 말하기를, '우리들이 어찌 차마 이 일을 보고도 잠자코 있을 수 있겠는가?' 하니, 오성 이 말하기를, '우리들은 대군을 위해 죽을 이유는 없네, 장래에 이보다 더 큰 일이 있을 것이네.' 하였는데, 한음 상국이 옳다고 여겼습니다. 폐모론의 주장이 일어났을 때에 한음 상국은 이미 먼저 죽었는데, 오성 상국이 지난 일을 후회한 적이 있다고 합니다." 하였습니다. 지금 오리 상국의 일기를 보니 삼사(三司)와 정부(政府)가 백관을 거느리고 날마다 세 번 잘못을 따져 아뢰기[論啓]를, 영창대군 이의(李㼁)를 죄로 다스릴 것을 청하였는데, 여러 달 동안 윤허를 받지 못했습니다. 한음 상국이 영의정으로서 빈청(賓廳)에서 정계(停啓)[34]를 논의하자 삼사에서는 이어 논계하여 한음 상국을 아울러 공격하며 역적을 비호한다고 하였습니다. 그 뒤 정부에서 다시 그것을 논의한 뒤에, 한음 상국은 세 번 불렀어도 나아가지 않았고, 또 차자를 올려 죄가 없음을 사실대로 밝혀 사람을 구원한 일이 있었습니다. 만약 오성 상국의 말이 아니었다면 한음 상국은 반드시 당초 조정에서 청하던 날에 이미 다른 의견을 주장한 일이 있었을 것이니, 다시 논의하기를 기다린 뒤에 이와 같이 되지는 않았을 것임이 틀림없습니다. 결국 근심과 화로 열이 생겨 죽었으니 오래도록 사람들로 하여금 눈물로 수건을 적시게 할 것이라 이를만 합니다. 비문 중에 또한 이 일이 기록되어 있는지요? 오리 상국의 일기 중 참고할 만한 곳을 몇 조목 써서 보내니, 이를 보면 분명해질 것입니다.

뒤에 들으니, 선생이 살아계셨을 적에 이공섭이 이 일로 누차 가서 여쭈며 고칠 것을 청했으나 선생이 끝내 허락하지 않았다고 합니다. 대개 훌륭한 군자가 마음을 쓰고 일을 행하는

---

34) 정계(停啓) : 전계(傳啓) 속에서 죄인의 이름을 삭제함을 뜻하는데 여기서는 논계에서 영창의 이름을 삭제함을 뜻함.

것은 오직 의를 따르는 것이니, 무릇 사람의 시비와 선악에 있어 좋아하는 사람에게 아첨하고 너그럽게 용납하고 비호하는 바가 있지 않음이 이와 같습니다. 용주 선생은 이미 동계의 상소에 있는 이러한 글에 의거하고 미처 완평(完平) 상국의 일기를 보지 못하였으니, 비록 공섭(公燮)의 간청이 있었으나 끝내 받아들이지 않은 것은 당연한 것입니다. 만약 이 일기를 보았다면 문득 깨달아 틀림없이 삭제하였을 것입니다. 형제가 만약 생각이 여기에 미친다면 전(傳)에 이른바 뜻을 계승하고 일을 잇는다는 것[35]이 아마 여기에서 벗어나지 않을 것입니다. 그러나 늙은이의 견해를 어찌 감히 스스로 옳다고 하겠습니까? 그대들의 집안일은 내 집안일과 마찬가지라 이같이 번거롭게 언급하는 것입니다. 만약 나의 말을 받아들이지 않을 것이라면 다른 사람에게 보이지 말고 즉시 남김없이 태워버린다

---

35) 계지술사(繼志述事) : 『중용장구(中庸章句)』 제19장 천기위조(踐其位條)의 주석에 "이는 상장(上章)의 두 절목을 종결한 것으로, 모두가 계지 술사의 뜻이다.[此結上文兩節 皆繼志述事之意也]"고 한 것을 가리킨다.

면 또한 다행이겠습니다. 늙은이의 망령된 말로 괜히 소란을 일으킬까 두렵습니다.

내[정시한]가 삼가 생각건대 오리 상국의 일기는 각각 그 분류에 따라 앞의 여러 명가의 일기 뒤에 기록하였기 때문에 여기에는 다시 기록하지 않았다. 그러나 이 참봉이 계축년의 일을 을묘년 일[36]의 기원으로 여긴 것을 또 그 아래에 적었으니, 보는 사람들은 마땅히 참고가 될 것이다.

참봉 이후성씨는 본래 나와는 한 번도 만난 적이 없을 뿐만이 아니라 소식도 서로 전하지 않았다. 그러다 다른 사람을 통해 이러한 편지가 있다는 것을 듣고는 늦게서야 비로소 겨우 얻어 볼 수 있었으니, 그 편지 안의 말이 또한 반복되고 매우 상세하여 일의 정황에 합당하며, 스승을 향하는 성의와 남을 위하는 충심이

---

36) 영창대군의 살제론, 인목대비의 폐모론을 지칭함.

모두 말에 들어났다. 이는 실로 공론으로 후세에 전할 만한 것이다. 그러므로 여기에 붙여 기록한다.

조부가 혼조에서 절의를 세웠고 밝은 조정에서 신원을 받은 사실은 국가의 역사와 야사(野史)에 분명하게 기재되어 있으니, 개인 집안의 한 때의 잘못된 문자에 대해서는 많은 설명이 필요 없다. 그러나 대개 인지상정으로 볼 때 명성있는 사람의 말이 있게 되면 허와 실을 연구할 겨를이 없이 으레 대부분 서로 전하며 그대로 쫓게 되니, 이것이 용주의 글이 동계 상소의 잘못을 답습하게 된 까닭이다. 지금 잘못을 답습한 글을 그대로 한음 상공의 만세토록 지우지 못할 묘비에 새기는 것은 비단 우리 집안의 불행일 뿐만이 아니다. 또한 그것이 과연 실제를 기록하여 후세에 전하는 본의와 합치되는지도 모르겠다. 게다가 용주의 마음에는 애초 남을 거짓으로 모함하려는 의도가 없었으니, 두 집안의 자손에게 또한 절로 잘못을 삭제하고 바로 잡아야 할 도리가 있는 것이다. 그리하여 참람하고 망령됨을 고려치 않고 감히 마땅히 고쳐야 한

다는 뜻으로 두 집안에 편지를 보내어, 사리를 밝혀 각각 먼저해

야할 도리를 다하고자 한 것일 뿐이다. 비록 개인적인 일에 해당

되는 것이지만 실로 이는 천하의 공변된 시비이니, 몰래 바라면

서 부탁하는 것과는 비교할 수 없다. 그러나 곁에서 듣자니 여러

해 동안 반복했던 것을 인정받지 못한 것은 불초한 손자의 막심한

불효로 행실이 남에게 믿음을 주지 못했기 때문이라고 한다. 스

스로를 돌아보며 반성하던 끝에 그저 이렇게 여러 명가의 일록과

신원의 글, 변론의 서찰을 모아 합하여 한 책으로 만들어 『변무록

(辨誣錄)』이라 이름하여, 당세의 군자들에게 물어보고자 하니 세

상의 군자들이 만약 한 번 보아 주시면 그 당시의 사실은 절로 분

명해질 것이고, 불초한 손자의 변명의 말이 황당무계한 것 만은

아니라는 것을 검정할 수 있을 것이다. 바라건대 명백한 변론의

글을 뒤에 붙여 상자에 보관하였다가 자손들에게 전하려는 것일

뿐이다.

　　　　병자년 늦가을 불초한 손자 시한은 삼가 쓰노라.

정곡공변무록 권4

정씨 변무록의 뒤에 덧붙인 말
丁氏辨誣錄後語

심하도다. 사람들의 견해가 하나같지 않음이여! 의리상 핵심적인 것에 있어서 인자(仁者)는 그것을 보고 인(仁)이라고 말하고, 지자(智者)는 그것을 보고 지(智)라고 말하는 경우는 있지만, 이미 지나간 일로 선악과 사정(邪正)이 분명히 결정된 사안을 가지고 오히려 또 시비 거리를 만들고 상벌을 각각 주장하는 것은 또한 유독 어째서인가? 돌아가신 지흥해군사(知興海郡事) 나주 정공이 조정에 있었던 말년에 광해군의 혼란한 시기를 맞이하였는데, 이때는 매우 간사한 자들이 위에서 권력을 마음대로 행사하고 여러 조무래기들이 아래에서 그 뜻을 따르며, 도리에 어긋나는 말을 지어내어 인륜을 어지럽혀 한 마디 말을 따르느냐 어기느냐에 따라 화복(禍福)이 바로 닥치니, 참으로 평소에 소견이 바르고 지키는 뜻이 확고하지 않은 사람이라면 조금씩 점차 물들어가지 않는 이가 없었다. 그러나 공은 능히 두세 명의 바른 선비와 함께 반대하는 의견을 확고히 세워, 무너지는 시대의 우뚝한 버팀목이 되어 삿된 말을 하는 사람으로 하여금 두려워 꺼리는 바가 있게 하였으니, 그 얼마나 위대한가?

인조의 반정(反正)이 있은 뒤에 특명으로 당시에 절의를 세운 선비들에게 상을 내려 살아있는 자는 품계(品階)를 더해주고, 죽은 자는 관작(官爵)을 추증(追贈)하여 은택이 산 자뿐 아니라 죽은 자에게까지 미쳤고 은전이 크게 펼쳐졌다. 그러나 정원(政院)에서 공이 일찍이 영창대군을 궐 밖으로 내보내자는 논의에 참여했다는 이유로 대론(大論)에 이견을 주장한 실체를 아울러 버리고서 서계(書啓) 안에 기록하지 않아 곧은 도와 바른 기상이 가려 드러나지 않게 하였으니, 상과 벌의 시행이 뒤섞여 버린 것이다. 감사공(監司公)[1]이 사정을 아뢰어 억울함을 호소함에 미쳐서는 성의가 성상을 감동시켜 수십 년 동안 굽혀 펼 수 없던 것을 비로소 은택을 받아 풀 수가 있

---

1) 감사공(監司公) : 정언황을 가리킴.

었고, 온 나라의 의론도 그렇게 확정이 되었다.

그런데 어찌 용주 조 상서(趙尙書)는 한음 이 상국(李相國)을 위하여 비문을 쓰면서 계축년의 일을 그렇게 기록한 것인가? 아, 용주 공의 믿을만한 글로 명현(名賢)을 위해 글을 지었다면 그 한 마디, 한 글자에 누가 감히 이의를 달겠는가만, 지금 근거할만한 고적(古籍)으로 미루어 보건대 비문의 말 중에 오히려 의심이 없을 수 없는 내용이 있다. 공이 당일 상께 아뢴 글에, "자전(慈殿 : 임금의 어머니. 여기서는 인목대비를 가리킴)에 대해 어찌 신하들이 감히 의논할 수 있겠습니까? 오늘 합사(合司) 석상에서 모후에 대해 말하는 자가 있으니, 그 논의에 구차히 함께 할 수 없습니다." 하였다. 이와 같은데도 폐모의 논의에 더러운 자취를 남겼다고 말할 수 있겠는가? 하물며 간사한 자들이 권세를 잡고 나라를 좌지우지하는 날에는 참으로 한 마디 말이라도 임금의 뜻에 부합됨이 있으면 하찮은 신분에서도 아부를 통해 높은 자리에 오른 자 또한 많았거늘, 정공은 계사를 아뢰고 이견을 주장한 이후에 단번에 멀리 내처져 풍토병으로 바닷가에서 일생을 마쳤으니, 그가 폐모의 논의에 동조하지 않은 사람이란 것은 지혜로운 사람이 아니더라도 분별할 수 있을 것이다.

또 당시 조정에 있던 여러 현신들 중에는 백사 이 상국, 우복 정 상서, 창석 이 학사(李學士) 만한 이가 없는데, 그들이 한음공을 위하여 지(誌)를 짓고, 장(狀)을 짓고, 장초(狀草)를 지으면서 모두 정 조와 윤인 두 적당의 사악한 논의를 말하였지만 한 마디도 정공을 언급한 적은 없었으며, 완평(完平) 이 상국(李相國)과 이상(貳相) 강공 (姜公) 또한 각각 직접 쓴 기록이 있는데 정공이 이견을 주장한 행 적을 밝혔으니, 장차 제현들이 미처 자세히 알지 못한 바가 있어 일을 기록하면서 사실을 빠뜨렸다고 말할 것인가? 아니면 또한 좋 아하고 미워하는 바가 있어 그 사이에서 취사하여 바르게 쓰지 않 은 것인가? 하물며 연흥(延興) 김 상국(金相國)은 실로 그때 가장 크 게 화를 입었으니, 만약 정공이 터럭만큼이라도 잘못한 행적이 있 었다면 어떻게 용서하여 덮어주는 마음을 가질 수 있었겠으며, 그 집안에서 당시의 일을 기록한 것에는 "최유원(崔有源), 김지남(金止 男), 정 아무개가 혐의를 벗어났다."는 내용이 있는데 이것은 실제의 일이 아니란 말인가? 용주공은 계축 연간에 미처 조정에 오르지 않았으니, 듣고 본 것이 반드시 백사 등 제공이 상세히 안 것만 못했을 것이다. 그러니 그 전하는 소문을 들은 것만 가지고는 사실대로 기록되지 않았다는 것을 어찌 알겠는가?[2]

만약 이 평창(李平昌)이 고칠 것을 청한 날에 능히 조정의 명을 근거하고, 제가의 차기(箚記)를 참고로 하여 적을만한 것은 적고, 삭제할 만한 것은 삭제하여 사실과 차이가 없게 하고 사람의 마음에 꼭 들어맞게 한 연후에 글을 내어 금석(金石)에 새긴다면 용주공이 글을 지은 일에 대해 누가 감히 의론을 달겠는가? 그러나 한번 완성된 뒤에는 다시 실상을 검증하여 깨버릴 수는 없으니, 평소 절

---

2) 사실대로~알겠는가? : 본문의 '甲戌己丑郭公夏五'는 『春秋』를 인용한 말이다. '甲戌己丑'은, 『춘추좌씨전』 환공 5년에 "봄 정월 갑술, 기축에 진후 포가 죽었다.[春正月甲戌己丑 陳侯鮑卒]"라고 하였는데, 포가 죽은 것을 두 개의 날짜로 기록할 수 없지만, 『春秋』에 그리 되어 있으니 그대로 전하게 되었다고 한다. 또한 '郭公五月'은, 『春秋』에서 '夏五月'이라 하지 않고 그냥 '五月'이라고만 한 것에 대하여 후대에 굳이 유추하여 채워 넣지 않고 그대로 남겨 두었던 것을 가리킨다. 이는 모두 하찮은 부분이라도 함부로 첨삭을 가하지 않는다는 원칙 때문이었다. 이 글에서는 용주가 사실 관계를 정확히 고증하지 않고 정호관이 '폐모'와 '살제'를 모두 주장했다는 내용을 추가한 것이라는 의미이다.

의를 세운 선비에게 지울 수 없는 오명을 씌운다면 이 비문이 나오는 것은 어찌 다만 정씨 집안의 불행으로 그치겠는가? 혹자는 말하기를, "용주의 글은 유래가 있으니, 동계 정 시랑의 상소가 그 시초이다."라고 하지만, 사실을 말하자면 그렇지 않음이 있다. 동계 공은 충성의 마음에 울분이 격하여 광해군의 일에 대하여 평정심(平靜心)을 갖지 못하고, 거침없는 말로 처음에는 모자와 형제의 도를 말하였으나 끝에 가서는 폐비(廢妃)와 살제(殺弟)의 의론을 말한 것인데, 그 글이 비록 혼동하여 쓴 것 같지만 실제로는 따로따로 지적한 바가 있다. 대개 폐모의 죄로 정조와 윤인을 정죄하였고, 또 대군의 죽음은 궐에서 내보낸 일에서 기원한다고 여겼기에 결국 살제의 죄명은 당일 조정에서 이를 청한 제공에게 돌린 것이다. 이는 또한 부득이했던 논의이니, 참으로 맹자(孟子)에 이른바 "종류를 채워 의(義)의 다함에 이른 것이다."라는 것이다. 만약 선인들이 하신 말씀의 본의를 살피지 않고 인륜의 큰 일과 생사를 가르는 일에 대하여 향초와 독초, 얼음과 재처럼 확연히 구분되는 것을 합쳐 일괄하여 논하면서, 그저 말하기를 '이는 동계의 상소 내용에서 나

온 것이다.' 하고 만다면, 동계의 뜻이 후세의 현자를 기다려 평가
받고자 한 것이었는지 모르겠다.

흥해공(興海公)의 손자인 시한(時翰) 씨는 청명한 시대에 은둔하
여 누차 불러도 출사하지 않고 세상의 영욕에 연연하지 않았는데,
오히려 그의 선조가 옳지 못한 죄를 저질렀다는 말이 억울하게 씌
워진 것에 대해서는 지극히 비통해 하여, 이에 여러 명가의 일록(日
錄) 및 감사공(監司公)이 성의를 다해 올린 상소를 모아 엮고, 근일
왕복한 편지를 아울러 책 한 질을 만들어, 나중에 볼 사람들로 하
여금 명확히 시비를 분별할 수 있게 하였다. 나는 주제넘게 징사(徵
士)를 종유하여 자못 그 일의 전말을 알게 되어 가만히 스스로 개
탄하며 말하노라. 공자께서는, "내가 사람들에 대하여 누구를 헐
뜯고 누구를 칭찬하였는가? 만약 칭찬한 바가 있었다면 아마 시험
해 본 바가 있었을 것이다."[3]라고 하셨다. 성인이 선한 사람을 선
하다고 할 때에 이처럼 구차함이 없었으니, 하물며 선하지 못하다

---

3) 『논어』 「위영공(衛靈公)」편에, "子曰 吾之於人也 誰毁誰譽 如有所譽者 其有所試
矣 斯民也 三代之所以直道而行也."라고 보임.

는 이름을 붙여서는 안 될 사람에게 붙이는 일에 있어서랴! 용주 조
상서는 근대의 이름난 재상으로 절의의 으뜸이 되는 바이거늘 비
문을 짓는 즈음에 결국 후인이 의심을 일으키는 바를 면치 못하여
정씨 자손으로 하여금 어쩔 수 없이 해명하는 바가 있게 하였다.

아, 을해년 중하(仲夏)에 선성(宣城) 이유장(李惟樟)은 삼가 쓰노라.

대부 정호관의 변무록 뒤에 쓰다

書丁大夫辨誣錄後

광해군 계축년의 일을 기록함

오리(梧里) 이 상국(李相國)과 이상(貳相) 강신(姜紳)의 일록(日錄) 및 연흥부원군(延興府院君) 김제남(金悌男)의 집안에 보관된 일기에 모두 『정원일기(政院日記)』가 실려 있는데, 당일의 일을 자못 상세하게 기록하였다. 이 세 분의 기록이 대략 서로 같으니, 돈사(惇史)[4]라 이를 만하다. 그 기록은 다음과 같다.

만력(萬曆) 계축년(1613) 5월 25일에 장령 정조(鄭造), 윤인(尹訒)이 계사를 올렸는데 그 내용이 매우 패려(悖戾)하였다. 헌납 유활(柳活)과 정언 박홍도(朴弘道)는 의견 개진을 주저하였고, 대사헌 최유원(崔有源), 집의 김지남(金止男), 지평 정호관(丁好寬) 등은 이의(異議)를 제기하였다. 그 혐의를 피하는 계사 내용의 대략에, "김제남(金悌男)의 흉악한

---

4) 돈사(惇史) : 믿을 만한 기록.

역모의 실상에 대해서는 누군들 통탄해하지 않겠습니까마는 자전(慈殿)의 문제에 이르러서는 어찌 신하가 감히 말할 수 있겠습니까? 오직 전하께서는 옛 성인이 합당하게 처리하였던 경우를 살펴 마음에 부끄러움이 없도록 행한 뒤라야 후세의 비난을 면할 수 있을 것입니다. 신하가 임금을 섬김에 있어 허물이 없는 곳으로 임금을 인도하는 것이 가장 급선무입니다. 신 등이 오늘 합사(合司)한 자리에서 모후(母后)의 문제를 언급하였는데, 감히 구차히 뜻을 같이할 수 없었습니다. 청컨대 신의 직임을 다른 사람으로 바꾸소서." 하였다. 대사간 이지완(李志完)의 혐의를 피한 계사는 최유원 등과 대략 같았다. 이에 여러 대간(臺諫)들은 논의가 서로 같지 않음으로 인해 각자 책임을 지고 물러났다.

옥당(玉堂)이 이 문제를 처리하여 전한(典翰) 정호선(丁好善), 응교 오정(吳靖), 부교리 오익(吳翊) 등 대사헌 최유원, 대사간 이지완, 집의 김지남, 사간 최동식(崔東式), 지평 정호관 등은 출사하게 하고, 장령 정조, 윤인은 체차할 것을 청하였다. 이 문제를 처리한 상소문의 대략에, "신하가 임금을 사랑하는 정성은 어느 경우든 성심을 다하지 않아서는 안 되며, 인륜의 변고를 처리하는 것은 더욱 막중한 일로 여겨야 합니다. 그러므로 옛날 어질고 사리에 밝으신 왕들의 경우를 참고하고 널리 대신과 백관들과 의논하여 임금을 허

물이 없는 곳으로 인도하여 후세에 본받을 수 있도록 하자고 얘기한 것이 바로 바

꿀 수 없는 의론입니다…"라고 하였다.

    그 후 용주(龍洲) 조공(趙公)이 지은 한음 이 상공(李相公)의 비문

에, "정조, 윤인, 정호관이 맨 먼저 폐모의 논의를 제기하였다."는

내용이 있었다. 이보다 앞서 정동계(鄭桐溪)의 갑인년 상소에, "정조, 윤인, 정

호관 등이 맨 먼저 폐모(廢母)와 살제(殺弟)의 논의를 제기하였다."는 내용이 있다.

대개 정공이 일찍이 영창대군(永昌大君)을 궐 밖으로 내보내자는 주장에 동참하였

기 때문에 정동계가 상소에서 폐모에 대해서는 정조와 윤인을 지목하고, 살제에

대해서는 정공을 지목하면서 이들의 이름을 섞어서 함께 적었던 것이니, 그 뜻은

대개 각각 지목하는 바가 따로 있었던 것이다. 용주는 동계의 말뜻을 살피지 못하

고 비문에 살제라는 한 조목을 삭제하고 폐모의 일만 가지고 정조, 윤인과 함께 죄

목에 넣었으니, 정공이 모후를 폐위하자고 주장하였다는 죄명을 잘못 받은 것이

이 때문이다. 대저 용주(龍洲)공의 공정한 마음과 곧은 도를 생각해 보건대 의당

구차하게 남을 비방하거나 칭찬하지는 않았을 것이니, 다만 이에 대해 우연히 잘

못 보았을 뿐이다. 백사(白沙) 이 상공(李相公)과 우복(愚伏) 정 상서(鄭尙

書)가 지은 한음공(漢陰公)의 묘지(墓誌)와 행장에는 다만 "정조와 윤

인이 맨 먼저 폐모의 논의를 제기하였다."라고만 되어 있고, 창석(蒼石) 이공이 지은 공의 아우 감사공(監司公) 정호선(丁好善)의 묘갈(墓碣)에는, "정조와 윤인이 폐모의 논의를 제기할 때에 공의 형 호관(好寬)은 불가하다는 입장을 견지하였다."라고 하였다. 백사, 우복, 창석 등 여러분은 모두 당시에 직접 목격했던 분들이니 필시 당일의 일을 상세히 알았을 것이므로 그분들의 글 또한 모두 믿을만한데 세 사람의 글이 모두 이와 같다.

인조조 임오년(1642)에 정공의 아들 언황(彦璜)이 상소하여 그 원통함을 호소한 일이 이조(吏曹)에 배당되었다. 이조에서 회계(回啓)하기를, "반정 초에 대론에 이의를 제기했던 사람들은 모후 폐위에 대한 논의 산 자와 죽은 자를 막론하고 모두 포상의 은전을 입었습니다. 그런데 정호관 만은 전날에 지은 잘못이 있었기 때문에 영창대군을 궐 밖으로 내보내자는 논의 아직도 죄인의 명부에 들어 있는데 공적과 허물을 상쇄하기에 충분합니다. 그 아들이 원통함을 호소한 것은 또 지극한 정에서 나온 것이니, 마땅히 변통하여야 하지만 은전에 관계되는 일이니, 주상께서 결재하시는 것이 어떻겠습니까?"

하니, 그대로 윤허한다고 하였다. 내가 이 기록을 살펴보면, 인조 대왕께서 공이 죄가 없음을 분명히 아셨기 때문에 그 관직과 관등을 회복시키라고 특별히 명하셨던 것이다. 만약 터럭만큼이라도 의심스런 단서가 있었다면 또한 어찌 다시 이런 일이 있었겠는가?

계유년 가을, 내가 관직에 매여 서울에 있을 때 빙사(聘士)[5] 정군익(丁君翊)이 그의 손자 정사신(丁思愼)으로 하여금 그 선조의 변무록 한 책을 가지고 와서 나에게 그 뒤에다 발문을 써 달라고 부탁하였다. 내가 사람됨이 보잘것없고 말도 천근하여 사람들에게 믿음을 받기에 부족하다고 사양하였으나, 그 청이 더욱 간절하여 왕복하기를 그만두지 않았다. 이에 내가 그 책을 받아 상자에 보관해 두었으나, 너무 바빠서 이 일을 할 잠깐의 여유도 없었다. 그러다가 마침 휴가를 얻어 향리로 돌아왔는

---

5) 빙사(聘士) : 군주가 현사(賢士)를 초치하는 절차. 여기서는 군주의 부름을 받았던 선비의 의미로 정시한을 지칭한다.

데, 산중에서 조용히 지내는 여가에 드디어 여러분들이 사실에 근거하여 기록한 것들을 가져다가 초고를 엮었는데, 미처 완성되기도 전에 쫓겨나 귀양을 가게 되었으니, 유배 생활 중에는 감히 친구들과 문서나 편지를 주고받을 수가 없었다. 병자년 겨울 빙사(聘士)께서 또 직접 쓴 편지를 멀리 궁벽한 북쪽 변경으로 보내왔고, 또 증거가 될 기록 몇 조목을 보내며 매우 간곡하게 부탁하기를, "이제 나는 늙어서 곧 죽을 것이니, 이일이 이대로 끝나 불효의 죄를 더할까 두렵습니다. 바라건대 그대가 한마디 말을 해 주어 이 늙은이로 하여금 훗날 죽어도 눈을 감지 못하는 한을 면하게 해 주십시오." 하였다. 내가 이에 다시 여러분들의 집록(輯錄) 및 논찬(論撰)한 글들을 가져다 반복하여 참고해 보니, 당일의 사적이 더욱 근거할 바가 있어 믿을만하였다. 그 중에 비록 한두 가지 사실과 어긋나는 말이 있지만 또한 무슨 문제가 되겠는가? 예로부터 옳고 그름의 실상은 끝내 사라지지 않고 반드시 후세에 가서 바로잡아졌다. 공이 주장한 바는 『정원일기』에 기록된 것과 여러분들이 칭송하며 기술한 것이 이와 같으니, 또 군이 주부자(朱夫子)가 오집중(吳執中)의 가전(家傳)과 국사(國史)의 서로 다른 부분에 대해 상세히 증명하여 정정한 뒤에 옳고 그름이 밝혀졌던 것처럼 할 필요도 없다. 내가 이미 정군익(丁君翊) 형의 뜻을 슬퍼하고 또 공이 거짓으로 모함을 받은 원통함을 가련하게 여겨, 근심스럽고 괴로운 유배 생활 중에 대략 이렇게 기술하였으나, 이름이 죄인의 명부에 있어 감히 꺼내어 남에게 보여주지는 못하였다.

　금년 봄에 다행히 성상의 은택으로 고향으로 돌아와, 궁벽한 마을에서 두문불출하며 예전에 엮은 것을 펼쳐 보다가 책을 덮고 크게 탄식하였는데, 얼마 뒤에 정군이 또 편지를 보내와 전의 청을 거듭하였다. 이에 예전에 편차한 것을 변무록 아래에 적어서 보내었다.

　금상(今上) 26년 경진(庚辰: 1700) 겨울 12월 기묘(己卯)에 재령(載寧) 이현일(李玄逸)은 쓴다.

정사한 선생의 집에 보관한 한음 비문의 잘못을 변론한 여러 글의 뒤에 덧붙인 말

丁先生家藏漢陰碑文辨誤諸說後語

아아, 혼조(昏朝)에서 모후(母后)를 폐위한 변고를 어찌 차마 말할 수 있겠는가? 밝고 밝은 우리 조정은 오륜(五倫)이 천륜에 맞아 이삼백 년 동안 마치 해와 달처럼 빛났는데, 갑자기 어둡고 참담하게 무너져 버렸다. 이 때문에 정조(鄭造)와 윤인(尹訒)이 남긴 그릇된 자취[6]는 아직도 천한 자들의 입에까지 오르내리고 있으며, 삼척동자라도 그 이름을 들으면 참으로 귀를 막고 줄행랑을 치는 판이다. 그런데 하물며 사대부로서 당시에 스스로 결백했는데도 후세에 치욕을 받는 사람은 어찌 한단 말인가?

돌아가신 지평(持平) 정호관(丁好寬) 공은 나의 증조부의 고종 사촌이다. 공의 집안은 대대로 높은 덕망과 맑은 명성으로 소문났는

---

6) 그릇된 자취 : 정조와 윤인이 주장한 폐모론을 이름.

데, 내가 어렸을 때에 정조와 윤인의 일로 인하여 공을 헐뜯는 사람이 있었다. 내가 듣고는 속으로 매우 놀랐지만 당시의 일에 대해 상고할 도리가 없었기 때문에 그 사이에서 무어라 변론하지 못하였지만 마음속에 의혹이 없을 수는 없었다. 장성하여 이제 진선(進善) 선생의 풍모를 듣고는 찾아가서 종유하였는데, 선생은 바로 지평공(持平公)의 손자이시다. 이에 그 선조의 풍모와 기개에 대하여 한두 가지를 듣게 되었는데 참으로 모두가 유명한 위인의 행동이었다. 그리고 대론(大論)에 반대했던 말과 밝은 조정에서 신원 받았던 것을 보게 되었는데, 이 모든 것은 분명히 증거가 있는 말이고, 근거가 있는 일로써 마치 손바닥을 가리키는 것처럼 상고하여 믿을 수 있는 것이니, 결코 자손이 선조를 위해 숨기려고 하는 것이 아니었다. 그리하여 그 이후에 중유(仲由)와 염구(冉求)가 분명 시역(弑逆)의 큰일을 저지르지 않았음을 알게 되었으며,[7] 지난날 놀라

---

7) 『논어(論語)』「선진(先進)」편에 공자가 중유(仲由)와 염구(冉求)에 대하여, 그들이 결코 아비나 임금을 죽이는 일은 하지 않을 것이라고 말하는 대목이 나온다. 여기서는 정호관이 결코 폐모론에 가담하지 않았다는 사실을 중유와 염구에 빗대어 말하고 있다.

움 속에서 의심스럽던 것이 여기서 비로소 해결되었다. 또한 당시 혹자들이 했던 말은 잘 모르는 사람이 길에서 얼핏 들은 것에 불과하니, 도랑물이 아침에 넘치다가 저녁에 마르는 것처럼 잠깐 떠들다 사그라질 것이라 생각했었다.

그런데 작년에 한음(漢陰) 이상공[이덕형]의 집안에서 상공을 위해 묘역에 지석(誌石)을 세우려고 하는데, 그 글은 용주(龍州) 조상서[조경]가 쓴 것이다. 거기에서 정조와 윤인이 폐모론을 가장 먼저 제기하였다고 쓰면서 정공의 성명 세 자를 그 뒤에 끼워 넣었으니, 이런 일이 생길 줄은 생각지도 못했다. 아, 용주공이 정말 이런 말을 했단 말인가? 용주의 말대로 한음의 비문을 쓴다면 사람들은 그것을 보고 의심이 더욱 커질 것이며, 장차 향초(香草)와 악초(惡草), 얼음과 숯처럼 분명한 것도 구분하지 못하게 될 것이니, 정공의 자손 된 자들은 참으로 마땅히 고통과 한스러움을 버리지 못할 것이며, 모든 시비를 분별할 줄 아는 사람들은 또한 어찌 묵묵히 있기만 하겠는가? 근년에 진선(進善) 정시한선생이 이씨와 조씨 두 집안과 사우(師友)들에게 시정되는 바가 있기를 바라며 자세히 일

깨워 주기를 매우 부지런히 하였다. 그리고 맨 뒤에 용주의 문인인 참봉 이후성(李后晟) 씨가 스승을 위하고 친구를 위하는 마음으로 조씨 집안을 위해 도모한 것을 덧붙였는데, 그 상세하고 분명함이 저와 같거늘 저 두 집안에서 굳게 고수하면서 아직도 마음을 바꾸고자 하지 않는다고 한다. 내가 이에 크게 탄식하고는 혼자 이르기를, "대저 고금의 인물을 논할 때에는 한결같이 격물치지(格物致知)의 자세를 견지해야 하니, 일반인의 현명함과 어리석음도 참으로 마땅히 분별해야 하거늘, 하물며 정공이 처했던 바는 바로 순종과 거역을 크게 구별하고 상도와 변고[常變]를 지극히 밝힌 사이에 있는데, 사람들이 나가고 들어가는 바는 너무도 현격하니 또한 어찌 끝까지 시비를 가려 스스로 의혹을 분별할 것을 구하지 않을 수 있겠는가?" 하고서, 이에 마침내 진선 선생의 집을 종유하며 모든 서찰과 초록한 글들을 가져다 마음을 비우고 자세히 그것을 살펴보았다.

대개 계축년 5월에 정조와 윤인이 처음으로 모후를 폐위하자는 의론을 제기하자, 지평 정공과 대사헌 최유원(崔有源), 집의 김지남

(金止男)이 연명으로 아뢰기를, "자전(慈殿)에 대해서 신하가 어찌 감히 의론할 수 있겠습니까?" 하였고, 또 말하기를, "오늘 합사(合司)의 석상에서 모후에 대해 말하는 자가 있었는데, 참으로 함께 논의할 수가 없었습니다…" 하였다. 또한 옥당이 이 일에 대해 처리하면서 정조와 윤인은 배척하였고, 세 신하에 대해서 출사를 청한 것은 그 내용이 모두 당시 『정원일기(政院日記)』의 등본에 기재되어 있으니, 분명히 고증할 수 있는 것이다. 그리고 연흥부원군 김제남(金悌男)과 이상(貳相) 강신(姜紳) 및 오리(梧里) 이상국[이원익] 등 여러 분들의 기록이 약속하지 않았지만 모두 일치하고 있다. 그러나 고정공은 이미 당시에 배척당해 바닷가 외진 곳으로 좌천되었으나, 그 후 대간(臺諫)의 계사(啓事)와 유생의 상소에서는 단지 정조, 윤인, 이위경(李偉卿)의 큰 죄악을 지적하였으며 정공을 말하는 사람은 없었다. 그리고 백사(白沙) 이항복, 창석(蒼石) 이준, 우복(愚伏) 정경세가 한음의 묘지와 행장을 지으면서 단지 정조, 윤인 두 적당(賊黨)만을 기록하였으니, 정공의 이름은 역시 전혀 보이지 않는다. 그리고 창석이 정관찰(丁觀察)[8]의 묘갈을 쓸 때 특별히, "공의 형 아

무개는 불가하다는 의견을 지켰다."라고 하였다. 그가 절조를 세운 실상은 여러 사실을 통해 변증할 수 있으니 터럭만큼도 의심이 없다고 할 만하다. 이 때문에 계해년 반정의 초에는 비록 시류를 따르는 사람들이 흠을 찾아내어 이견을 주장한 절의는 내버리고 오직 그가 대군을 궐 밖으로 내보냈다는 죄만을 논의함으로 인해 관직을 삭탈하였지만, 임오년에 정공의 아들인 감사공(監司公)이 장령이 되어 억울함을 호소한 날에는 해당 관아에서 사실에 근거하여 임금의 명령을 받고 일의 결과를 보고하니 인조께서 그 신원을 허락하였다.

대개 정공이 스스로 주장한 바는 이미 당시에 증명되었고 문헌에 드러나 있으며, 조정에 전달되고 성상께 아뢰어진 것은 분명함이 저와 같으니, 또한 후세에는 의혹이 없게 되기에 충분하였다. 그런데 또 어찌 용주의 말이 나오게 되어 이처럼 분분하게 한단 말인가? 대저 사람을 논하는 자는 그 마음에 질정하고, 마음을 논하

---

8) 정관찰(丁觀察) : 정호관의 종제인 정호선(丁好善)을 지칭함.

는 자는 그 일을 증거로 삼으니, 일의 증거가 이미 사실이고 마음에 품은 뜻이 이미 분명하다면 하늘의 바른 도리가 그 안에 있을 것이다. 이에 그 안에 있는 하늘의 바른 도리를 들어 그 사람을 논단한다면 그 사람이 마음속으로 복종하여 오래도록 다른 말이 없을 것이다. 그런데 지금 용주가 정공을 논단한 것은 그렇지 않다. 사실을 들어 증명할 수 있는 실상에 대하여 저렇게 엉뚱하게 기록하였으니, 아마도 당시에 벼슬을 하고 있지 않은 상태에서 일이 지난 뒤에 글을 지으면서 실상을 잘못 전해들은 것인가? 아니면 계축년에 (영창대군을) 궐 밖으로 내보내자고 논의한 것을 미워하여 계속하여 잘못을 저질렀을 것이라 의심하며 경솔히 자신의 생각을 덧보탠 것인가? 용주처럼 어진 이가 인륜의 큰일로 사람을 대하면서 반드시 증거로 삼은 말이 없지는 않았을 것이니, 증거로 삼은 바는 아마 동계의 상소일 것이다. 동계의 상소 한 통은 암울한 상황 속에서 분발되어 푸른 하늘 위에서 번개처럼 번쩍였으니, 모든 사람들은 눈을 들어 쳐다보며 함께 통쾌해 했을 것이다. 게다가 용주가 동계를 칭송하고 우러러 신뢰하는 것은 또한 다른 사람보다

백배는 더 했을 것임에랴! 대개 그것을 증거삼아 그대로 따랐다면 우선은 당연한 일이다. 비록 그렇다고 해도 상소의 내용에는 "정조와 윤인과 정 아무개 등이 함께 폐모(廢母)와 살제(殺弟)를 주장했다."는 것이 있는데, 이것을 세분해 보면 폐모에 대하여는 정조와 윤인이 말한 것이고, 살제에 대하여는 정공이 일찍이 궐 밖으로 내보내자고 말한 것을 지나치게 논한 것임을 알 수 있다. 그런데 또 어찌 용주는 '살제' 두 글자는 빼버리고 곧장 '폐모'의 죄목에 포함시킨 것인가? 대개 동계의 상소에는 비록 이 '살제' 두 글자가 있었지만 그것을 합쳐서 묶어 경중과 피차의 구별을 없애버렸으니, 나눈 듯 하지만 다시 합친 것이며, 토한 듯 하지만 다시 삼켜 버려 후세에 이를 보는 사람으로 하여금 끝내 분별하지 못하도록 하였다. 그렇다면 정공에 대해 잘못 말한 사람은 동계이니, 애초 용주의 잘못은 아니다. 그러나 동계가 잘못한 바는 일부러 잘못한 것은 아니다. 당시 멀리 관북(關北)[9]에 있었기 때문에 정공이 이견을 주장한

---

9) 동계 정온의 연표를 참조하면 1611년(신해)에 함흥판관이 되었으나, 다음해에

실상이 이처럼 가릴 수 없는 사실임을 듣지 못한 채, 이전에 있었던 궐 밖으로 내보내자는 논의가 점차 큰 논란으로 번지게 된 것 같다고 홀로 한스럽게 여긴 것이다. 그리하여 솟아오르는 충심과 울분을 글로 쏟아내며 저도 모르게 사람을 구렁 속으로 내몬 것일 뿐이다. 잘못을 저지른 것은 또한 크게 괴이할 것이 없지만, 동계는 이미 자신의 잘못을 반성하였기 때문에 훗날 올린 글에는 정공의 이름을 이미 빼버려 남겨두지 않았으며, 또 일찍이 과거 시험장에서 감사공을 만난 뒤 나와서 방백(方伯)인 오단(吳端)에게 말하며 극찬하기를, "내가 듣자니 아무개의 아비는 그 아들보다 낫다고 한다. 나의 상소의 말이 사실과 어긋난 것을 후회하니, 장차 연석(筵席)에서 진달하려고 한다." 하였는데 곧 병화가 일어 그렇게 하지 못하였다고 한다. 이렇다면 동계가 상소에서 정공을 배척한 말이 과연 어떻게 충분한 증거가 될 수 있겠는가? 다만 동계가 진달하려는 일을 이미 실행에 옮기지 못하고 마음으로만 자기 말이 잘못

조정으로 돌아와 계축년에는 대부분 조관으로 있었다.

되었다는 것을 알았는데, 남들이 미처 다 듣지 못하였으니, 용주 또한 듣지 못한 채 끝내 그 잘못을 고수했던 것은 당연하다. 한번 잘못한 뒤에 접한 바를 따라 잘못을 키운 것이니, 그가 동계의 비문 및 다른 글을 지으면서 또한 한음 상공의 비문에 쓰여진 것처럼 기록하였고, 또 말하기를, "정 아무개가 동계의 상소를 보고는 탄식하며 말하기를, '나는 천고의 죄인 됨을 면하지 못할 것이다.'고 하고 술로 세월을 보내다 죽었다."고 하였으니, 이것은 다른 것이 아니라 선입견이 항상 마음을 사로잡아 저도 모르게 굳어진 의심이 이르지 않는 바가 없었기 때문이다. 옛날 유 공보(劉共父)와 장남헌(張南軒) 같이 현명한 사람도 오히려 일개 호문정(胡文定)으로 인하여 잘못 생각하고서 다시 의리를 돌아보지 않았다는 비난을 면치 못하였으니[10], 또 어찌 용주가 동계의 말만 믿고 다른 것을 살펴볼 겨를이 없었던 것을 의아해하겠는가? 정공이 자책했다는

---

10) 유 공보(劉共父) …… 못하였으니 : 장남헌(張南軒)이 『이선생집(二先生集)』 안에 있는 오자(誤字)에 대해, 호문정(胡文定)의 교정을 거친 것이기 때문에 고칠 수 없다고 하였다. (『晦庵集 卷30, 與張欽夫』 참고)

말은 내가 일찍이 진선 선생께 들었는데, 그 말씀이 "조부는 기개와 용모가 뛰어나고, 국량이 커서 한 시대의 유명한 분들이 모두 인정하였다. 그런데 (영창대군을) 궐 밖으로 내보내자는 논의는 사실 미움과 시기 받는 것을 피하고 안전을 도모하게 하려는 깊은 생각에서 나온 것이기에 당시에 이름난 분들과 훌륭한 분들이 또한 이를 긍정할 수 있었다. 당시를 살펴보면, 자세히 살피지 못한 부분이 있어 혼란의 틈을 노리던 자들은 그의 입을 빌려 논의를 일으킬 수 있었고, 그 하류들은 결국 극악한 죄악을 저질렀다고 하기에 이르렀다. 그러나 넓은 마음을 가진 공은 스스로 반성하기를 또한 지나치게 하여, 이견을 주장한 것이 대단한 것이었음을 스스로 자랑한 적이 없고, 스스로 그 최초의 잘못을 깊이 비통해 하여 남들에게 말할 때마다 회한의 말을 하며, 때때로 술을 벗 삼아 평생의 회한을 달랬다. 이 때문에 이를 보는 자들은 혹 겉으로 드러난 것만을 알고 내면을 알지 못하였으며, 사람을 알아보는 지혜로 공을 보지 못한 채 공이 자신을 깊이 책망하는 것을 증거로 삼아 공을 재단하였으니, 이는 공이 평소의 마음을 홀로 품고 돌아가시어 후세에 드러내지 않았기 때문이다." 하였다. 이것으로 살펴보건대 정공의 후덕한 품성은 또한 남보다 뛰어난 것이다. 자책의 말과 자학의 단서가 있는 것은 괴이할 것이 없지만, 이를 두고서 범하지도 않은 큰 잘못을 편안히 받아들인 것이라고 말하는 것은 결코 인정상 입 밖에 낼 수 있는 것이 아닌데, 또 어찌하여 차라리 자신의 몸을 멸할지언정 변명하지 않았다고까지 할 수 있단 말인가?

하물며 정공의 사람됨은 다만 그 자손된 자들만 말하는 것이 아니라 당시 명류요 석학인 우복(愚伏), 창석(蒼石), 경정(敬亭) 등 여러분이 모두 기꺼이 그와 더불어 벗을 하였고, 그가 지방으로 물러나게 되었을 때는 자주 서로 종유하였으며, 돌아가신 뒤에는 모두 만사(輓詞)를 지어 곡을 하였다. 만사의 내용에, "옥처럼 맑은 용모 아직도 눈에 선하니, 풍모가 우뚝하여 백관을 감동시켰네."가 있으니, 모두 그 용모와 재기의 출중함을 상상할 수 있으며, "조정에선 아직도 바른 그 말 의뢰하고, 늠름한 그 풍채는 밝은 조정 감동케 하네."라 한 것이 있으니 또 그 사실이 증명되는 것을 다소 볼 수 있다. "뛰어난 재주 수려한 용모 무리에서 빼어난데, 머나먼 시골에서 몸을 숙이니 인재를 잃었네." 같은 경우나, 맺으며 말하기를, "저 세상 어느 곳에서 경륜을 쌓아둘까?" 하였으니, 이는 심 일송 (沈一松)이 오래 전부터 서로 알아 깊이 인정한 것이다. 대저 그 사람을 알고자 한다면 그 벗을 보면 되는 것이다. 저 몇 분들이 가령 뜻을 더럽히며 아부를 했다손 치더라도, 역적의 논의를 했던 사람을 기꺼이 칭찬하기를 이토록 심하게 했겠는가?

애석하도다! 용주가 살던 때에는 제가의 기록들이 나오지 않아 그 말과 일의 곡절을 다른 사람들에게서 참고할 수 없었으며, 용주의 잘못된 견해를 끝내 스스로 해명하지 못하였으니, 용주처럼 진중한 사람으로서 진실로 서로 친하다는 이유로 자신이 듣고 본 바를 단숨에 버리면서 그를 위해 잘못을 덮어주지는 않은 것임이 분명하다. 비록 이상정(李象鼎)이 자주 찾아가 고칠 것을 청하는 말을 하였지만, 현명한 자제라면 능히 신원 받을 수 있으리라는 말로 물리친 것은 아닐 것이다. 대저 용주가 정공에 대해 잘못 말한 것은 처음에는 저술 기록이었는데, 중간에는 이를 끌어다가 확대하였고, 마지막에는 또 그것을 논의할 즈음에 기정사실화하였으니, 용주의 자손된 자들이 하루아침에 그것을 고치기는 또한 어려울 것이다. 비록 그렇다고 해도 용주가 그런 지경에까지 이른 것은 참으로 당시의 견문이 자세하지 못하고, 연구가 상세하지 못했기 때문이다. 만약 용주가 평안무사한 날에 미쳐 과연 이같이 상세히 살폈다면, 내가 알기에 용주는 본래 사심에 치우침이 없는 사람이니 옛것을 버리고 새로운 것을 좇아 그 글을 삭제했을 것이다. 이는 매우 손쉬운 일이었으니 용주는 진실로 당장 고쳤을 것이다. 그러니 용주의 자손된 자들로 용주의 마음으로 마음을 삼는 사람은 마땅히 또한 어려울 것이 없을 것이다. 대저 효성스럽고 자애로운 자손들이 돌아가신 선조를 추모하며 효도하는 방법은 반드시 장차 형태가 없는 데에서 (선조들의 자취를) 보고 소리가 없는 데에서 들어, 그 뜻과 그 일을 모두 '잘' 계승하고 '잘' 서술하는 것이니, '잘'한다는 말에는 무한히 함축된 도리가 있는 것이다. 이 때문에 입과 몸을 봉양하는 것은 뜻을 봉양하는 것만 못하고, 직접내리는 명령을 따르는 것은 도를 깨닫는 것만 못하니, '뜻'과 '도'는 효 가운데 가장 선한 경지에 이른 것이다.

지금 용주의 본심에 대하여 말한다면 반드시 남을 모함하는 마음은 없을 것이고, 천하의 곧은 도에 대하여 말한다면 반드시 순리(順理)를 역리(逆理)라고 할 리는 없을 것이다. 그러나 불행히도 순리와 역리가 뒤집어지고 시비가 어그러져 애초 남을 거짓으로 모함하려던 마음이 없던 용주로 하여금 결국 남을 거짓으로 모함했다는 지명을 받게 하고, 그 본심과 바른 도로 하여금 천지 사이에 드러나지 못하도록 한다면, 그 효성스런 자손들은 또한 마땅히 마음속으로 근심하여 다른 사람들의 말을 기다릴 것도 없이 단숨에 과감히 고칠 것이 분명하다. 그런데 지금 또 분명한 증거를 보고도 못 본 체하고 충고를 듣고도 못 들은 체하며 뜻을 고집하여 더욱 어렵게 만드는 것은 또한 유독 어째서인가? 사리가 쉽게 밝혀지지 않으니 우선 천천히 기다리려는 것인가? 아니면 또한 들리는 것이 하도 여러 가지라 따로 의심스러운 것이 있어서 그러는 것인가? 그도 아니면 또한 스스로 미흡하다고 여겨 감히 전인이 고치지 않은 것을 고치지 못하는 것인가? 고치지 않은 것은 자취요 글이지만, 마땅히 고쳐야 할 것은 뜻이요 도이다. 지금 이에 뜻과 도를 함부로 하면서 글과 자취는 함부로 하지 못하는 것은 뜻과 도는 가볍게 여기고 글과 자취는 무겁게 여기는 것인가? 혹 의심이 된다면 어찌 분명히 말하여 뒤집지 않으며, 혹 기다리는 것이라면 또 누가 장차 끝내 새기겠는가? 이것이 이해되지 않는 것이다. 용주 집안이 글의 주인으로 이미 잘못을 삭제하려고 하지 않기 때문에 한음의 여러 자손들도 바르게 고칠 수 없다고 하지만, 이에 장차 오점을 선조의 불후의 비석에 새기려 하면서도 근심스러워하지 않으니, 두 집안 자손의 소견은 이처럼 서로 마찬가지이다. 개탄스러울 뿐이다.

지금 듣자니 진선 선생의 집안에서는 이미 두 집안과 왕복하면서 사리에 합당함으로 결정짓지 못하였기에, 또 장차 수록된 글과 자취를 가지고 후대에 전하여 장차 후세의 현자에게 판단을 맡겨 그 선조가 남에게 거짓으로 모함 받은 바를 밝히려 한다고 한다. 이 참봉이 말한 바 '괴롭고도 괴로운 일'이 참으로 여기에 있는데 두 집안 사람들은 또한 어찌 홀로 편안하단 말인가? 만약 그렇지 않다고 하면서 동계와 용주의 이전 잘못을 고집하여 끝내 바꾸지 않는다면, 그것은 장차 제가의 등본(謄本)에서 '이견을 주장했다'고 한 글들은 모두 거짓으로 지은 것이라고 말하는 것인가? 백사의 지문 (誌文)과 말하는 사람들의 소장(疏章)이 모두 사라졌단 말인가? 창석 등 여러분이 역적을 비호했단 말인가? 정공이 광해군의 조정에서 축출된 것을 세상에 아부하며 총애를 받은 것이란 말인가? 계해년에 논박을 받으면서 중벌을 받지 않은 것은 처벌에 실수가 있었단 말인가? 임오년에 신원을 받고 벼슬을 추증(追贈)한 것은 장차 악한 사람을 높이려는 것이었단 말인가? 그렇지 않다면 또한 사람의 마음을 논하는 자는 마땅히 그 사실을 증거로 삼지 않는단 말인가? 결단코 그럴 리가 없음은 분명하다. 그리고 가장 가소로운 것은 어떤 사람이, "정공이 이미 영창대군을 궁궐 밖으로 내보내자는 논의에 참여하였기 때문에 뒤에 비록 남과 다른 의견을 주장했더라도 이는 또한 이전의 잘못을 덮으려는 까닭일 뿐이요, 그 마음은 여전히 바꾸지 않았다. 그러므로 용주의 글은 특별히 그 마음을 꾸짖을 따름이다."라고 말한 것이다. 아, 이것이 무슨 말인가? 성현(聖賢)이 사람을 평가할 때에 이전의 일은 염두에 두지 않고 스스로 새로워진 것을 인정하였으니, 오랑캐가 오랑캐 짓을 하지 않으면 그를 인정하고, 나쁜 사람이 나쁜 마음을 바꾸면 그를 인정한 것은 예컨대『춘추』강목의 글에서 분명히 고찰할 수 있을 것이다. 지금 정공의 작은 잘못은 이전에 있었고, 그가 큰 절의를 세운 것은 뒤에 있는데, 용주공이 홀로 그 마음을 꾸짖고 선행을 인정하지 않았다면 이는 용주가 악을 성토하는 엄중함이 장차 공자와 주자보다 훌륭하다는 말인가? 또 모든 신하들이 조정에서 영창(永昌)을 법으로 다스릴 것을 청하는 날에 한음과 백사 이하 참여하지 않은 이가 없으니, 그렇다면 용주의 글은 장차 그 사람들 하나하나마다 모두 꾸짖은 것인가? 그렇다면 용주의 평가가 공평하지 못한 것이고, 억측이 너무 과도한 것으로 남의 아름다움을 즐거이 이루어주는 성대한 뜻이 전혀 없을 뿐이니, 어찌 또한 용주를 심하게 거짓으로 모함하는 것이 아니겠는가?

다만 이 한 가지 일로 몇 가지 경계할 일이 있으니, 영창을 궐 밖으로 내보낼 당시에 정공이 먼저 그 논의를 꺼내었는데, 마침내 간사한 적당들의 구실이 되어 차츰차츰 참혹한 결과로 이어져 종신토록 회한하여도 돌이킬 수 없는 지경에 이르렀으니, 기미를 보는 것을 분명히 하지 못한 것이 첫 번째 경계이다. 동계와 용주가 정공을 배척한 것은 들은 것이 자세하지 않고, 상고로 삼은 근거가 넓지 않으며, 말이 너무 격하고 고집이 너무 세어서 마침내 후인들의 논쟁거리를 야기하였으니, 사람을 논할 때 자세히 살피지 못한 것이 두 번째 경계이다. 또 대저 두 분의 훌륭함은 여러 사람들이 믿고 따르는 바이기 때문에 사람들이 그 잘못을 보고도 잘못으로 여기지 않아 그 잘못이 더욱 깊어지니, 완벽하게 현자의 자질을 갖출 것을 요구하는 뜻이 세 번째 경계이다.

이씨와 조씨 두 집안이 예전에 들은 것에만 얽매이고 새로 알게 된 사실에 대해서는 소홀히 한다면, 선조의 뜻을 체득하지 못하고 곧은 도를 의거하지 못하게 되니, 저울대를 바로 잡고 먹줄을 튕기듯이 객관적인 입장에서 그것을 삭제하여 전대(前代)의 공렬(功烈)에 영광이 있도록 해야 한다. 그런데 이처럼 일을 더디게 처리하는 것과 마음을 고집스럽게 쓰는 것이 네 번째 경계이다. 이 모든 것들은 격물치지(格物致知)를 궁구하는 학자가 몰라서는 안 되는 것들이다. 비록 그렇더라도 의리는 무궁하고 견문은 유한하며 천하의 시비를 공정히 하는 것은 한두 사람의 사적인 의견으로 되는 것이 아니니, 지금 이후로는 일 중에 자상히 밝혀지는 것이 더욱 많아지고 말 중에 뒤에 나오는 것이 더욱 분명해져서, 듣는 사람마다 또한 장차 나처럼 놀라 의심하였다가 의심한 뒤에는 비로소 알게 되어, 결국 백세의 정론이 될 것임을 어찌 알 수 있겠는가? 이것이 실로 정공의 자손과 이씨, 조씨 두 집안이 엄정하게 기다려야 할 이유이다. 이 참봉이 정 진선을 칭하며 말하기를, "선조가 남에게 거짓으로 모함을 받으면 자손의 마음이 참으로 매우 비통하거늘, 선조가 남을 거짓으로 모함했다는 지적을 받는데 자손의 마음이 어찌 유독 편하겠는가?" 하였으니, 참으로 맞는 말이다. 내 생각에는, 알면서도 죄에 빠뜨리는 것을 거짓으로 모함이라고 하고, 모르고서 죄에 빠뜨리는 것을 잘못이라고 한다. 지금 이씨와 조씨 집안의 자손들은 알고도 오히려 고치지 않으니 이는 거짓으로 모함하는 데 해당하는 것이요, 용주의 경우는 애초 거짓으로 모함했던 것이 아니라 단지 잘못했던 것이다. 그러므로 개인적으로 그 내용을 기록하여 '잘못을 변증한 여러 글의 뒤에 덧붙임'이라고 이름 짓고, 인물을 논하는 일단을 갖추어 이를 근거로 뽑아 적은 글의 뒤에 써서 바야흐로 진선 선생께 돌려주어 그 선조가 치욕을 받은 것을 조금이나마 위로하는 바이다.

계유년 동지[長至日]에 문생 연안(延安) 후인(後人) 이식(李栻)[11]은 삼가 쓰노라

계유년에 이미 이 내용을 기록하였다. 후에 동계가 올린 글을 보고서 다시 몇 마디 말을 보태어 고쳐 적었다. 이 또한 자상히 밝혀지는 일과 뒤에 발견되는 내용 중 하나이다.

병술년 맹하(孟夏) 상한(上瀚)에 식(栻)은 또 삼가 쓰노라.

맹자가 이르기를, "글을 다 믿는 것은 글이 없는 것만 못하니, 나는 무성편(武成篇)에서 두세 조항만 취할 뿐이다."[12] 하였

11) 이식(李栻) : 1659(효종 10)~1729(영조 5). 조선 후기의 학자. 본관은 연안(延安). 자는 경숙(敬叔), 호는 외암(畏庵).

습니다. 오랜 옛날 경전의 글도 오히려 이런 취급을 면치 못하였으니, 후세의 비석과 책의 내용 중 잘못이 그대로 잘못 전해지는 것은 참으로 괴이할 것도 없겠습니다. 그렇지만 또 어찌하여 나의 고조인 사성공(司成公: 정호관)이 당시에는 절의를 세웠는데 돌아가신 뒤에 거짓으로 모함을 받는 것 같은 일이 생길 수 있습니까? 증조인 관찰공(觀察公: 정언황)이 한번 성상께 상소를 올려, 원통함을 풀어주라는 통쾌한 명을 받았지만, 여전히 같은 말이 세상에 이름 난 경상(卿相)의 글에서 나오자 조부가 마침내 여러 명가의 일기와 신원을 청했던 상소, 왕복했던 서찰을 모아 한 책으로 엮어 「변무록(辨誣錄)」이라 이름하여 후손에게 남기셨습니다.

지금 이 책에 실려 있는 분명한 증거가 되는 글들을 다 기록

---

12) 『맹자』「진심 하(盡心下)」에 "『서경』에 기록된 내용을 문자 그대로 믿기만 한다면, 차라리 『서경』이 없느니만 못할 것이다. 나는 〈무성〉의 글 중에서는 두서너 쪽만 취할 따름이다.〔盡信書 則不如無書 吾於武城 取二三策而已矣〕" 여기서는 모든 기록을 자구대로 신뢰할 수만은 없다는 의미로 인용함.

할 수는 없지만, 그 중 현저한 것으로 논해 본다면, 오리(梧里)
이 상국, 창석(蒼石) 이 학사 및 나의 외선조인 일송(一松) 심 상
국(沈相國) 같은 이는 결코 구차히 남을 칭찬하지는 않는데, 선
조가 이견을 주장했던 절의를 기록하고, 뺏기 어려운 지조를
드러내고, 경륜의 깊이를 인정하였습니다. 이 백사(李白沙)와
정 우복(鄭愚伏) 같은 두 분의 현인이 명상(名相)을 위한 묘도(墓
道)의 글을 쓸 때, 절대로 사사로이 용서함이 없을 것임에도,
유독 선공만 홀로 죄목에서 빠졌습니다. 책에 실려 있는 나의
조부의 글은 그 자손의 말이라고 하여 남들이 이의를 제기하지
는 못하니, 또한 족히 백세를 지나더라도 의심받지 않을 것입
니다. 그러니 저 한두 마디 이치에 어긋나는 말은 저절로 마땅
히 귀에 들리자마자 사라져버릴 뿐이니, 어찌 굳이 깊이 개탄
하겠습니까?

진주[晉陽]의 사또[使君]인 조공은 바로 조부의 문인입니다.
장차 이 책을 판각하도록 하여 길이 전하고자 하니, 아, 양산
(梁山)에서 손을 잡고 저에게 부탁한 것을 문인이 이루어주셨습

니다. 불초한 손자가 애통한 마음과 감사한 마음을 품으니 죽어서인들 어찌 잊겠습니까? 삼가 몇 마디 말을 적어 간략히 전말을 기록하니, 지극한 슬픔에는 꾸밈이 없다는 것을 후인들이 오히려 잘 알 수 있을 것입니다.

　　무자년(戊子年, 1708) 중춘(仲春)에 불초 손자 사신(思愼)은 흐느껴 울며 삼가 적습니다.

정곡공의 무고를 밝히는 기록의 후지

鼎谷公辨誣錄後識

들건대 혼조 때의 폐모론은 계축년(1613)에 처음 제기되었고, 을묘년(1615)에 확대되었다. 고(故) 지평 정공(丁公)과 대사헌 최유원, 중승(中丞) 김지남이 반대 의견을 내어 논의의 제기를 막았고, 고 상공 완평부원군(完平府院君) 이원익 선생이 차자를 올려 확대를 막았다. 강상(綱常)[13]이 무너지지 않고, 국가가 망하지 않은 것은 이 두 가지 일에 힘입은 것이다. 이 때문에 세상에서 절개를 굽히지 않은 사람을 꼽을 때에 반드시 완평부원군과 최 아무개와 김 아무개를 말하는데, 유독 정공만은 영창대군을 궐 밖으로 내보내자는 논의에 참여한 죄로 인하여 서계[14]에

---

13) 강상(綱常) : 유교 도덕에서 사람이 지켜야 할 도리인 삼강(三綱)과 오상(五常)을 말함.
14) 서계(書啓) : 임금의 명령(命令)을 받은 관원(官員)의 복명서(復命書).

서 누락되고 죽어서 벼슬을 깎이는 처벌을 받았으니, 이는 이른바 작은 잘못으로 큰 덕을 가린다는 것이 아니겠는가? 공의 아들인 묵졸공(默拙公)[15]이 조정에 원통함을 호소하여 선왕께서는 특별히 억울함을 풀어주라 명하셨으니, 시비는 이미 정해진 것이다. 그런데 용주(龍洲)가 전인들이 언급하지 않은 말을 만들어 내어 공이 한음 상공의 비문에서 거짓으로 모함을 입게 되었다. 아, 용주는 군자이니, 어찌 군자로서 남을 거짓으로 모함했겠는가? 이는 우연히 문헌을 잘 살피지 못했기 때문일 뿐이다. 어떤 사람은, "용주의 말은 동계의 상소에서 나온 것이니, 동계의 상소가 증빙할 만한 문헌이 아니란 말인가?"라고 한다. 그러나 이는 그렇지가 않다. 계축년 5월의 계사는 국사에 분명히 실려 있고, 사관이 상고하여 믿을 만한 증거를 가지고 있다. 지금 말하는 문헌이란 것은 장차 나라의 역사책에서 검정해야할 것인가? 아니면 동계의 상소에서 검정해

---

15) 묵졸공(默拙公) : 정언황의 호는 묵졸공(默拙公) 또는 묵공옹(默拱翁)으로 불림.

226 _ 정곡공변무록 권4

야할 것인가? 동계의 상소에서는, "아무개와 아무개가 맨 먼저 폐모(廢母)와 살제(殺弟)의 논의를 제기하였다." 하였는데, 이는 비분강개함이 너무 심하여 궐에서 내보내자는 것을 살제(殺弟) 의 편법으로 보고서 합쳐서 글을 쓴 것에 불과하니, 어찌 용주 가 '살제(殺弟)'라는 말을 빼버리고 '함께 주장했다'고 말한 것과 같을 수 있겠는가. 완평부원군은 함께 벼슬했던 대신으로 당 시의 일을 직접 보았는데, 동계의 상소 내용을 가지고 정공의 죄목으로 삼지 않고, 을묘년의 일기에다 맨 먼저 계축년의 계 사를 쓰면서 그 이견을 주장했던 절의를 칭찬하였으니, 이것 은 또한 참고할 만한 문헌이 아니라는 것인가?

나[조식(趙湜)]는 뒷날 태어난 사람으로 견문이 고루하니 감 히 고금 인물의 시비를 논할 수 있겠는가? 완평부원군이 차자 를 올리자 어리석은 임금[혼주(昏主)][16]은 진노하여 화를 장차 헤아릴 수 없었는데, 고(故) 상서(尙書) 홍무적(洪茂績) 공이 항변

16) 혼주(昏主) : 광해를 지칭.

하는 상소로 신구(伸救)를 아뢰었고, 정조(鄭造), 윤인(尹訒), 이위경(李偉卿) 등 세 적신(賊臣)을 참수할 것을 청하였다. 그런데 증조부인 좌랑공(佐郎公)이 그 상소를 담당하였고, 증백조(曾伯祖)인 대간공(大諫公)이 그 상소를 지었기에 지금도 상자 안에 그 흔적이 남아 있다. 만약 정공에게 함께 폐모를 주장했던 오점이 있었다면 절대로 정공만을 용서하여 교제하지는 않았을 것이 자명하니, 이 때문에 평소 자신하는 바가 있었다.

이때에 우리 선생께서 선조가 용주에게 모함 받은 것을 애통해하여 여러 사람의 글들을 수집하여 그의 손자인 검토군(檢討君)으로 하여금 용주와 한음 집안의 자손에게 왕복하여 보이고, 상고하여 믿을 만한 국사를 가지고 증거로 삼았지만, 두 집안의 자손은 추후에 거슬러 올라가 글을 고치는 것을 어려워하여 끝내 빼버리지 않고 이렇게 간행하였다. 아, 모함을 받는 원통함과 남을 모함하는 잘못은 경중(輕重)이 분명하건만, 유독이 남을 거짓으로 모함한 잘못을 거슬러 올라가 밝힐 수 없다고 하니, 선생이 저들에게 어떻게 할 수 있겠는가? 이에 제가의 일기와 왕복했던 서찰을 모아 한 권의 책으로 묶어 후세에 전하여 백세의 공정한 평가를 기다리고자 하였다.

　사실이 분명하고 증거가 명백하니, 이 기록이 만약 보존된다면 한음의 비문이 비록 새겨지고, 용주의 문집이 비록 간행된다 하더라도 공론은 백년을 기다릴 것도 없이 반드시 정해질 것이니 이것이 어찌 선생의 효심이 아니겠는가. 편차가 완성되자 선생은 나에게 명하여 이르기를, "만약 이 글을 간행하여 길이 전할 수 있다면 내가 저승에서 눈을 감을 수 있을 것이다. 내가 이것을 그대에게 부탁해도 되겠는가?" 하셨다. 아마도 내가 평일에 가르침을 전수받은 바[17]가 있다고 자신하셨고, 편집할 때에도 교정에 참여하였기 때문일 것이다. 나는 선생께서 효도를 우선으로 하시는 데에 기뻐하며 순종하고 있었기 때문

---

17) 『맹자』「등문공 상(滕文公上)」에 "옛 기록에 '상례(喪禮)와 제례(祭禮)는 선조를 따른다.' 하였으니, 우리가 전수받은 바가 있기 때문입니다.〔且志日 喪祭從先祖 日 吾有所受之也〕" 하였다.

에 감히 "예, 예" 하고 대답하였지만 시간에 구애되어 그 일을 할 수가 없었다. 그런데 얼마 뒤 선생께서 돌아가시자 사모하는 마음속에서 부탁하신 바를 지키지 못할까 두려워하여 밤낮으로 애태웠다. 마침 이번 겨울에 진주의 수령으로 나가게 되어, 비로소 검토군(檢討君)과 함께 다시 서로 의논하고 수정하여 3권으로 편집하였다. 또 몇몇 군자의 분변의 말을 그 끝에 덧붙여 판각하게 하니, 채 하루도 걸리지 않고 일이 이루어졌다. 검토군에게 돌려보내어 이를 선생의 영령에 고하였으니, 이제야 겨우 저승에 잠드신 스승의 당부를 저버리지 않았다고 할 만하다.[18]

금상(今上 : 숙종) 34년(1708) 무자 초봄에 문인 횡성(橫城) 조식(趙湜)은 진양의 관아에서 삼가 쓰다.

---

[18] 이렇게 작업이 완성될 즈음이었으나 『변무록』은 결국 여러 사연으로 인하여 당시에는 목판본으로 출간되지 못하였다.(『왕조실록』 숙종 35년(1709년) 9월 18일 조 참조)

영인 **정곡공변무록**

愚潭先生文集卷之五終

既完先生乃命于湜曰倘得刊此書以壽其傳吾可以瞑目
於地下吾以托之子可乎蓋以湜平日所自信有所受而編
次之際亦幾乎校正也湜悅服先生之為先也乃敢惟惟而
方禁於時不得其便未幾先生易簀攀慕之餘惟恐所托
是負夙夜耿耿適於是冬出宰晉陽始與檢討君更加商確
篁之為三編又以二三君子之辨語續其末付諸剞劂氏不
日而工告訖歸之檢討君以告先生之靈今以後庶幾無負
於幽明云

上之三十四年戊子首夏門人橫城趙湜敬書于晉陽衙軒

六

而曾王父佐郎公掌其疏曾伯祖大諫公製其疏至今箱篋
中舊蹟猶存若使丁公有頌共發之點染則必不獨爲之容
護而交際自若也以是雅有所自信及是惟我先生痛先祖
受誣於龍洲搜聚諸家文字使其孫撿討君往復於龍洲漢
陰兩家子孫而證之以　國史之考信者兩家子孫恃難於追
改文字終不刪去仍以刊之噫受誣之冤誣人之失自有輕
重而獨不能追辨誣人之失先生之於彼何求於是袞輯諸
家日記及徃復書札編爲一書將以傳諸後以俟百世之公
論而事實昭著證左明白此錄若存漢陰之碑雖刊龍洲之
萬雖行公論必不待百年而定矣玆豈非先生之孝歟編次

管於文獻之故耳或者云龍洲之言出於桐溪疏桐溪疏非

文獻之可徵者耶此則不然癸丑五月之啟昭載於　國乘

史官有考信者今所謂文獻其將徵之於　國乘乎徵之於

桐溪疏乎桐溪疏曰某與其首發廢　母殺芽之論此不過

忼慨之極以出置為殺芽之權與而溪合以綴文豈若龍洲

之拔去殺芽而曰頌共發云耶完平以同朝大臣目觀當時

而不以桐溪疏為丁公之黨必於乙卯日記中首書癸丑之

啓以獎其立異之節此亦非文獻之可徵者乎提後生也聞

見孤陋何敢論古今人是非完平之上劄也昏主震怒禍將

不測故尚書洪公茂績抗疏伸白請斬造詔偉卿等三賊臣

文後之人尚克知之

歲舍戊子仲春不肖孫患慎泣血謹識

盖聞昏朝廢　母論發軔於癸毋張括於乙卯故持平丁公

與崔大憲金中承抗辯而沮遏其軔故相公完平李先生上

劄而打破其括綱常之不墜　宗社之不亡頼有此兩舉耳

是以世之補立節人必曰完平曰崔某金某惟丁公獨坐出

置之峯論見漏於書啓勘律於追纂此非所謂以一眚掩大

德者耶公之嗣子黙拙公吽閻訟寃　先王特命昭雪則是

非已定矣龍洲乃劃出前人所不道之言公肆誣衊於漢陰

相公碑文中吁龍洲君子人也焉有君子而誣人偶未及照

及伸冤踊徃復書札合為一冊名之曰辨誣錄以遺後孫今

錄中所載明證文字不可殫記而就其表著者論之如梧里

李相國蒼石李學士及我外先祖一松沈相國決非苟譽於

人而錄其立異之鄧表其難纂之操許其經綸之蘊李白沙

鄭愚伏兩賢之為名相墓道之文必無容護之私獨遺衰鉞

之中我祖父府君之於書者人不間於其子孫之言亦

足百世以俟而不惑矣彼一二橫逆之言自當過耳消散而

已又何必深慨乎晉陽使君趙令公即祖父門人也將以此

錄付諸剞劂氏以壽其傳噫梁山執手之托門人能成之不

肖孫之茹痛御感沒世何已謹書數語略識顛末而至哀無

一〇

端因以書之於抄錄文字之下方以歸之於進善先生以少慰

其先祖受迭之迭之厚者云時癸酉長至日門生延安後人李栻

謹書

癸酉歲既為此語矣後見桐溪供辭更添數語而改書之是

亦事之旁通言之後出者之一也兩成孟夏上澣栻文謹識

孟子曰盡信書不如無書吾於武成取二三策而已遂古經

傳之文尚不免如此則後世碑碣方冊文字之以訛傳訛者

誠不足恠而亦豈有如我高祖司成公之立節於當時受誣

於身後者乎曾祖觀察公一疏格天快蒙昭雪而斷斷之說

至出於世所稱名卿之筆祖父府君遂乃裒輯諸名家日錄

心之圉為戒四也此則凡為格物致知之學者盖不可不知也

雖然義理無窮見聞有限而公天下之是非非一二人之私議

安知自今以往事之旁通者愈博言之後出者愈明而人人之

聞之者亦將如我之既駭而疑既疑而始知者而卒為百世之

定論者乎此實丁公子孫與李趙兩家之所顯而俟也李忝奉

稱丁進善之言曰先祖受誣蟻於人於子孫之心誠極痛迫先

祖若受誣人之名為子孫之心豈獨安乎者誠知言也以余觀

之知而陷之者謂之誣不知而陷之者謂之誤今李趙子孫知

而猶不改則是使之八於誣若龍洲則初非誣之也抑只是誤

之也故私記其說而名之曰辨誤諸說後語以備論人物之一

239

永昌之日漢陰白沙以下莫不皆叅則龍洲之筆將人人而

誅之乎是則龍洲之予奪不均逆太過邈無樂成美之盛意

甯豈不亦誣龍洲之甚乎但此一事作戒發段則有之當永昌

之出置也丁公先發其論而竟以藉乎奸賊之手駭駭乎優霜

堅永之嫌以至終身悔恨而不可復其見義之不明為戒一也

桐溪龍洲之斥丁公聽聞未精攷摭不博言之太快持之太固

遂起後人之爭端其論人之不審為戒二也且夫兩公之賢為

衆人之所宗信故人見其誤而不以為誤其為誤也愈甚其責

備賢者之義為戒三也李趙兩家膠於舊聞忽於新得不能體

先志橈直道衡銓兩繩削之倖有光於前烈此其見事之遲處

盡皆贗作歟白沙之誌文言者之謬章盡皆漏綱歟蒼石諸公

其將護延歟丁公之見黜於昏朝謂之媚世行寵歟癸亥仗駁

不以大論其失勘斷歟壬午伸冤而贈爵以廉惡歟抑亦

論人之心者不當證其事歟其斷無是理也必矣最可笑者或

者之說曰丁公既恭於出置之論故後雖有立異之舉亦欲以

掩前過耳其心則猶未革也故龍洲之筆特誅其心耳噫是何

言也聖賢之於人不念其舊而與其自新衰而不衰則進之惡

而衰惡則予之如春秋綱目之文班班然可考矣今丁公之小

失在前其豎大節也在後龍洲公獨誅其心而不與之為善則

是龍洲討惡之嚴將有賢於尾父晦翁者乎且百僚迕請正律

也所當改者志也道也今乃敢於志道而不敢於文跡其將謂

志道輕而文跡重乎其或疑之何不明言而反復之如或俟之

又誰將從而刻之是未可曉也已龍洲家以文字主人既不肯

刪誤故漢陰諸孫亦不能有所改正於是將以移珉於先公不

朽之碑而不暇恤兩家子孫之所見其不相上下也如是可慨

也巳今聞 進善先生家既不見兩家之往復裁度以適乎事

理之宜故亦將收錄文跡傳之方來將以訟於後世之子雲而

明其先祖之為人所誣者云李恭奉所謂苦事苦事者誠在於

是則其為兩家者亦豈獨晏然而已哉如曰不然而守株乎相

溪龍洲宿昔之誤卒莫之變焉則其將曰諸家謄本之異文字

視於無形聽於無聲而於志於事皆欲善繼而善述之善字之

中有無限舍畜道理是故養口體者不如養志從親令者不如

諭道志也道也孝之所以至於至善也今也以言乎龍洲之本

心則必無陷人之心以言乎天下之直道則必無以順為逆之

理其有不幸而順逆反是非驚使龍洲初無陷人之心而卒受

陷人之名使其本心與直道不能白於天壤之間則為其孝子

孫者亦宜隱心疾首不待人言而瞅然勇革之也決矣今且見

不見於明證聞不聞於忠告而持之愈難者亦獨何歟無乃事

理未易明而姑欲徐俟之耶抑亦聽聞多歧別有所疑信而然

耶其亦自視歉然不敢改前人之所未改耶所未改者跡也文

之所見誤者終無以自解則以龍洲之重誠不肯以交友相親
之故而遽舍其所聞見者曲為之掩匿覆蓋之也決矣雖有孝
象焉屢往請改之言又豈不以賢子榮能伸雪之云抑而卻之
也矣夫龍洲之誤丁公始有所述中焉引而伸之終又實之於
問難之際則為龍洲之子孫者一朝改圖之也蓋亦難矣雖然
龍洲之所以至於如彼者固為當時見聞之不審考究之不詳
耳如使龍洲及其無恙之日果得其審且詳也如此則吾知以
龍洲本無偏私之心其去舊從新兩筆削之也特反復手間耳
龍洲固當運之掌矣則為龍洲之子孫而以龍洲之心為心
者宜亦可以無難矣夫孝子慈孫之所以追孝乎其先者必將

244 — 정곡공변무록

決非人情之所出又何至於寧滅其身而不辭者乎況丁公之

為人不但為其子孫者道之當時名流碩士如愚伏蒼石敬亭

諸公皆樂與之友迨其出為曲江也數相從遊其沒也皆祝而

哭之有曰玉鏡清標猶在目風裁昂然動百僚云者皆可以想

見其容貌才氣之出於人而朝庭尚賴言力為冠冕勤明

迓云者又可以稍見其事證至若宏才秀骨異常倫屈跡遐荒

亦失人而結之曰夜臺何處緘緘綸此沈一松所以相知之久

而見許之深也夫欲知其人觀其友斯可矣彼數公者假令汙

而何之其肯推獎乎曾為迓論之人如此之甚也耶惜乎龍洲

之時諸家之記未出其言與事之曲折未經放宪於人而龍洲

245

局量寬厚一時名流皆推許焉及其為大君出置之論也宗出
於遠嫌猜圖全安之厚意而當時名公碩人亦有以肯可乎此
者顧於幾微之際有所不審階亂者得以籍乎其口而導迎其
下流遂至滔天之域故以公本心之厚其自反也亦過於厚未
嘗自多其立異之為大而深自悲憤乎東隅之既失向令言語
之者或得於外而不得於其內不能以知人之智觀公以公責
輒發悔恨之辭時復引侶舍盃以消遣平生之懷是以人之觀
已之深證公以斷之此公之素心所以獨抱藏於泉下而不見
白於後世者也以此觀之丁公資性之厚其亦有過人者矣自
訟之言傷生之端無恠乎有之謂之安而受之於不犯之大故

九

稱之曰吾聞其之父賢於王子而悔泣語之義宗將以陳達於

廷中旋以去幽之復未果云是則桐溪疏斥丁公之語果何

足證我但桐溪陳達之峯既未果焉而心知其誤之說人未及

盡聞則宜乎龍洲之亦不得聞而卒守其誤也一誤之後隨所

接而長故其譔桐溪碑文及他文字亦如漢相碑文中乎書而

且道丁某見桐溪疏歎曰我不免為千古罪人因縱飲至死云

此而無他先八者之常王乎中而竊鐵之疑無所不至故也昔以

劉共父張南軒之賢尚不免於以一箇胡文定橫在肚裡更不

顧義理之議又何疑於龍洲之主桐溪而不暇他考乎至於丁

公自責之說吾嘗聞之於一進善先生其言曰先相氣貌俊偉

曰論云者細分之則廢　母語鄭尹殺身語丁公之曾爲出置
論而激論之也可知又何龍洲之脱去殺身二字而直系之於
廢　母之科歟蓋桐溪之疏雖有此殺身二字其總而結之也
無輕重彼此之別若分而復合若吐而復吞使後之覽者辛莫
之辨焉然則誤丁公者桐溪初非龍洲之過也然桐溪之所誤
非有意於誤之也爲緣時在關北道遠之地旣不聞丁公立異
之宗不可掩如此而獨恨夫前日出置之議若有以馴致乎大
論也故激忠憤於筆下而不覺匹夫之内之溝中甫其爲誤也
亦無足深怪然桐溪已復自省其誤故後日供辭中丁公之名
已刊落不存而又嘗於試院見一監司公出語吳方伯端而亟

而無惑矣又何龍洲之言之出而致此紛紛也夫論人者貫其
心論心者證其事事證既宗心志既明則天理在其中矣於是
舉其在中之天理而論斷其人則人心服而百世無異辭矣今
也龍洲之斷丁公則不然其於事證之宗快徑庭如彼豈其以
當時布衣秉筆於事過之後而傳聞失其宗歟抑亦病夫癸丑
出置之論而疑之遂過而寧意加之歟以龍洲之賢處人人倫
之大節必不為無證之言則所證者其桐溪之疏乎夫桐溪一
疏奮發於積陰之下電掃於青天之上萬目瞪觀而共快之矣
況龍洲之稱述尊信又百倍於他人者乎蓋其證而襲之也故
宜雖然疏中之語有曰鄭造尹詢丁某等共發廢　毋殺弗之

里李相國諸家所錄不約而并為之左契焉夫然故丁公阮乃

橫於時遷於海曲而其後臺啓及儒玧只斥進詘僴卿之為首

慈而無以丁公為言者及白沙蒼石愚伏之為漢陰為誌為快

只書造詞兩賊而丁公之名亦無所繫見至於蒼石之題丁觀

察之墓也特書曰公之兄某持不可云其於立節之宗快可謂

於伍辨證而無毫髮之可疑矣是以當癸亥改玉之初雖因時

流之覓疵葉其立異之為節獨議其出置大君之罪而削其官

至壬午丁公之子監司公為掌令訟冤之日該曹據事覆啓

而 仁廟許其伸雪焉蓋其丁公之所自立夫阮徵於時顯於

文獻達于 朝登聞于 君父者其彰灼如彼亦足以俟後來

彼兩家之持之也堅尚未有變計云余乃太息而私爲之語曰

夫或論古今人物虞乎裕致之一焉則尋常人賢否固所當辨

況丁公之所遭乃在大順延極常變之間而人之所以出入之

也淵天而水火之則又安得不爲之兢兢是非之歸而自求所

以辨惑者乎於是遂從一進善先生家取凡書札抄錄文字虞

心而細觀之蓋癸丑五月造訒始發　母后各處之論而持平

丁公與大憲崔有源執義金止男聯啓曰至於　慈殿則豈人

臣之所敢議乎又曰今日合司席上有以　母后爲言者不可

苟同恭論云云玉堂處置仍斥造訒而請出三臣者其言具載

當時政院日記謄本鑑鑑可攷而金延興惊男姜貳相紳及梧

故而向之肹駁然而疑者於是焉始定以為彼或人之言乃不

知者之道聽耳當如行潦之朝滿而夕除矣曾不意昨年漢陰

李相公家將為相公立石於墓左而其文則龍洲趙尚書筆也

其書造與詡之首事廢論也以丁公姓名三字忝之其尾云憶

龍洲公而尚有是言耶夫以龍洲之言筆之於漢陰之碑則人

之見而惑之者滋甚而將或不知薰猶冰炭之辨則其為丁公

子孫者固宜茹痛含恨之不置而凡有是非之心者亦豈黙然

而已乎年來　進善先生於李趙兩家與士友間所以曉告之

詳而薰其有所是正者亦已勤矣最後龍洲之門人李忝奉后

晟氏自以中心之為師為故舊地者謀於趙也其詳且明如彼

日月二三百年忽然陰曀慘悷而淪喪之是以遺臭尚

播於輿僬之口雖三尺童子聞其名固將掩耳而走而況士

大夫自白於當時而受汶汶於後世者乎故持平丁公其吾曾

王父之內弟也公之家世必孚德清名聞而吾之幼也人或有

諸公以造訽之事者吾聞而竊駭之然於當時事未有所考則

無以置辨於其間而亦不能無疑於心也既長聞今　進善先

生之風而往從之先生即一持平公孫也乃復聞其先祖風範

志櫱之一二固皆名流偉人之為者而及見抗辭乎大論伸枉

于明時者皆較然言有徵而事有據如指諸掌可考而信決非

子孫為親諱者之為然後有以知由與求也之必不為弑逆大

必待後世而定若公所樹立其見於政院日曆及諸公所稱

述如此又不必如朱夫子就吳執中家傳國史同異虛詳加

證訂然後是非乃明也余既悲丁君之志且問公見誣之寃

迺於幽愁困苦中屢有所叙次以名在罪籍不敢出以示人

也今年春幸以　天澤餘潤復返鄉井杜門窮巷繙閱舊編

為之掩卷太息既而丁君又以書來更申前請乃以其所嘗

編次者書于辨誣錄之下以歸之

上之二十六年上章執徐冬十二月巳卯載寧李玄逸書

　丁先生家藏漢陰碑文辨誤諸說後語

嗚呼昏朝廢　母后之變尚忍言哉明明我　朝五倫中天如

祖辨誣錄一冊來屬余跋其後余以人微言淺不足取信於

人辭其請愈懇往復不置玄逸即受而藏諸巾衍卒卒無須

史之間得相茲役屬告歸鄉里山居寂寥之餘乃取諸家

文字據宗直書者屬草藁未定旋遭責逐愁居惕處不敢以

文書筆札往還間丙子冬騁士君又以手札遠貽窮髮

之北且致證佐文字若干條需索甚勤曰今吾老且死矣恐

此事遂已以重不孝之罪顧吾子之惠一言使老夫獲免異

日視而不瞑之恨也玄逸於是更取諸公所輯錄及論撰叙

述之文反復參考則當日事蹟尤有考據可徵信其間雖有

一二爽牾之言而亦何病焉從昔以來是非之實終不泯滅

白沙李相公愚伏鄭尚書

作漢陰公之誌若状佃云鄭造尹訥首發廢　母論蒼石李公

持不可　白沙愚伏蒼石諸公皆在既親見之世必詳知當日事　其文又皆可爲信筆而三家文字皆如此

作公身監司公好善慕碣當造詞發廢　母論時公之兄好寬

仁祖朝壬丁公子彦璜上䟽訟其寃事　下吏曹吏曹回　啓

曰反正初大論立異之人　毋后議　無論存没皆蒙　廉典獨

丁好寬以有前日負犯置之　獨恭永昌出　尚在罪籍而功罪足相當

其子訴究又出至情當有變通而事係　恩典　上裁何如

啓　依允　篇觀此録　仁祖大王明知公無罪故　特命還其職秩向使若有纖芥可疑之端則亦豈復有是也哉

癸酉秋　玄逸　繋官在京師丁騁士君翊使其孫思愼持其先

持平丁好寬等立異

其避嫌而至於慈殿豈不痛心而至於慈殿豈人臣所敢言惟啟辭畧云金愰男必謀近必就世之議美人臣事君納言於無過之地是苟一義臣等於合司席上言及母后之議不敢同請遂臣職大司諫李等於避辭畧云崔有源等署同於是諸臺以論謙不同各自引避殿下考古聖人處置之得宜者行之無愧於心然後可免後之議焉今日

玉堂處置 典翰丁好善應教吳翊等

請大司憲崔有源大司諫李志完

完執義金止男司諫崔東式持平丁好寬等出仕掌令鄭造尹訒及後龍洲趙公撰漢陰李相公碑

詔諦畧 其處置劄子署曰人臣發君之誠無所不用其極而處百僚納君於不易之法云云後論云世云者乃是不易之可論云云人人倫之變尤為莫重之舉系考古先哲王廣議大臣先是鄭桐溪甲寅詔中有鄭造尹訒甲寅詔

文中有云鄭造尹訒丁好寬首發廢母議疏中有鄭桐溪甲寅母殺身之論之語盖丁公甞希永昌出置之議故鄭珙以廢之議故鄭珙以廢丁好寬等首發廢

猶意盖各有所指龍洲不察桐溪語意於碑文中截去殺身一款獨以廢母事興造詔訐案之丁公之枉得廢母議後之名者

如此則況於以不善之名加之於不當加之地乎龍洲趙尚書

以近代名卿為節義之所宗而纂言之際卒未兌為後人之起

疑使丁氏子孫不得不有所分疏憶

　　　　　　　　　乙亥仲夏　宣城李惟樟謹識

書丁大夫辨誣録後

記昏朝癸丑年事

梧里李相國姜貳相紳日録及金延興悌男家藏日記俱載政

院日記書當日事頗詳三家所録大暑相同可謂惇史矣其録

曰萬曆癸丑五月二十五日掌令鄭造尹訒　啓辭辭意絶惇

獻納柳活正言朴弘道依遠其議大司憲崔有源執義金止男

罪罪造詔而又以為大君之死原於出置之舉至以殺身之名

歸之於當日廷請諸公者亦不得已之論而真於孟子所謂充類

至義之盡者也若不察於前輩立言之本意其於倫紀大節死

生路頭合薰蕕永炭而一槩論之乃曰此出於桐溪疏云甫則

未知於桐溪之意為後世之子雲乎！興海公之孫　時翰氏肥

逝　明時累徵不起不屑於世間榮辱而猶以其先代枉被不

題之語為至痛乃裒集諸名家目錄及一監司公瀝血之疏興

其近日往復簡牘為一帙使後求見之者燎然於是非之辨惟

樟喬從徵士游頗得其事之顛末竊自慨然曰孔子曰吾之於

人誰毀誰譽如有所譽者其有所試矣聖人之於善善無所苟

公於癸丑年間未及登朝耳目所及必不如白沙諸公之詳巻

則其所得於傳聞者安知其無甲戌己丑郭公夏五之歸歟倘

於李平昌請改之日能懲以 朝廷成命盍以諸家劄記可筆

則筆可削則削使之不羞於實事而正合於人心然後出而為

金石之刊則龍洲公修辭之業誰敢議之西一成之後更不勘

破以平日立節之士彼之以不刊之惡名則茲碑之出豈但為

丁家之不幸而已就或者以為龍洲之文有自來矣桐溪鄭侍

郎之疏是其權輿乎曰是則有不然者桐溪公忠憤所激不平

於昏朝之事其敢言之說始言母子兄弟之道終言廢妃殺身

之議云者其文雖若混書而其宗各有所指盖既以廢 母之

姦弄國之日尚有一言之符合則自布衣吹噓以至大官者亦

多矣丁公陳啓立異之後一麾而斥遠守炎海之鄉終没其

身其不左袒於廢論者不待智者而可辨矣且當其時在朝諸

賢莫尚於白沙李相國愚伏鄭尚書蒼石李學士而其為漢陰

公為誌為狀為草皆言造詔二賊邪論而未嘗一言及於

丁公完平李相國貳相姜公亦各有手記以明丁公立異之跡

將謂諸賢有所未及詳知而記事之失實耶抑亦有所愛憎取

舍於其間而不為之直筆耶況延興金相國宗其時禍首若使

丁公有一毫犯迹則有何容護庇覆之心而其家所錄當時

之事曰崔有源金止男丁某避嫌云者茲非宗事也耶龍洲

生者加資死者　贈爵澤及幽明　恩典大霈而政院以⌷公

當與於永昌大君出置之議乎廢大論立異之宗不錄於　書

啓之中使直道正氣掩抑而莫之白其華袞鈇鉞之施混矣及

監司公陳情訟冤誠動　天日數十年詘而不伸者始得雷

而之觧而一國論議於是焉定矣柰何龍洲趙尚書爲漢陰李

相國書麗牲之石其記癸丑時事曰云云噫以龍洲公信筆爲

名賢撰述則其一言一字誰敢有異議而今以古籍之可據者

推之硨中之語猶有所不能無疑者一公之當日羹御之文曰

慈殿豈人臣之所敢容議乎今日合司席上有以　母后爲

言者不可苟同瘝論若是而可謂染跡於廢母之論乎况當權

丁氏辨誣録後語

甚矣人之所見之不一也凡義理肯綮之地仁者見之謂之仁

智者見之謂之智則有之矣至於已然之跡其善惡邪正不可

得以低昂者猶且是非互出子集各立亦獨何哉　故知興海

郡事羅州丁公立朝末年當光海昏亂是時大姦檀美於上君

小態恣於下倡為不道之說以亂倫紀一言徔違之間禍福立

至苟非平日所見之正所守之確未有不少為漸染而　公能

與二三正士挺立抗議屹然為頹波之砥柱使邪說者有所畏

忌何其偉哉及　仁廟反正之後特命廉録當時立節之士

囑之比而側聽累歲不見其有所反復莫非不肖孫不孝

無狀行不孚人之致反躬自訟之餘聊此裒輯諸名家日

錄及伸究文字卜論書札合爲一冊名之曰辨誣錄欲以

質諸當世之君子世之君子倘賜一覧則其時事宗自可

瞭然而亦可驗不肖孫辨質之言不至無稽也顧得明白

辨論之題跋語藏諸巾笥以遺子孫云甫

歲丙子季秋不肖孫時翰謹識

辨誣錄卷之三終

表斯宗公論而可傳於後者故附錄于此云

先祖立節昏朝雪冤明時之事宗　國乘野史昭然具載
則私家一時訛謬文字有不必多辨而大抵人之常情於
有名稱之人之言則未暇研究虛宗例多轉相沿襲此龍
洲之文所以襲訛於桐溪之疏者也今以襲訛文字仍刻
於漢陰相公萬世不刊之墓碑者非但鄙家所遭之不幸
亦未知其果合於記實傳後之本意而況龍洲之心初非
有意於誣人則兩家子孫亦自有刪誤歸正之道故不揆
妄僭敢以所當改定之意書通於兩家只欲推明事理各
盡為先之道雖係私事宗是天下之公是非有非陰祈潛

愚潭先生文集卷之五
　　　　十七

此日記則輒飜然悟而刪去之必㒰僉侍倘念及於此則傳

所謂繼志述事恐不外於是也然昏耄之見何敢自以爲是

乎僉家事有同一家事故如是煩及如不用吾言勿掛他眼

即付丙毋溪亦幸矢恐以老人妄記無端起鬧也

時翰謹按梧里相國日記各隨其類錄在上面諸名家日

記之後故此不更錄而李希奉之以癸丑事爲乙卯事之

由亦識其下觀者宜希考焉

李希奉后晟甫於時翰非但無一面之雅督憊又不相及

而因人聞有此書晚始艱覔得見則其書中之言亦可謂

反復致詳當於事情而其向師之誠爲人之忠并見於辭

請議正律累月不兌漢相以領台議于賓廳停啟三司則仍論

啟并與漢相而駁之謂逆其後政府更論之後漢相至於

三招不進又有進劉伸救之事若非鰲相之言則漢相必於當

初庭請之日已有立異之舉不待更論而後有所云云矣

竟至夏憲發熱而卒可謂長使人淚滿中也碑文中亦記此事

否梧里相國日記可考處逐條書上覽此可昭然矣

進聞先生在世時李公燮以此事累度往稟請改而先生終

不肯許云蓋大君子處心行事惟義之歸凡人是非善惡不

以阿好而有所容護也如此先生既擯桐溪既有此撰述而

未及見完相日記則雖公燮之懇終不聽許者固也若及見

267

蓋晟之先世家舍在鄉校洞丁宰相亦在一洞則其契分可
想比之孔李通家无襯功矣此以後世分亦非偶然故不以吾
不識丁公而視之蔑如也龍洲先生於晟有師生之分既有淺
見則不敢黙黙可謂老而多事者也然八十之人長抱痼疾死
亡實無日而有此支離說話非老妄而何惟在斂侍喍會之如
何耳漢陰相國行狀少時嘗得見而今無一字記矣李公燠以
家庭之聞嘗謂余曰永昌大君獄事時漢相私謂鰲相曰吾輩
豈忍見此事黙黙而已乎鰲相曰吾輩無為大君死之理將來
有大於此事者云漢相然之及廢論之發漢相已先卒鰲相嘗
追悔云今見梧里相國日記則三司及政府率百官日三論啓

宜也丁公若果為廢母之論則雖餓骨之人將誅心之不暇豈

可為丁分毹至此乎春秋傳曰成人之美不成人之惡義之不

圖而加以惡名乎丁進善所謂先祖受誣讖於人於子孫之心

誠極痛迫先祖若受人之名為子孫之心豈獨安乎云者誠

知言也自他人言則既有桐溪毹可擾必以為然而在丁家子

孫則其稱寬固矣言必稱先祖受誣云則豈非苦事苦事丁公

若狀其祖行蹟則必枯出此一欵以為受誣云云使兩家文集

刊行於世則彼此皆不佳愈侍亦可諒此矣晟無知識老於鄉

曲雖於丁公無一面之雅嘗見先祖手書高祖掌令公家狀草

後日丁宰相王亨公之隣丈也當乙巳中學一會之晚邀公云

梧里日記則無一字自下而只謄當日啓辭則其橫被惡名判

然無可疑其在謀忠之道安得不云云乎丁好寬立異之事若

曉朧在疑信間則追刪先世文字誠萬萬不可而今有此昭昭

可據事案則豈可謗以不當擅改而仍存不刪乎其與不敢措

一辭亦異矣然刪與不刪在僉侍商量處之而巳非外人所敢

抑勒為之而巳哉所見既如是又非他人之比故敢及之幸無以

我言為毫而不足聽也昔朱夫子撰張魏公行狀後見他書多有

不然者深以為悔曰只憑渠家文字搆出有此誤云云若先生

在世為見此實狀則其追悔而刪去也必矣然則為先生子孫

者旣知其誤而因存不刪曰先祖手撰不敢擅改云云恐非其

自省不當若芒刺在背況於傳後文字大段緊切處雖一字一

句不為苟下可知也今此漢陰相國勳業節行當萬歲不磨先

生文字亦與之萬歲不朽則百世之後孰知丁好寬有此立節

之事而誤記廢論之中乎若先生尚無恙得知此實迹則必惕

然驚幡然悟而刪去之不暇笑僉侍雖或刪去此三字此是繼

述之道恐無未安底事也使先生不昧之靈而有知亦或以後

死之責望於僉侍也歲之為此言非特為丁公地而已也夫廢

母是何等惡名無其事而被其名則雖挽河而洗其污亦不可

得況為子孫者抱恨痛迫欲伸其冤宜無所不用其極而況有

政院日記及諸賢(可擄文字昭然可考云吾雖不得目見今見

愚潭先生文集卷之五

271

發嚴母之論則 反正後必服邪刑無疑豈止追奪而已哉丁

公書曰癸亥 反正後以大君出置論臺官至於追奪官爵云

癸丑以後大君出置之論則至於百僚庭請當時在朝者無一

人得免而獨橐丁好寬職者必以首發出置之論而其後大君

竟至不保也復官贈職者亦必以當時滿朝同然而獨被其罰

故也若龍洲先生及見此日記則雖有桐溪豈必不舉丁好寬

三字而今無及矣雖歎奈何僉侍云不敢擅削丁名者亦似理

宜而以晟所見則有異於是何以言之晟自編髮時出入先生

門下又與先大夫一生同席則知先生純德懿行者宜莫我若

也先生平日疾惡 如饑宜聞善即遷或一毫有歉於心則必瞿然

家記實文字歷歷可考則豈曰桐溪踈而不敢云云乎況梧里

相國日記騰書當時臺啓無一字加減其中有曰大司憲崔有

源執義金止男持平丁好寬啓曰云云至於　慈殿則豈人臣

所敢議乎云云今日合司席上有以母后為言者不可謂同於

論云云此三人所啓與他臺啓頗直截無含糊底意思此可見

三公所蘊失於此可見丁好寬於癸丑避嫌時只論出置大君

而不預於廢母論的然可知也茅悟里癸丑日記中不書臺啓

故不得記出當時事實可慨也其日持平李聖求避嫌曰臣之

所見與崔有源等無異云云此數人非當世之聞人耶獨丁好

寬被此惡名為其子孫者血心稱冤固其所也設使丁好寬首

等首倡廢母之論云絶無丁 好寬名字則丁公書所謂只論大

君出置之事而不與於廢母論云者必無疑也鄭桐溪既在北

道任所必不詳當時顛末只據傳聞或朝報出置大君之說不

甚照管而混同言及耶龍洲先生亦於其時尚在布衣或遠居

居昌等地於　朝家事亦不得一一目覩撰述碑文時只據桐

溪跣而有此云云耶皆未可臆料也桐溪之跣若以廢母殺弟

之論歧而二之各指其人則後之觀者可以立辨而今既連書

三人名而曰首發廢母殺弟之論云其不審措意之各有所

歸而致人混見者良以此也茅桐溪忠言直節在今古一人而

已則今謂桐溪跣有誤下文字云宗涉僭猥而癸丑乙卯間朝

晟白上年冬間脉兒持丁進善　時翰氏抵僉侍前書來晟於老

病無聊中偶然者過丁公為其先祖訟冤之事極其痛迫而晟

以後生不詳昏朝時事況漢陰相國碑文又是龍洲先生手撰

則必攄宗記出實非議論敢到懐也丁公書錐多分疏文字亦

者過而巳其後豚兒偶得梧里相國日記來從首至尾屢次繙

閱則癸丑年鄭桐溪疏果有鄭造尹訒丁好寬等首發廢母縅

茅之論云云龍洲先生之撰述必本於此疏而至乙卯年　母

后各處之論持平丁好寬與大司憲崔有源執義金止男立異

之說昭昭不可掩其後臺啓及儒疏中只舉鄭造尹訒李偉卿

矢不自意直以世不肖强不孝無狀而不賜荅書斷欲必刻終未

聞有改圖之意也此則由我無良累及先祖直欲求死而不可

得也然此事只觀事之是非理之當否而已若事理不可改則

豈以受誣之家奔走周旋而遽爲之改事理可以改則自可住

復商確以求至當之歸而後已矣可以受誣家子孫之不憂乎

盡力誣以自屈而遍書於惡逆之列而不少疑也明證文字如

彼其炳炳可考而只畏世之不知者之或有謗議明知其誣人

英宗之辭而斷然不顧顧刻於先祖之墓道豈但爲吾家之誣

在彼自盡誠敬一毫無憾之道亦未知其果合於宜也須以

此意奉冤事理以聽裁處

敢焉且彼既謂之直筆而用貢先墓則雖有　君命似難輕改
若知其誣鑿則子孫孝敬之心自不敢以誣人之辭玷累於其
先祖之墓道必不肯為人而不為已為已而不為先自能盡其
誠孝以定取舍者此乃人之常情也蓋吾家所遭於子孫之心
誠極痛迫而既已昭雪內省不疚今此龍洲之襄謬混書者以
事理論之則畢竟是橫逆之來天理民彝終不可誣而是曲
直自有所歸今若不堪吾痛迫之私情一向奔走從吏而請改
焉則是無異於直不在我而求直於彼者豈可更容一毫私智
私意周旋其間有若陰祈而曲圖者然我故乃以明證文字及
書札論其事理恐是非使兒輩進陳於漢陰子孫而恭俟可否

之後來則初非有意於誣人而終實誣人也以誣人惡逆為累

於祖先以遂其非恐或未之深思也今聞漢陰家仍刻於碑銘

者刀以吾之不盡心於先世事不為陳疏暴白於　君父之前

而又無大段宣力之事故深惡其子孫之不孝反疑其宗有可

疑兩理有所屈且以私自刪去有畏於外議之來者此實吾平

日行已無狀誠意淺薄不能盡心於先世事之所致聞來惶愧

誠無以舉顏於天地之間也蒙迷昧之見以為既已伸於

先朝國論已定則今以一人襄謬文字之故更為告許請伸旣

伸之事於　君父之前者宗無意義今請更伸而後或又有如

此之事則亦可以每每請伸于反覆思量有違事理終有所不

卿之所共明知終至於昭雪伸枉而今乃全没前後之事宗測

度以為似有將心寫出白沙愚伏所不言者自以為誅心特筆

欲沽直名寧負親友而柳勤驅率必列書伸雪之人於大逆之

類者果有合於春秋紫陽之筆法乎以此觀之則竊恐仁人公

正之心決不如是也豈以龍洲而有是心是言也恐是傳者之

誤也龍洲此舉似因桐溪之混書而或未照管而已此則不足

恠也中庸之書曾經子思之手而朱夫子以為尚有刪節之未

盡處云甫則龍洲之因其混書而連書之未及照管者容有是

事考之往昔雖大人君子或有不免如此焉者也今其子孫難

慎於刪改未即追補其先祖一時傳聞之差誤而編之剞劂傳

也龍洲平日處心行己固不淺淺而世之尊慕景仰又是何許
等人也嘗以龍洲而有是心是言也設令祖父當初出置之論
真有殺身之心如鄭桐溪之疏語且無癸丑年廢母論立異之
事而只得後來自能追悔昨非見忤當時斥出瘴海以至終身
而先人誠孝過人能陳辨當世暴白祖父追悔改過之本情盖
前日之怒而蒙伸雪之　恩者苟有君子之心而樂成人之美
者則必多其謏然趨吉之良心感其至誠格天之孝思推許奬
歎著已有之者此仁人公正之心而天理之所當然也而況祖
父出置之論初出於全安　兩宮之意而至其立異廢論之後
則本情宗心尤大彰明　仁祖大王之所嘗親見當時滿朝公

寄孫兒思慎書

近因丁獻納子而聞漢陰家子孫決爲顯刻於碑銘而斷無刪

改之意云又欲裁書以問而既不答初書則今不可再煩又不

忍憫默無言署書事理梗槩以授汝汝須袖進於漢陰子孫諸

李家以達我意詳記所答惡速回示曾聞漢陰家子孫以是事

賢之於龍洲則答以某友宗是賢子孫故能伸於雪云云其意若

以爲先祖宗有過惡而先人周旋覆盖得伸於不當伸之地故

不得不用春秋特筆例以誅其心不敢以私情私意以吾至公

至正之道而不許刪改者然此則吾不之信爲似是傳者之誤

之心在堂上而論之則先祖受誣鑯於人而子孫之心誠極痛

迫先祖若受誣人之名為子孫之心豈獨安乎且此文若出於

他人之手則鄙家既已昭雪於　君父世人亦知其寃枉天理

民彛終不可誣而是非曲直自有所歸一番明其事宗之後則

不必多辨但當收錄文籍質諸當世傳之子孫以俟百世之公

論而已顧念先大監平日與時翰之先人契分不淺尋常降臨

時翰當時雖少不省事竊聞言論風旨之一二世分情義固當

通兩家之志意明當日之實迹而今此文字似出於因襲桐溪

之疏或未照管修正者故敢以未及仰質於大監者有望於

僉尊不復靦覥披露腹心伏願僉尊曲察而恕諒之幸甚時翰

監乎鄰家之受誣其將惕然悔悟於冥冥之中而日望後人之

擴宗廡正者想無間於幽明斯豈非天理之所當然歟語曰名

之曰幽屬雖孝子慈孫百世不能改也雖係先世事而其間情

宗若有可疑莫逃於天討之典則 時翰雖極無妳豈敢以私情

加刪改也顧以此事質諸人事之實決之天理之公祭之以聖

功迫而導人以非義請改於僉尊僉尊亦何敢於先公成文擅

人欽恤之義春秋謹嚴之旨後賢懍懍焉若已推之之心考之

以白沙愚伏蒼石之意無所往而不可仍留不改以為千古誣

識認人之疵議故在 時翰則至情宗理不容黙黙在僉尊則繼

志述事不可但已伏惟僉尊其亦永言思之今有他人秉至公

廢毋之論如今碑文中語則癸亥以後先人何敢隨縱掀之列
以觀國試而戊辰出身後何以分館槐院壬午何以通臺憲之
職而陳疏雪冤乎以此推之不待明證文字而亦可辨矣況今
事跡之炳炳可考者如政院日記謄本及金近興惇男姜貢相
紳諸名家日録在處有之士大夫見之者無不明知其冤狀而
舉皆稱冤今知其冤而仍存不改刻之金石編之剞劂則初未
必誣人而終實誣人也想惟先大監當初連書只因桐溪之混
書未有私好惡而到今事宗現著之後詎知其冤則事理昭在
僉尊宜不無變通之道矣噫鄙明一致天理無間以今日之事
揆之以天理則以先大監不昧之靈已覺其事宗之相左而隘

當初出置之論其間情跡或有毫髮可疑則以白沙剛直公正

不遺一事之精鑑有何容護之私而獨遺誅心一罪於家鉉之

中不為連書於二賊臣之下如今碑文中所云也愚伏鄭公亦

製漢陰状而同一其辭蒼石李公撰時翰從大父監司僉憲碑

而特書曰當造詗發廢母論時公之兄某以待平持不可云云

此三賢者皆是當時同朝周旋親自目擊必能洞燭其心術隱

微若有奸情匿意可加以誅心之法者則以三公之賢必不漏

於特筆而終不如此碑文中所書抑獨何歟若使祖父出置之

論附會奸黨真有殺身之心如鄭桐溪之疏則當其時何不能

致位清班朝翔榮途而斥出海取以終其身乎果如造詗同發

截去下段與二賊臣連書至稱共發廢毋論直斷之以大逆不

道之罪天下寧有是事乎夫廢　君毋天下之大逆也以大逆

之名加之於人天下之重事尚非賢諸人事之實而決之天理

之公未可以輕議也盖天命天討固具於降衷秉彝之中而聖

人欽恤之意尤致謹於討罪之典故春秋謹嚴之旨宗原於此

而後之秉筆記事之諸賢亦傚春秋之遺意其於廢黜之際常

凛凛焉不敢誣一事於其間視匹夫之見枉若之推之則其所

以重其事而難慎之者為如何我白沙之撰漢陰誌文皆以身

經目覩者備載無遺先大監昕撰碑文中亦以為白沙之誌一

事不遺云而白沙於癸丑事書鄭造尹訒首發廢毋論云祖父

有俱安之聖故先祖出置之論意宗在此而後束永昌奄至遘

禍此先祖之旷以終身痛恨者也及至廢毋之論始發於造詔

而合司席上先祖即與崔公有源金公止男李公志完同辭斥

之其時立異正當党燄方起之初故當時諸人無不備知　國

乘野史昭然俱載僉尊亦已詳覽而備巻之實先祖遂見忤於

時出補嶺海當初心跡一時名流舉皆知之而惟鄭桐溪來自

遠外初未知立異大論之事只聞風傳之誤以出置之啟為殺

身之權輿故連書於造詔之下以為共發廢毋殺身之論云云

其所為言殊不分明有延以致人疑訝而若使恭考宗狀者觀

之則猶可於混書之中審其措意之各有所歸而今此碑文則

正後至於追奪官爵而昏朝癸丑年間造訶發廢母論時祖父

有立異之事故壬午年先人陳疏暴白則　仁祖大王與在廷

諸臣皆是當時親所目見備知廢母論立異之實狀故快　賜

伸雪復官贈爵有以見大聖人至公之心赦小過重大節而不

各於政之也如是矣自此以後更無他議而只以桐溪之疏有

混書鄙祖父姓名於二賊臣之下論其廢母殺弟之罪故不知

其前後事案者驟見其混書而或有致疑於其間者今請陳之

嗚呼癸丑年間事尚忍言我奸黨竊柄煽傷飛語上誣　慈殿

以爲內作蠱外應迷謀將欲擁立永昌於宮中宮府內外傳

載多端其時名流之議亦有出置未昌於關外遠嫌避猜則庶

與龍洲子孫書

伏惟霜寒僉尊起居神相萬福時翰病廢鄉居數十年于茲矣其於哥常人事若聾瞽然頃者竊伏聞漢陰相公碑文即先大監龍洲先生所撰述而其中一欵連書鄙祖父姓名於賊臣造詔之下以為共發廢毋后議云間來驚愧不可諼以已雪於 君父昭載於 國乘而更無辨於今日顯刻之文遂使兒董待先人伸冤疏本及諸賢記宗明證文字進于門下一仰達其宗狀以聽僉尊處分之如何而恭俟敷月尚未得明白指揮茲敢更以前後事宗及區區論辨之意每瀆於僉尊座下伏望詳賜垂覽焉祖父當初以永昌大君出置時臺官癸亥反

之說當竪碑時拙齋柳公以當為刪改之意累次開諭而彼家
迷甚終不見聽則亦無可奈何及其為安邊倅所誣屈賢子孫
呈蹤得伸事甚痛快而說者猶以屑屑分跡為嫌古人所謂天
下無真是非者果然矣龍相子孫了簡竝本無可疵議雖能者
不可加減況在愚賤何敢有所採掇乎平日雖無知分與之貽
書講論有何不可 惟憑資稟庸下學識淺薄環顧其中未有一
長可取乃蒙走人千里俯詢曲折使有所開陳㸃也如有一端
所見何敢靳惜於高明之下教祗是空空莫知所對粗以一二
區區之應仰塞厚望而謂槖載而來垂橐而歸者也無任慙嘆
之至

寶當世俜人必不待他人之說而自有善處之道至於龍相子

孫苑有所大可警矍者遠疑未決當改不改使其先世有修辭

失實之累白璧微瑕之恨有不勝言而至於兩家轉成怨郤以

歸恨於大人君子其得失何如也在高明之道當極力曉譬猶

未見聽則亦巳矣惟當謹守 聖代太史氏之所記以待百世

之定論而巳伏見諸公之議以左右躬進辨明為言為先之地

事無不可而若高明之進退異於恒人累辭 召命巳浹未安

而至於事關先世遽入脩門其與君親一體之義必似有間迷

昧之見不能為高明為說也伏見西崖柳先生當大亂時所以

處之者不可謂有所欠闕而鄭桐溪製趙月川碑文頗有不題

思庵先生文集卷之五

未可知政院日記諸名公手録若是其明白則豈不爲可疑者
乎不可改而改可改而不改均於失中恐不可以忠宣爲戒也
況文集之成自大賢以下無不致校刪節退溪之於朱書西崖
之於退溪集不知其所刪幾何雖不爲大害於義理其冗長歟
後慮頗多刪節期於十分精當而後止況以羹宗之言豈無喜
之人則其爲子孫者當從實改定之不暇此所以爲追孝愛敬
之道也若以爲先世之作不可追改已成之文後難容手一向
固執而刻之金石編之剞劂使天下後世猶有斷斷之說則其
不幸豈但在於左右而已也伏見高明所與兩家文字揄揚委
曲說盡利害可通金石見之者豈不戚然感動況如海伯令公

扉留連之次獲觀先大夫昏朝時廢變之跡嘿嘆世變之無窮

而先城主至誠格天之實亦可謂萬世之師範也孰謂不幸之

說又出於名卿之筆伏想左右情事不知所以為喻蓋以兩大

賢子孫言之其改之之得與不改之失相距懸絶何者天下無

兩是者名卿之言雖甚可信而豈若當日妾　御文字出於自

已者之為可真宗也今之以刪改為難云者必以朱夫子論范

忠宣刊碑事為左驗而此則有大不然者歐公之文本無可疑

忠宣特以私意曲見不訪於作者而潛於成文之中刪刊要語

剛宜朱子之不以為是也若龍洲相公記事雖不可不謂之信

筆而攙出白沙愚伏兩賢所未嘗言者其或出於傳聞之失亦

愛之道而明教義理之所當然俾不至於昏惑失措則時翰雖

夕死亦無憾矣故委此陳稟其間私書文字未及送書札有非

掛他人眼者而悉以書送盖欲高明之詳悉事伏如一席面談

也時翰之荅洛下士友書別紙兒輩亦恐反有所激未能出示

云兄亦黙會此意勿以語人也 時翰之於高明論交雖晚情義

無間平日所以仰恃而期望之者宗不後人故私情所激不避

煩猥有此縷縷陳訴於高明千萬諒察明白指教母孤日夕顒

望之誠幸甚

李翊賀 惟樟荅書中別紙

惟樟以僻鄉孤陋其於近代名賢事蹟全未有知前冬偶叩仙

於事理與否姑未送之未知高見如何或以為　時翰既逢此大

變不可退坐當親自上京以為辨質之地時翰為先辨誣馳進

近京之地或城內固無不可而時翰之意則此事只可開陳事

理而已實無可以私智私意宣力於其間者故姑為坐此使兒

輩迭相往來開陳曲折此亦於義如何或以為私相往來復終不

濟事必須上言或上疏然後可以得請而引西崖子孫之疏辨

安邦俊日記以證之　時翰之意則既已疏陳伸雪之後又復陳

乞似涉猥瀆亦未知如何几此數者　時翰義理不明莫適所從

敢此仰禀伏望一一指教以解昏惑如何　時翰自逢此變以來

日夜痛迫追恨無生意於人世誠得高明特垂哀矜指示可以處

思悼先生文集卷之五

四

憤向人言語輒發悔恨之辭而桐溪疏中亦有殺身之論則其

在君子自反之道引咎自責容有是理而至於廢母之論則既

已立異之後有何受以為罪之理乎此則異於漢陰碑文中語

雖難捽攺而若得名公文字詳暴前後之曲折以為傳後之宗

記則此等言語後人亦可分析見之而鄙家之至冤極痛亦可

以小舒於百世之下矣此事則不無有望於高明者

而今不敢發口然他日賄尾於冊子者閒中留念宗有希冀之

心幸有諒之或以為兩家子孫慮其當裁書為可故謹此搆草

漢陰子孫素所相識故先為送之龍洲子孫則非但曾未接面

惜語甚難而此草亦多不中且未審貼書於龍洲子孫者不遠

同入試場罷試後桐溪亟稱於人曰某人實是佳士吾聞其人
之父勝於其子而吾之疏語為費宗悔無及矣吾將於　逯
中陳達云云而其監司端氏來見先人言今日見桐
溪則其言如此云云時翰親聽其言　匪久有丙
子之亂桐溪仍以下鄉此固鄙家之不幸也此說殆非文籍所
記有難見信而其於明者之前則不敢有隱以此觀之桐溪則
似已稔知其疏語之失實而又聞龍洲之撰桐溪諡收錄其全
疏末謂其見公疏曰吾未免千古罪人遂曰飲病死云云此固
不肖之所未曾聞雖未知其言之信否而蓋當初祖父出置之
論宗出保全俱安之意而出置之後永昌奄至遘禍國事漸至
同楹故祖父雖立異廢論出補嶺海而猶且慨念時事深自悲

證援以高明博雅之文章處嶺南先賢之鄉必多有文獻之可
徵見聞之所及者伏望詳細考示而又且廣韻博訪必得襯著
之可證者數三條下眎如何如何義理雖甚較然而事實之可
據者尤易曉人故敢此煩聽曲為留念幸甚大槩龍洲之文出
於桐溪之疏桐溪之疏雖似小異於此而有桐溪之疏故有龍
洲之文盖桐溪來自遠外傳聞未詳忼慨之極又遣辭不擇以
至於此而其時桐溪一隊諸賢如愚伏鄭公蒼石李公皆與祖
父交遊亦不少襄故桐溪亦旋覺其誤聞其後乙亥年桐溪與先
人同為考官人或勸先人不同入試院先人以為此人只聽傳
聞之訛誤而非出於私好惡則吾不可以為私讐至於避面仍

二

之議議而不知善處之計云矣且漢陰家叙述文字白沙為誌

蒼石為狀草愚伏為行狀三賢所述一如無他龍洲所撰碑文

中亦以祖述白沙之誌為言以為白沙之誌一事不遺以此推

之龍洲之言未免自相矛盾得於傳聞之誤撰次間未及照管

之致灼然可知而留之後來反使龍洲受誣人延名之疵累龍

洲子孫既見記實明證文字則據宗疊正者實亦有光於龍洲

有非私囑而陰許之比也未知高見以為如何古今人家刊行

文集者子孫及門生知舊率多刪定修正以免後人之指議錐

全篇亦多不錄則小小文字間刪去之類何限而時翰聞見孤

陋未能的知其某人刊行某賢文集而刪去某某文字之明白

頗多故兒輩亦得以見之至如金延興惇男姜貳相紳諸名家

日錄及其他可考文字在處有之故使兒輩持往一一昭示於

漢陰龍洲兩家子孫則皆釋然無疑漢陰子孫則必欲刪去而

終以為龍洲文集匪久當出不可與之異同與兒輩合辭明言

於龍洲子孫則龍洲子孫以為事實則如是而先祖既沒吾等

後生有難擅改云云茅此文字非龍洲摠結論斷之處乃叙事

間未及裒互博考而只信桐溪之疏連書姓名三字而已今雖

攄實刪去追補其先祖未及照管之失而火無有害於文義亦

非一字之贈補於其間者故方外之人亦多以為可改無疑但

未知事宗者或有持難動挽之意者故雖兩家子孫深畏外人

辨誣錄卷之三

與李翊賀夏卿別紙

今去一冊即鄙家先祖父受誣伸雪䟽該曹回　啓諸名家明
證文字及今番往復書札等錄也前後曲折一覽可以瞭然玆
不贅陳而先人既已陳䟽伸雪於　朝家之後不肖餘生尚有
人世目見誣蔑文字遍出名卿之手將刻名相之碑痛迫之極
寧欲無生祖父立異文字當初昭載於政院日記而　反正初
出修正假注書使之修正香朝時日記而修正之時不能詳盡
避嫌及啓辭太半闕失而騰本則在於其時承旨注書之家者

一

之文又何有於擅刪之嫌乎且此文字非如添補改書之比只

是刪去姓名三字而文無斧鑿之痕義有磨玷之羨反復思惟

實不知各於刪改者之有何道理也抑或難慎於刪去龍洲之

誤文而反不難於以誣詆玷累其先祖之墓碑則亦豈審嚴輕

重之義乎尊亦是漢相家外後孫則當有商榷辨正之道故敢

布區區如此惟顧細加裁察且賜反復焉

眷我之意雖使我入城相告又使我額　天訴冤枉之以仁賀

之以義侵過彼我之界分實有所不敢以曲従只欲以

言語文字通彼此之志以俟夫此心此理之兩相曉然而終有

所歸宿耳不然則不肯之身瘢病雖極豈欲為先祖惜役足於

數舍之地㢤或者之言曰漢陰家不用此文則已如用之何敢

擅刪云云夫連抱之木有數尺之杇則良工必斷其杇而存其

餘以為棟樑之用今龍洲之文一處非而諸處是則必當去其

非而取其餘果害於取舍之義乎況龍洲之言曰白沙之誌一

事不遺云云只此一句詆書義添白沙之所遺以前證後則其

自相矛盾而不可行也明矣今以龍洲不遺之言刪龍洲當遺

隱痛較重彼兩家之所遭較輕然以事理斷之則直在我而曲
在彼彼當改而我當伸伸與改之間其諱揚繼述靡不用極之
道嚴責惟均今親舊之覺我者蓋以念我之故責我太重而於
彼兩家則有若慾然者恐亦非天下之公議也夫然故我之於
兩家所與論辨者只因吾本心之所發而明言義理之所當改
使彼亦有以思夫致孝乎其先者而稱天理以改之而已又豈
可容一毫周旋底私意於其間我尚或不堪吾心痛迫之私情
一間奔走使而請改焉是無異於直不在我而求直於彼者
若然則雖復諉之於彼豈可聽或聽之豈不益滋衆人之
惑而使先祖當日卓然立節之心永不白於後世乎是以親友

愚潭先生文集卷之五

二十六

305

於其心先取事證而㴱互考譚以審夫得失之歸而果見其一

失也則與其兄弟子姓隱心而遽改之使先祖之偶失照勘者

不使暴示於後世則其為孝也豈不盛歟顧未出此過於難慎

拘於形跡主乎先入挠乎浮議泗淹以時月之久益致疵議之

紛紜則是豈誠孝惻怛不容自已之本心乎若漢相孝孫則原

心有道試以微事喻之今相公墓道之側或有荆棘生焉必將

爱之其龜頭之上若薛滋饒則必將剔之求者薈然況吾既知

誣人逃名之為大而否之矣刀敢以其所否者薈之於墓道勤

之於繫牲之石而使先祖是非之鑑仁厚之德永有所憾焉則

其於孝敬之心獨云愜乎是故三家之事總而言之吾一家之

則事理之是非今無用贅獨惜乎事理既明之後兩家尚未能

各原本心之所存而愓然省發圖形以丕改之也夫子孫孝慈

之本心初無待於外鑠而亦各欲自盡而已故有嫄揚之有過

諱之志之所未伸繼之事之所未竟述之曾無所不用其極今

茲碑文中混書之失在時翰則是先祖為人之所誣也在龍洲

子孫則是先祖受誣人之名也在漢陰子孫則是將以誣辭進

於先祖之側也夫先祖為人所誣則在我之道固已至冤極痛

而開陳以導於彼使彼刪改歸正而後已如其不然人心如面

終未能回則亦當引義告絕而收錄文籍貿諸當世傳之子孫

以俟百世之公論而已若先祖受誣人之名則必當瞿然怵愓

之家必為大舉措陳疏更籲於 君父之前 君父有命朝廷

請改則兩家子孫不敢不改而群議自息更無是非云云果甫

則此為人也非為己也為己也非為先也兩家子孫豈為是論

所動而不能自盡於其先也是則非愚之所可曉也詳在別紙

餘不縷縷幸惟默會

別紙

碑文事示意謹悉然竊以為此事只當先論龍洲公下語上事

宗義理之是非然後次言其子孫及漢陰相公家不可不改之

道與時翰所當請改之義而已其前後證據文字及論辨之言

尊與漢相家既已熟聞備知而的然照破夫龍洲下語之差失

想已覽之矣然此事只觀義理之當改與不當改義當則傍人

雖誘之以言脅之以威使之勿改何可不改義不當改則傍人

雖誘之以言脅之以威使之必改何可改也然則龍洲當日混

書之誤後人既見明證文字而真知其誤則在此不過為橫逆

之來也往彼乃反為誣人之辭也安可以誣人惡逆之辭刻之

剞劂為累於其先祖乎安可以誣人惡逆之辭刻之金石以樹

於其先墓乎以此論之為其子孫者只觀義理之當改與不當

改務合於人情天理之所當然而已何可以傍人之從更失其

義理之正也且聞一種之論曰兩家子孫雖已明知其爽宗兩

欲改外議多歧是非靡定何敢擅自刪改以招議議乎若受誣

思潭先生文集卷之五

含冤一念結于骨髓而老病殘喘死亡無日死為冤鬼若得從

先生於地下而訟而質之則必不以　時翰之言為私而有所憾

察也明矣夫未或知之則已矣今僉尊旣已知之而將有刪改

意則便當及時講定何必把不決之疑而遷就時日使時翰一

朝遽然結冤於泉下乎伏乞僉尊仰體先生之遺意旁損當日

之宗狀趁速歸正以完大事則非但鮮鄙家世世無窮之至痛

亦使先生墓道顯刻更無一字餘欠而見議於後人惟僉尊深

惟而亟圖之幸甚　時翰恐懼再拜

谷泚執義季良書

云云示意枢感誨諭之勤愚愼去時已恭於與漢陰子孫書中

想以龍洲無所偏係之心亦必欣然於此而無少係著也明夫
而況一時傳聞之過羞聖賢之所未免而及其事宗顯著之後
則雖愚夫亦與知焉今我先祖雖以出置之啓混入罪罰之中
至使傳聞訛誤揆易事宗流入於一二名公之耳而惟其立異
大論之事有不可掩故明證文字在處有之而士大夫之間無
不明知飢已明知之後猶且謗以龍洲之文不可輕改而豈能
仍存於先生墓道之文使後之人展敬者摩挲指點而言曰其與
其共發屢毋之論是因先生之墓碑而使無辜之人枉被大逆
之名於百世之下在先生仁厚之雅意為如何而在鄙家凶极
之痛冤亦如何耶時翰雖不孝無狀誠不忍先祖之受此誣蔑

居潭先生文集卷之五

十三

之本意乎或謂龍洲旣沒其文有難追改〔云〕此則不然昔張南

軒以為二先生集中誤字嘗經胡文定之手更不可改晦庵先

生貽書譬曰文定固有不可改者如春秋傳中尊君父攘夷

狄之大倫大法雖聖賢復出不能改也若文字之訛安知非當

時所傳有未盡善者而未得以正之歟若如所論則是伊川所

謂前所未安後不得復正者又將起於今日矣更望虛心平氣

專以義理求之云云觀乎此則昔賢之所以相勉者至公無私

而只觀義理之所在者斯可見矣今此龍洲之文若夫總結論

斷之處則固難輕改至於撰次敘事之間當時所聞大段訛誤

之處後人考據事宗而改之者無害於文義而曲當於義理窃

髮可疑則以白沙不遺一事之心有何容護之事而獨遺於家

鐵中耶以此推之則可見龍洲之前後立言未免相違而得之

於傳聞之誤者審矣且如愚伏所製之狀亦與誌文同一其辭

而蒼石李公之撰時翰從大父監司公墓碣特書進訶首發嚴

毋論而公之兄其以持平持不可云云茲訶非信筆而可徵者

乎雖賢如龍洲而其時未仕于朝則見聞之詳悉必不如當時

諸公之目擊者明矣以斂尊追遠之孝思為先生不朽之顯刻

固當盡善盡美無一字疵累之可議然後可以傳信於後世而

既以白沙諸賢所目見者為記實家狀更以傳聞爽實之一句

語爲錯於其間使後人有所指議則此豈闡揚大德記實傳後

無故猝然連書於二賊臣之列大書深刻於先生之碑則其爲
子孫者之腐心痛骨縱不足恤未知自先生觀之果以爲何如
耶伏想先生以平日好惡至公之心一時人物之善惡姸醜莫
逃於明鑑之下默寓於貶褒之中而遽因傳聞訛誤之言使同
時立節之人枉受誣衊於先生墓前之碑豈不有違於大君子
恥一夫不獲之仁心哉僉尊誠能體先生之心忘彼我之私而
默念潛思則其所以汲汲於攄冤釐正者何待時翰一二談耶
且白沙相公之於先生實爲平生知已而出處禍福無不與同
故白沙之撰先生誌文備載事實一無所遺龍洲所撰碑文中
亦以爲白沙之誌一事不遺云云若我先祖其間情跡或有毫

聞漢陰先生碑文以龍洲趙判書所撰今將顯刻而其書昏朝

癸丑疏中一欸大遠宗狀有時翰所不忍聞者云聞來驚悸不

勝痛迫使兒輩敢將先人伸寃疏及諸名家所錄明證文字以

聽指教則僉尊亦備見事案釋然無疑明知其刪去之為當云

鄙家感幸當復如何而恭俟旬月尚未聞明白指揮茲用悁憂

鄙悃而其於事案之已經高眼者則不復贅陳伏惟僉尊試垂

察焉憶癸丑年間事尚煩禍網彌天虐焰方熾動以刀鋸

賜鍰驅使一世之人而惟我先生與白沙梧里諸賢屹然為中流

之砥柱使一隊士頹有所觀感而依賴故我先祖亦竊附下風

不計一身之利害首過方張之邪論庶幾不負於諸賢而今者

先祖或有一時未及照管之失而子孫据實釐正以滌其白玉
一點之微瑕以遂其公正無碍之先志使千古是非不敢有所
指點於道德文章亦與誣人於大逆不道之地而使是非紛然
怨咎朋興騰於唇舌入於譽訕無有窮已也以此推之則不待
智愚賢不肖皆可明知其是非輕重而不難辨矣尊府謂士林
間論議謂兩家之擅自删改為重難者愚宗未曉其為天下之
公是非也鄙見如此故不敢自隱有此陳復如其妄率伏望不
悼反復終始指教以解迷暗如何

與漢陰子孫書

時翰病伏鄉村其於親舊家凡事漠然如隔世者矣迺者竊大

永不免於陷人惡逆之科而為人家百世之誣衊為得宜乎先

祖受誣衊於人於子孫之心誠極痛迫先祖受誣人之名為子

孫之心豈獨安乎此事各為祖先明其誣衊補其闕遺以歸於

至當無過之地豈獨為鄙家私事而已乎是以向使兒輩持前

後明證文字備陳實狀於彼家子孫而恭俟可否彼之從違僕

何可必也其間自有公論復何敢更容一毫私智私意宣力於

其間我彼雖終不刪去鄙家阮巳伸雪於　先朝國論巳定何

敢更以一人襄謬文字之故猥陳疏章告訐於　君父之前以

為進退無擾之舉也耶抑有一說焉人心蔽於私則不能觀至

理之所在今若忘彼我之私秉至公之心設以身處其地以思

大卽昭雪伸枉復官贈爵者可以抑勒驅率大書深刻於天下

大逆之列而樹立於名公巨卿之墓道乎雖曰龍洲之心非有

私好惡而只以尊信桐溪之言故有此連書之擧獨不爲偏信

一人而不傳訪廣考難愼大闢經斷大逆之律加之於立節雪

究之人之過乎以此觀之則此爲龍洲之直筆乎此爲龍洲之

失誤乎到今明證文字處處有之士大夫見之者無不明知其

實狀旣知之後誣以先祖之文不敢擅改而刻之金石編之前

剛則初未必有意於誣人而終實誣人也誣人惡逆豈仁人之

所忍爲乎其子孫旣已明知其事宗之後刪其炎宗一句文字

以補其先祖一時未及照管之失爲得宜乎不刪而使其先祖

廢母殺弟之語雖曰語意之各有所指而亦由不考事宗不原

本情之致况此碑文字則截去其號之上下連書於二賊臣

之下直云首發廢母之論此勒加人以大逆不道之罪也子孫

之心聞此誣蔑不可諱以已雪於　君父昭載於　國乘而任

其顯刻於名公墓道之碑使兒輩持先人號本及諸賢記宗明

證文字以通於兩家子孫請其明知前後事宗然後以定其刪

改與否此非但為鄰家迫切之私也夫廢　君母天下之大逆

以大逆之名加之於人此何等重大之事乎凡人之平日行已

汚賊身有過惡者尚不可以疑似斷之以大逆之罪况於大論

立異之人　君父朝廷皆是當時之親所目見而不以微罪掩

眉潭先生文集卷之五

九

以此為嫌況其改之也無損於龍洲而增重於碑文者乎伏惟

平心怒察勿為甫言私而有所許施焉則非但於鄙家為莫大

之幸而子孫世世感頌無涯而已其在闡楊大德記宗傳後之

文亦不無少補云伏乞垂仁財幸焉千冒威尊恐懼俟罪

答京中士友書別紙

伏蒙誨諭縷縷諄悉奉讀再三實感愛念深切之情眷銘在心

曲何敢忘諸此事當初祖父以永昌大君出置時臺官癸亥初

至被追削官爵先人一生含寃壬午除憲職因辭疏備陳大論

立異之宗伏 仁祖大王卽命昭雪伸枉自此更無他議而只以

桐溪一疏初憑遠外誤傳之言而至有與賊臣混書姓名論其

見絶於屬籍則固亦付之於無可奈何而已不然而以萬萬寃

枉之名加之於人使外後孫抱寃如痛更不敢謂見於墓庭碑

石之前且不宜刊刻其名於子孫夫為子孫而不得列名

於子孫而祇謂於墓庭則其敢曰子孫而後修一家間往還親

厚之義我此實人倫之不幸而決非情理之當然區區痛迫之

私有不暇論而其在降監之心亦未知果以為如何也伏想嘿

有定筭固不待愚賤之言而私心所激不避僣易敢竭鄙懷極

論而索言之伏未知有槪於高見否也此事雖陳私悃而宗是

公言凡今之道除却彼此多少說話只以名賢墓道文字決不

可一字爽實之意為主於中則雖賢如龍洲文如龍洲似不當

龍洲之塋後人後人之待龍洲自當如是矣況此文字非可添
改於其間者也只是初未詳某人之忝論而書之後飢知某人
之立異而去之有何不可而其於上下文義亦豈有不續之患
乎仍竊念高祖立異之事案癸丑五月則固在漢陰先祖父未
下世之前其時事狀莫不昭然於眼前心知其不然而狶然書
之於塋道文字至使無辜之人枉受同榾之冤恐有辜於大賢人
翕然仁恕之雅意也子孫誠能以此為心而黙體潛思則其於
從遠之間不難虜矣雖以天理人情之當然者言之祖先之於
內外諸孫固有輕重之差別然其撫愛之心則一也而不欲無
故而棄絕也明矣其間或有世德之不韙者行已之賤惡者而

事理果無所害也耶漢陰先祖父是萬代所瞻仰其為墓道文

字固當盡美盡善無一毫奚實之言然後可信於人可傳於後

決不可苟然也明矣後之人不徒見此碑文而已國乘野史不

翅炳然又見白沙愚伏所製之誌狀而與此牴牾則亦將於何

考信於何適從乎一取一捨之間或有所審定則雖以龍洲之

文而亦豈得為傳後信筆耶或謂龍洲既沒其文有難追改云

而此則不然龍洲之心固無私好惡而亦無一毫係着之念灼

然可知只以平日誤聽傳聞之故而既有所聞不欲拘牽於人

情若知其事宗之如許則亦當翻然改圖而不吝於刪去後人

茍能考據事宗而改之則龍洲之心固亦欣然於後世之子雲

323

辭於眾楚之中全郤於當時而受誣於後日者天下寧有是理
乎是非之混淆自古為然常眩於一時定於百年故一時之人
相與周旋而目觀者備知宗狀局外之人牽多瑩於聽聞夫相
與周旋而備知其時宗狀者宜莫如白沙為漢橋先祖父墓文
而直書其文者亦莫如白沙其書癸丑事只言鄭造尹訥首發
廢母后議而無并舉之事夫豈有一毫顧籍之私而然我愚伏
所製之狀亦然此亦信而有徵者也桐溪龍洲俱是局外之人
而龍洲又尊信桐溪傳聞之言轉增訛誤其勢易然而及至今
日是非已定於 朝家事案可徵於文籍後人又明知其不然
而混然刊刻於傳後之文則子孫之至冤極痛縱不足恤揆諸

以至伸雪當初永昌出置則高祖既然其啟固不得辭其責而

其時事勢宗有所至難者故白沙賢相而亦有傷勇傷義之言

及丁巳獻議之後迺曰今日庶不負遼東翟黑子象村言不負

漢陰公也云云高祖當初雖未免為出置之論及其立異大論

之後則心跡之表見豈不與白沙不負翟黑子之言同歸一致

乎特措語有淺深被罪有輕重此則固不敢竊擬於白沙而若

其不顧一身之利害首邁方張之大論則其忠固亦不後於人

也當是時禍機叵測動以刀鋸斧鑕隨之故一時名宰亦多有

趑趄於庭請之列者而間或有稱病不然者則猶以為立

節若措一辭於其間者則又不多得也況立脚於奔波之際抗

此也造訒等先爲避嫌以發其端高祖與崔有源金止男等避嫌其辭在别録中其時名賢日記皆所備載班班可考而癸亥反正後柄事之人隨其好惡低仰功罪以爲高祖初叅永昌出置之啓不入於褒賞之典而反驅於論罪之中至於鄭桐溪之疏盖新自關北任所來傳聞未詳曾不知立異大論之事只以出置之啓爲殺弟之論混然幷稱此疏至于今騰人耳目故後人之未考事蹟而只見此疏者擧多据此爲言而其時桐溪一隊人如愚伏鄭公蒼石李公諸人皆備知事實而與高祖交誼不少衰故桐溪亦旋覺其誤聞其後與曾祖同入試院之後向人言語至發悔歎之辭逮至壬午年曾祖爲掌令疏陳事實

孫兒思慎與李監司允修書

云云竊聞漢陰先祖父主碑文今將刊刻云戚孫亦在外後

孫之列事當與聞而愚賤無狀未及聞知矣頃緣得見其文則

乃龍洲趙尚書所撰而至書癸丑事畧戚孫高祖之名與賊臣

混稱其在子孫之心實為極天之至冤敢此不避僭猥之嫌略

曝當時之事宗別錄高祖為 大妃立異避嫌曾祖伸冤疏及

其他数三件文字以塵明鑑其時事状自可瞭然於一覽之餘

矣蓋在昏朝癸丑歲賊臣造訒托以巫蠱之變首發廢母之論

而以各處別宮為辭臺席之上辭氣咆哮反以立異者為逆虐

燄所及人莫敢誰何而高祖持論不少屈著石所謂持不可者

思慎先生文集卷之五　　七

事宗之身經目觀者莫如白沙相公而白沙之撰漢陰誌文挺

其詳悉備載無遺至廢毋時事直書鄭造尹訊首發是論若果

如桐溪之疏則白沙有何容護於吾　先祖而不為連書於造

訊如桐溪也又以愚伏所撰漢陰行狀考之亦與誌文同既以

兩賢信筆為記宗家狀要以矣宗文字為墓道顯刻非但接以

事理有所相肖抑亦漢陰相公之心必不為是于孫既見諸賢

記宗文字詳察可證之事端則豈肯持難於刪改乎至於疏陳

暴白之舉事有所不當也　先人既已疏陳於　先朝雪冤

贈爵豈可因一人誤聞襲謬之事更瀆　天聰乎此則決不可

為也

之所當然而不難知者也推此言之為龍洲之子孫者阮見明

證文籍如是則當體龍洲之意刪改夔實一句之語固其宜也

何可泥於追改之為嫌而不念事理之輕重乎且以古人已行

之事言之五峯先生知言文字於理有未安處晦菴先生與南

軒先生相議改定以常情推之則理極精微五峯之見雖有差

誤其在後人似不當輒改成書只宜分註其下論其是非而已

而兩先生直改本文以補前賢之失後世不以此貶五峯而於

五峯反有光焉今事之顯著者又非理之漸妙難見阮知其失

宗則孝子慈孫安可含糊遂非不思所以攄宗瀅正以補先祖

一時未及照管之差誤而為人家汚衊之至冤乎且癸丑年間

此言似然而阮已陳䟽伸雪之後復為䟽陳似涉未安惟當以

可據文績明白辨破使人心解惑先為刪去漢陰碑文中語而

使他人及後來者明知其不當傳訛則庶無後弊伏未知如何

荅孫兒愚慎別紙

曾聞龍洲平生尊信桐溪而桐溪當初之䟽只憑遠外相傳之

誤有此混書之失龍洲之述此文又憑桐溪之䟽以至於襄謬

之歸則此非龍洲之本意也乃桐溪一時誤聞之致也龍洲之

失不過徒信一人之言而未能博觀諸人所記作此文而已若

使龍洲得見姜貳相諸人昕記及政院日記則豈忍甘為誣衊

人於萬代而膠守癸宗之言乎必將刪改之無難也此實人情

廢母之論不啻昭然桐溪之并稱蓋出於憤慨之極不暇擇言
以出置之啓爲殺菊之論至謂某某等首發廢母殺菊之論爲
子孫者雖極痛迫而自他人觀之猶有可謗龍洲則承訛襲謬
截去殺菊一欵至謂首發廢母之論則不翅有甚於桐溪之疏
而實爲至寃極痛以龍洲之文書漢陰之碑將以遠傳而爽宗
文字決不可容入刪去當云云此是公論而李仁壽之親邪
聞故頗以爲然以爲當言於同宗諸人云而亦以爲後人未及
考見史乘而桐溪之疏傳播於一世故他人之製其時人墓道
文字亦或用之非獨吾家故後生輩擾此爲定論者頗多而龍
洲集亦當刊出子孫一番疏陳曲折而後彼此俱爲釋然云云

虛心執公而觀之其可删去也無疑且吾既在漢陰外後孫之

列而此誤書文字於碑文為爽實可删之語於吾家為千萬証

讞之語者明知事宗之後猶且不為删去仍書我於漢陰子孫

錄中決非事理之當然後曰漢陰墓前亦決不可省掃漢陰直

孫雖是至親而決不可交違往來云云則漢陰諸孫亦以為然

而內懷不決且畏內外諸孫及外人之偏信龍洲者之謗議故

持來洪判書所製行狀之後并將蒼石文字一一辨破使之釋

然解惑則庶可肯從耳昨日方與李正字壽仁相對論辨之際

李淮陽玄祚適來聞之以為曾以翰林曝曬時考見其時事宗

頗詳考史之說雖難傳播而丁巽海之只參大君之出置立異

來為證行狀及雜錄毋伸雪疏及回　啟文字并柳恭判 命堅

從祖所書送姜貳相紳日記中語一下送如何如何且蒼石所

製監司大父主墓碣銘亦云造訒首發嚴毋之論而此公之兄某

以持平持不可云亦持此證之為計盖孫則言于諸李以為

非但為鄙家之誣衊而為此言也漢陰先生是萬代所尊仰之

名相決不可以一毫訛誤文字加之於墓道文字且平日漢陰

與　高祖考契分不淺詩律相贈亦且有之而其時事狀又以

且觀平日明知其不然而加之墓道文字必非漢陰之意也子

孫若以漢陰之心為心則必當刪去龍洲亦非私好惡而只守

桐溪之誤今若以誤聞誤書之文字傳之於後亦有慎於龍洲

議則李正字以為漢陰一生知已是白沙知其時宗狀亦莫如

白沙而白沙之撰誌元不舉論愚伏所製行狀亦無之而此獨

就見諸子孫詳言其前後事宗則亦似為然而終以為龍洲生

并舉可知其只信桐溪之說刪去無妨而一家諸議不一云

時李平昌象昂民累質而不見聽及今龍洲沒後追改有耶未

安且此處子孫雖刪去而龍洲文集若仍存刊出則必有他人

情外之謗彼此俱不好當博詢廣議而處之云云而今人偏信

龍洲而未諳故事有難容易解惑當此之機必須極力辨破可

兒後世之誣衊故欲將家乘之可據者及諸人文字以為辨破

之地而洪判書製 曾祖父主行狀中亦載伸雪之疏故欲持

辯誣録卷之二

孫兒思愼書別紙　壬申

漢陰相公碑文乃趙龍洲所撰今者漢陰曾孫允修爲海伯治

石請書於漢陰外孫吳判書始復不曰將爲竪立宗孫李正字

壽仁來言其間文字有害於君家考其事宗亦渉可疑而今難

遽通云云取見其文則至癸丑事乃書一高祖父主名字至謂

鄭造罒詔丁某等共發廢母之論省末恆可痛駭蓋龍洲一生

偏信桐溪故因桐溪之誤聞又祖述而言之桐溪一疏已矣

難追而既已据實伸白舉世皆知之後又復轉相襲謬刻諸金

石非但爲子孫之至痛事之無撓莫此爲甚故與漢陰子孫相

癸亥 反正之初大論立異之人無論死生皆有贖典兩丁好

寬段以前日負犯之故漏於書 啓尚在罪籍是如為白置前

後之事切罪相當分叱不喻歲月既久屢經大 赦輕重被罪

之人家宥者亦多則丁彦璜之為父訴冤實出於至情是白乎

矣係干 恩命自下不敢擅便 上裁何如 啓依田啓施行

暴父之至冤刀敢抗顏於臺端則　孝理之下人謂臣何噫父

冤未雪則子不得為孝孝無可移則臣不得為忠未知

何取於臣而置之風憲之任小臣亦何敢叨竊　寵榮呼唱道

路有若平常人哉臣當此　王侯靜棋之日又值國家多事之

秋敢以區區私痛仰瀆　天聽臣罪至此萬殞無惜而情勢閡

感進退狼狽不得不瀝血封章冒陳危懇伏乞　聖慈天地父

母特許鐫改臣職以安微分

答曰省疏具悉甫其勿辭察職元疏下該司

吏曹回啟

吏曹啟曰掌令丁彥璜上疏云云觀此上疏內辭緣為白乎矣

雖有負犯於前日至使大論立異之事并沒而不彰則兹豈非

人子之至痛乎恭惟　聖上臨御二十年來中經禍亂屢降大

沛渙汗之澤無間於死生凡在罪籍之中者卒皆湯滌而寬宥

則雖遺魂餘魄莫不唧感於冥冥而獨於臣父罪名尚在於泉

壤至寃未雪於覆盆不惟亡父之魂抱寃於千載之下抑亦微

臣不孝之痛終無以自暴於天地之間此臣所以懷痛窮天日

夜疾心雖於百執事之任黽勉隨行而至於非擾之地心有所

不敢也今兹新　命謬及無似顧以言責重地非臣庸陋所可

堪當名器不可以輕辱公論不可以不恤故屏伏私室恭俟物

議以至數日尚稽出謝揆之分義固不敢一向退縮而旣不能

不死則傷義兩臣主意㮣可想矣噫大君　先王之遺體也

慈殿之一塊肉也凡為臣子者孰不欲直前不避抵死而爭之

惟以禍機叵測其勢固不得兩全故雖以兩相之賢未免隨傍

而一時名人亦多預於庭請之列其所以忍而為此者豈不審

輕重於其間哉以此觀之臣父當初之論雖不敢竊附於兩臣

處變之道而及其立異大論之後則情宗有可怨者矣臣父生

時不敢以大論立異自辨人常自愧恨出守窮海閴黙咋舌

憂悸成疾仍沒於瘴癘之鄉設令臣父有一毫苟合於時議則

豈有屏棄遐遠而莫之收拾也哉臣每一念來不覺叩心而呼

天也鳴呼天日在上無幽不燭　聖明之下臣豈敢餙辭誣臣父

339

堂之官即臣叔父故臣好善為典翰今之前監司臣鄭廣敬為

修撰其他 洪霈吳靖李民宬閔有慶皆其僚也及癸亥 反正

之後自 上命政院書啓大論時立異之官其死者賜祭而贈

爵生者加資而屢諭諭事甚盛也恩雖大也而獨以臣父為永昌

大君出置時臺官竟漏於大論立異書啓之中臣父之本情衆

狀無路仰徹於 日月之下終受曖昧而莫之下白窮天極地

之痛寧有極乎臣父為 慈殿立異即癸丑五月二十五日也

前此永昌出置之論臣父固不得辭其責而其時形勢之危逼

機械之休迫蓋有所不忍言者臣竊見故相臣李恒福文集則

其與首相李德馨相議之言有曰為永昌死則傷勇為 母后

如臣何敢強顏於清班微臣情勢宗而惶威寧不避萬死之誅

一訴於天地父母之仁伏乞　聖慈特垂矜察為臣竊伏念臣

父之喬居侍從實在　宣廟朝逮至癸丑年也適拜持平不幸

遭千古所無之變時故臣崔有源為大司憲金止男為執義逆

臣造詔遞發廢置　母后之論臣父與崔有源金止男等聯名

避嫌箚曰　慈殿豈人臣所可容議乎宜叅考古聖王處置之

得宜者行之無愧於心然後可免後世之譏議矣凡人臣事君

之道納吾君於無過之地是豈一義何敢不顧事理容易發論

蔚損無間之至孝乎區區之意實在於此今日席上有以　母

后為言者不可苟同叅論云云王堂乃處置請遍造詔其時王

所交遞皆一時名流故　啓辭中亦不能驅之於奸黨而

無他張皇臚列之罪過其所勘成罪案之論只如桐溪琉

所謂爲自己富貴之餌之言而已後之人觀此　啓辭蓋

以　先祖當時横棄之事家則其間情跡之大違於　啓

辭中語者亦可以驗之矣

壬午先人除拜掌令時伸寃琉

伏以臣云云伏念臣以先父臣好寬負罪明時抱寃重泉平生

至痛常煎迫於方寸間欲一仰籲於　嚴陛之下而飲泣茹痛

悸懼而不敢陳者于今二十年矣至於今日榮謝加感激圖

報之外宜不暇顧他而只以臣父至寃不得火伸於泉壤不肖

上諭　慈殿謂之內作巫蠱外應逆謀將欲擁立永昌於

宮中先海猜防特甚秉燭達夜故一時名流之議多有姑

為出置永昌於關外遠嫌避疑則庶或有俱安之　望先

人出置之論意宗在此而及其出置未幾事機大誤永昌

仍至不保　先人深以自咎終身悔恨云云凡此曲折固

非他人之所可盡聞至於立異廢論之後棲遲冗散出補

嶺海以沒其身則當初本意亦足表見於世而今此追削

啟辭至以戕殺大君希賞取罷為罪案誠如是也當其

時何不翶翔榮途以取希賞取罷之實而摧棄退遠更不

收拾仍沒於癖癘之鄉耶盖　先祖立異於追詔之議而

痛我桐溪以疏覆罪故供辭取其原疏逐節辨釋前後辭

意不宜異同而前既所言於疏中後不更及於供辭必有

覺悟其失實而追改之意即此可想而供辭不傳於世故

人無有知者今癸未冬桐溪曾孫鄭生重元因李性至始

傳示此草其亦有所領會於其先祖之雅意者謹受而附

錄焉

癸亥追奪官爵啓辭 出靖社錄

合啓持平丁好寬以癸丑臺官首發我殺大君之論以為希寬

取罷之地其身雖死官爵尚在物情之憤極矣請追奪官爵

時翰謹按時翰聞諸先君子以為其時奸党輩煽倡飛語

母殺身之說而以鄭沆之即撤圍籬中炮火之事造詞之

不可以　國母待之之　啟分段勘論而更不及我　先

祖姓諱如甂中所云云由此觀之只監司端所傳桐溪之

深自悔歎至欲陳達於　榻前之說後有徵矣盖此兩端

事在癸丑五月而甲寅年桐溪新自北道還　朝故陳甂

之日未詳事實遽以出置之論為殺身之權輿而其言如

此及其就理之時必聞士類公共之論覺其前言之爽實

故供辭中以廢　母罪造詞以殺身罪鄭沆不復舉論我

先祖姓諱如原甂今者龍洲乃反聯書於造詞之下而說

者從而解之曰龍洲之言出於桐溪以訛傳訛誣罔無限

愚潭先生文集卷之五

十八

345

待而不死死焉而盡其情禮者此實區區忠愛之所發而草疏

之際文理不明辭不達意失言妄發不一而足亦假手二字

亢非臣子所忍言者而天奪其魄懵不之察遂引皇天假手之

語而不覺其語有冊逼及聞承旨之言雖驚惶即改而當初妄

發之罪在所難逃使矢身果有不道之心而為此言則雖無承

旨之言必無即改之理為白齊愚無知識胡亂陳疏初非聽人

指嗾而上以獲罪於君父下以貽戚於先母不忠不孝萃于一

身自知死有餘罪而若曰忘君護逆則天地鬼神臨之在上質

之在傍耿耿寸心斷斷無他為白齊

時翰謹按鄭桐溪陳疏後就理有此供辭庚申疏中廢

撤烟火自外供飯分此不喻實為初三日得病則即當馳　啓

而最晩始為快　啓旋有身死之

　命聖意所在的然可知而終無請故

　啓几出發款皆足以致人

之疑自　上亦下推考之

罪之人以此而聞於四方傳之後世則恐或為

　聖世之累故

　聖上踵漢文治不發封諸縣令

敢以請斬之言發於疏中欲

之意為白齊至於濟王之說因真德秀伸寃之意斷章取義而

引諭失宜非以濟王比於璡而有此說為白齊鄭進尹認等

啓辭中有不可以圉母待之之說自是廢　妃之說為閭巷間

常談故疏中及之為白齊大槩多少謬妄之說非為璡也乃所

以為　殿下地而欲使天下後世皆知　聖上之於璡生為而

之語枉受意外之誣蠛在　先祖無玷之操固無所損益

輕重而其在子孫之心未嘗不愧慠痛心云

鄭桐溪甲寅疏後就理原情

矣身雖稟性昏愚忤事顛妄而君臣大義粗得聞知今此陳疏

之舉實出於愛君憂國之至誠而反陷於忘君護迸之罪萬死

之外更無所逃為白在果矣身屢蒙　天恩叨忝定運勳盟則

實與國同存亡禍福者也雖至愚豈不知自為身謀而護議於

旣死之後自速其不測之誅乎愚妄之見以為三司百僚按法

之請積有時月而自　上猶不忍斷以大義牢拒不　允遠近

傳聞咸歎　聖上不忍之至意而鄭沆到任之初圍籬之中即

志完立異之辯亦謂宜與大臣百僚廣議以處云者與桐

溪疏所謂不告於大臣不通於諸宰竝發於完席之上邃

暴於避嫌之中者正相符合以此推之桐溪之意似以我

先祖為同恭於進詞各處之避故下語如此而其後桐

溪深自悔歎至欲陳達於　楊前之言時翰親聞於吳監

司端亦可見桐溪之不至膠守誤聞而桐溪陳疏之舉旋

以兩難去幽之壞未果而桐溪疏語則至于今家傳而人

誦故世之尊信桐溪者或不能深覈事實而只據桐溪疏

爲定論如趙龍洲所撰漢陰相公碑文中語又有云之嗚

呼　先祖全節於當日見伸於明時而因一二名卿癸宗

愚潭先生文集卷之五

十六

349

皆擧儒卿造訒三賊爲言其後白沙愚伏蒼石諸賢著述文字及梧里李相貳相姜公諸名家記錄議論如彼明白而獨桐溪一疏乃爲此無證之言故論者以爲桐溪之疏各有所指以廢妃之論罪造訒又以殺弟之議歸我 先祖有此混書云〻此雖似然而知其事實者猶可如是觀之不知事實者有難分解者破且出置之啓雖曰殺弟之權與而旣已立異廢論之後則可見其本情在君子論人之道只謂之殺弟之議尚云不可何得與賊臣并驅於廢妃殺弟之罪名也試以桐溪疏及造訒避辭叅互考之則造訒避辭爲宗社之計責在廟堂臣等所論罪合萬殞李

十五

鄭桐溪薀甲寅疏

云云頒者鄭造尹訒丁好寬等首發廢妃殺第之議不議於同
僚不通於他司不告於大臣不詢於諸宰而竊發於完席之上
遽暴水避嫌之中曾不若論一守令劾一庶官之為持難此其
心不難知矣蓋自近年以來倖門一開熟名大監貪功樂秋之
徒接跡而起至以吾君之至親為自己富貴之餌比如逆魋者
憯人獨走冀得先殺之功憶為人臣子是可忍耶云云

時翰謹按當癸丑年間永昌逃死廢論始發之後忠義之
士忌身呼閽者前後踵相接如李安真趙慶起鄭復亨權
淰李命達洪茂績鄭澤雷金孝誠諸人之疏不可殫記而

鮚澤先生文集卷之五

半百年光止貌玉夜臺何處蘊經綸 ○ 詩禮家庭教澤

隆盈門鶯鶩桂成叢兩兄已去仙遊繼三象猶存世念

空裹病妻宸有盡文明孝子慶無窮同隣厚誼頻書

信手跡郢堪在篋中

洞舊水雷累人沈喜壽 一松相國

從祖進士諱 好懩 公亦忝舘儒李安真及權澌請斬造詔

俙卿三賊之疏我先祖昆季三人之在造詔其所痛斤而

深嫉之者若是其章之明著而桐溪之文乃反

與造詔混稱此所謂合水火氷炭於一器之中者也是非

之混淆世或有之而亦安有如是之訛舛也耶

姜

棟芎交輝映庭南五馬榮課益全盛地連壁二難并梓

碧窺瓊島摩青彎海鯨華篇猶在手凶計遽承聆似憂

還非夔吞聲已失聲通材應練敏術智更精秉筆無

私景居官絶近名披誠向朋友到處惜人情何計酬君

惠無由息我眠嶺雲隨旅櫬江雨送銘旌駒隙惟新里

龍驤即舊壘海湖收爽氣天地泣孤竿乾緋躬難助題

詩淚易盈白頭空把釣無路效微誠

　　　　永陽後人李民宬敬亭

宏才秀骨異常倫屈跡退荒亦失人麲尊安能貳性命

癉瘃猶得損精神銅章千里嶍遊久補望三庚返奠新

閔卯甲先生文集卷之五

而爲之痛惜之意溢於辭表則先祖之爲士論所推許者

亦可槩見云

憶昔簮寮忝同朝風裁昂然動百僚海邑暫時勞簿牒

閭閻隨處遍歌謠方看化鰥書青史忽報飛鳧返絳霄

毋旋洛濱重過地不堪風雨暮蕭蕭

　　　　　　前行豐基郡守李坡蒼石

梅花未落過衙門梅子初黃計已聞玉鏡清標猶在目

素秋良覿謨成言　公官滿在秋歸　時有重討之語　浮生到底誰非夢徃

事田者只似雲窓外一枝來歲發可堪攀繞喚詩魂

　　　　　　前行江陵府使鄭經世愚伏

十三

避辭中各處二字掩蓋當初所論之主意且以為巫蠱獄

似為虛無者然夫其移鄉之論人所同巫蠱之跡昭著

無疑則未知活之言何所據而禱張之至此也其心所在

固不可測也云之

我先祖與監司從祖聯璧朝端幷負士望而適值千古所

無之變先祖抗辭憲府首遇大論從祖陳疏玉署駁違造

詔伯唱仲和同時全郡故一時士論蓋莫不懾之而蒼石

公之特書於從祖墓碣者如此其云持不可者以表其難

橐之祿而深與之二辭也其後先祖黜補嶺海蒼石及愚

伏敬亭諸賢連送詩篇迭相酬唱先祖既沒皆軔而哭之

扵此其畧曰國家不幸遘變外起巫盡內作臣民之痛人

倫之變實前古之所未有也討逆之義不可不嚴而處變

之道亦不可不盡苟於二者小有一毫之未盡則王法有

所不行而人道亦幾乎熄矣以　殿下無間之孝遭千古

所無之變一國臣民所望扵　殿下者當不以古聖人至

極之道為法扵今日乎頃者鄭造尹訒等綴拾李偉卿之

䟽直斥　慈殿至曰顯有當絶之惡又曰為今日臣子者

不可以國母待之也又引遽邙遷后之語而結之以臣等

之所見此豈人臣所可道之語我其得罪扵倫紀甚矣今

者多費辭說曲為分䟽者無非為鄭造尹訒之地袓出其

獻納柳活左袒於兄徒公上劄并請遞之

時翰謹按延興家日錄癸丑五月玉堂處置兩司請遞造

詔之後六月二十二日獻納柳活正言朴弘道等又回劄

學趙慶起等請罪造詔俌卿之疏更為避嫌同月二十三

日玉堂典翰丁好善應教吳靖校理洪磐李民宬修撰權

昕劄子請遞柳活等副應教韓纘男校理朴昴吉論議不

一出去云云然則造詔等避嫌在於五月韓纘男朴昴吉

柳活等刀主造詔之議者在於六月而玉堂前後處置劄

子監司從祖皆當之故蒼石碣銘合而言之以為公上

劄并請遞之云云五月劄子則巳錄於上故六月劄子今附

公陳剳被罪在於乙卯而其時日記中錄其剳子大槩及
兩司請罪之啟仍載洪茂績等諸儒疏而儒疏中有亞正
偉卿造詔之罪之言故因追錄癸丑年偉卿疏及玉堂處
置之剳以明其首末而李恭奉后晟氏抄出此錄貽書趙
牙山九輅兄弟時誤以癸丑事為乙卯事者似由於未及
恭考照勘之致也觀者詳之

從祖監司諱好善墓碣銘中語　李蒼石埈撰

癸丑遷典翰時亟盡撤起辭連　毋后賊臣鄭造尹訒始為廢
毋之論乃以出處別宮發論於筵席公之兄好寬以持平持不
可造詔等避嫌其黨韓纘男朴炡吉等在玉堂力主造詔之議

并引嫌而退凡人臣愛君之誠固無不用其極而處人倫之變

為莫重之舉茲考古聖王廣議大臣百僚納君於無過可法於

後世乃是不易之論不敢容易發論者亦是慎重之意也其曰

各處兩宮其曰同處一宮未安其曰自 上移御者涿得處愛之

道同出後君之誠則豈有可避之嫌但宗社之計責在廟堂其

所處愛必盡其道而措語之間未免牽甫狂聞妹喪蒼黃出奔

未及僉議不成模樣勢固然也尤無所嫌請李志完崔有源金

止男丁好覺崔東武柳活朴弘道李聖來并命出仕造詞遺差

時翰

謹按梧里相公日記中李偉卿疏及玉堂處置兩司

之劄卽癸丑五月事而今錄在乙卯日記中者盖梧里相

以

母后之事至出於儒疏則在言責者宜有今日之議也但

處人倫之變實是莫重莫大之舉必須處之得宜行之無愧於

心然後可得處變之道而既遭人倫之大變則宜御一宮勢有

未安故臣於前日敢以移御事發論於席上陳啓於天聽者宙

在於此也自上移御之後 母后因在此宮商議以處未爲不

可而論議多端竟歸不一臣之罪戾有所難兔云三持平秊聖

未以臣於昨日就職之後卒聞同生妹身死蒼黃奔出合司完

席之論未及同僚笑閉門後伏觀政院啓辭批答臣無任驚惶

之至來詰闕下又得見同僚引避之辭臣之謬見與崔有源等

無異昨日奔遑之時顛倒失儀身爲法官虧損體面使難仍冒

君之道納君於無過之地是為第一義臣等何敢不顧事宜容

易發論齟齬我　聖上無間之至乎臣等區之之意實在於此

故今日合司席上有以　母后為言者不可苟同緣論掌令鄭

造尹詔以母子之間云之　司諫崔東式以今日合司席上有以

母后為言者如此莫重之事豈敢容易為之云之獻納柳活

以國家不幸愛生於至親而　母后與聞之說既出於僞疏在

言責者固不敢終默故有此今日之議而以一　聖上至孝之

心其為處變之道不待臣子之感動而無所不用其極則納君

無過不須說也但既與聞自絕于宗社同處一宮果為未安而

其論既發竟歸於空罷臣之罪戾亦所難免云之正言朴弘道

有慶朴鸓吉副校理吳翔洪霧修撰曺明勗鄭廣敬等處置劄子

大司諫李志完以臣至愚云々今日合司席上有以　慈殿為

言者臣之妄意廬人倫之大變此實莫重之擧苟不善處將以

來天下後世之議不可容易為之宜與大臣百僚廣議以處納

吾君於堯舜之上臣等之謬見如是不可苟同大司憲雀有源

靳義金止男持平丁好寬以今此金惊男之凶謀迅快誠千古

所未有舍血之頽莫不腐心痛骨三司不謀同辭百僚咸造在

廷請以王法處議實為宗社大計也不可以　殿下之私恩有

所饒貸者也至於　慈殿則豈人臣所敢議乎必須恭考古聖王

處變之得宜行之無愧於心然後可免後世之議議凡人臣事

聖明恢天地之量開日月之明亟誅造詒偉卿等凶彰　聖

上至誠無間之孝特宥元翼孤忠以伸國人公共之論使後世

之人知大聖人所作為出於尋常萬〻則宗社幸甚臣民幸甚

進士鄭澤雷等上疏大槩亟正造詒偉卿等三賊之罪特宥爰

君憂國之元老以收一國臣民之望事儒生金孝誠等上疏與

洪鄭疏一樣

進士李偉卿等疏　日記謄全文而此則只錄其槩

其畧曰　母后內作誣盡外廳迕謀毋道已自絕矣王子為賊

盻推戴凶謀敗露同氣之情亦自絕矣云〻

副提學李惺典翰丁好善應教吳靖副應教韓纘男校理閔

363

愚意如元翼者百叛誅戮不可以鎮定人心而只使元翼抱孤

忠而冤死於　聖明之世矣必誅殛造訒之輩以謝國人然後

可以去道路之疑而鎮定人心也噫自古直臣言不激功不能

動其君之意故周昌譬漢高於桀紂而漢高不之罪劉敫譬晉

武於桓靈而晉武不之罪以　殿下天地之量日月之明豈不

容一孤忠元老而使人有以窺　殿下之淺探乎削黜之命一

下中外失望恐　殿下舍垢之量不得與天地同其大也臣等

披肝瀝血直欲痛哭於君門而不自由也臣等俱以草野踈蹤

冒陳狂言非不知朝羹封章夕不知死所矣忠憤所激言不知

裁罄死於　聖明之下不忍使一脈公論晦塞而泯滅也伏願

聰欲釋道路之疑則時論以為歸君惡名竊未知論者之意何

所憚而然乎噫慢君莫造詔若也而　殿下不惟置之又從以

顯之愛君莫元翼若也而　殿下不惟惡之又從以罪之臣等

恐　殿下好惡之道或有所未盡也臣等竊聞人臣之能盡忠

者不敢避難言之事人主之善容納者常欲聞難言之言然後

下無隱情上無壅聽奸邪不作禍亂不生元翼犯雷霆之威破

難言之言其實愛君而無他也　殿下試將造詔與元翼二事

聽於國人孰為可罪就為可赦國人皆曰罪元翼則罪之可也

國人皆曰赦元翼則赦之可也如有一毫不合於國人之言而

不可罪之者罪之不可赦之者赦之則豈可謂之公論乎臣等

不知　殿下之誠孝而謂　殿下有是心有是事也天地鬼神

昭布森列李元翼之心不可誣也其劄辭曰聖人之倫之至聖

明之世安有此事是則元翼固信　殿下之誠孝而疑道路之

疑者也嗚呼元翼平生愛君憂國之誠　聖明之所洞燭國人

之所共知乃於入地之年猶不忘君言不知裁觸犯　天威惟

其所恃者　聖明所使者忠信所愛者君父而憂者國事也原

其本心豈有他腸臣等伏見李偉卿等疏曰母道已自絶矣遣

認之辭曰其可以國母待之乎若不以國母待之置毋后於何

地當時臣民咸謂　殿下必置之極刑曾不踰年布列清要而

時論亦無一言罪之者元翼聞道路之言不忍忘君妄瀆　天

罰而未幾旋復官職或擯在臺閣或擢在清要人心因此洶擾

道路藉之元翼既知人心之如此又聞人言之如此豈可如越

視秦瘠而不思其有懷必達之義乎元翼之意必曰以吾君之

誠孝而有是事耶以吾君之處變而有是言耶吾豈以誘諸道

路之聞而不顧吾君耶至以道路之聞密封章劾此實大臣先

事入告之義昔宋英宗皇帝謂其臣韓琦曰太后待我無恩琦

對曰自古聖帝明王不為少矣獨稱舜為大孝豈其餘皆不孝

耶父母慈愛而子孝此常事不足道父母不慈而子不失孝刀

可稱帝大悟自是不復言太后短未聞當時以此罪琦而書之

史冊以為美談況我 嚴下以大舜之孝無英宗之失元翼豈

罪則雷霆之威方震欲憫黙而不言則被柱之痛誠深徘徊逡

退欲言而止者非至一毋而忠憤所激不得不甭也臣等竊惟

殿下自在春宮仁孝之德著聞中外及登大位不幸屢遭人

倫之變珒瓊之變百僚盈庭以請按律而　殿下不許以示惻

隱之意是　殿下友愛之德可謂至矣鄭造尹詡李偉卿之輩

語犯　毋后辭甚悖倫而　殿下赫然丞示削罷之罰是　殿

下慈孝之誠可謂摯矣雖大舜之處燮無以加此　聖上友愛

之德慈孝之誠國人所望而欣仁者元翼身爲元老抱愛君之

毋忠而豈不知　殿下無聞之德乎臣等伏覩元翼所上之劄

竊謂其心之所在則不難知矣造詔之輩語犯　毋后皆被責

達云之劉子初九日始下　批答及推問之事合司李元翼之

罪國人皆曰可斬臣等將一國公共之論曰毎叶閣三月于茲

而俞音尚閟云之頃年造訒之言雖有措語間未瑩之事原其

本心則實出於愛君而元翼乃敢因此媒孽作一罪案欲為構

陷網打士林之計云之生員洪茂績等上䟽伏以臣等聞士不

忘身不為忠言不逆耳不為諫故臣等不避出位之嫌敢干難

犯之顏伏惟　聖明幸加垂察焉臣伏見李元翼以兩朝元老

忠清慷慨一心殉國今以言事將被不測之罪臣等跧伏草野

聚首相歎繼之以流涕曰以吾君聖明之德而不諒元翼之忠

耶以元翼不世之忠而將蒙不測之罪耶臣等欲明元翼之無

士頼中當大論時稱病不朶者亦歸於立節而如我　先

祖與諸賢抗辭立異之節伊曰三司諸臣之中誠罕有也

後之人觀於此錄亦可瞭然有徵於當時之事實矣

梧里李相國元翼日記中語

乙卯二月初五日上審劄大槩前日收議時請依該曹公事施
行而但更念咀呪之事頗連於　大妃殿布教於各道則事體

不要且聞諸道路多有不忍聞之說　大妃將不得保全位號

云父母雖不慈子不可以不孝母子之間名義至重倫紀至大

聖明之世安有此事倘臣昕聞是虛訛則臣當伏妄言之罪

君臣猶父子子有所懷不可以不盡於父臣受國厚恩不得不

處變之道同出愛君之誠豈有可避之嫌乎但宗社之計責在

廟堂必盡其道而措語之間未免牽甫猝聞妹喪蒼黃奔出未

及秼論不成模樣形然也尤無可嫌請大司憲以下大司諫

以下并命出仕兩掌令遞差

時翰謹按癸丑獄事金延興惸男實為禍首故其家疥錄

自癸丑至戊午六年之間事無巨細無不備載而於諸臣

立論邪正之間尤致群焉其書癸丑五月事以柳活朴弘

道避嫌為同於造詞而錄之於上以著党党之同惡以崔

有源金止男及我 先祖與李志完立異之事書之於下

以表士頪之正論正與姜貳相日記符合今以此錄考之

以

慈殿爲言者臣之妄意處人倫莫重之擧苟不善處將以

來天下後世之議不敢容易爲之宜與大臣百僚廣議以處納

吾君於堯舜之上臣之陋見如是勢難苟同請命罷斥臣職

答與大司憲同

玉堂處置劄子副提學李惺典翰丁好善應敎吳靖韓纉男校

理朴𤄷吉權昕修撰李敏求鄭廣敬

云云兩司并引嫌而退人臣愛君之誠固無所不用其極而處

人倫之變爲莫重之擧泰考古聖王廣議大臣百僚納君於無

過可傳於後世乃是不易之論不敢容易發論者亦是愼重之

義也其曰各處兩宮其曰同處一宮未安其曰自上移御深得

於無過之地是為第一義臣等何敢不顧事宜容易發論虧損

我

聖上無間之至孝乎臣等區區之意實在於此故今日合

司席上有以

　毋后為言不可尚同恭論請命罷斥臣等之職

答曰卿等之意至矣但累月避嫌不得推鞫使党逆之罪豈笑

可謂知討逆之義乎勿辭退待物論

同日大司諫李志完避嫌

臣至愚椏陋遭遇聖際過蒙天地而露之私常欲死於國事區

區愛君之誠自以為不下於古人麻碣駑鈍欲一報效以不負

我

聖明知遇之恩耿L寸丹素撐于中而喬長諫司已浹兩

月只逐行隊荐效縷毫百恒愧懍無地容措今日合司席上有

373

答曰省啓驚甚何爲出此言耶予以否德忝位累年得罪臣民

致有此變無樂爲君有靦面目直欲鑽地以入不可得也自痛

而已大司憲崔有源等豈無意見胥等退而思之

獻納柳活正言朴弘道避嫌大槩與造辭同

同曰大司崔有源執義金止男持平丁好寬避嫌

啓曰今此金憬男之黨謀逆狀誠千古所未有之變莫不腐心

痛骨三司不謀同辭百僚咸造在廷請以王法處置實爲宗社

大計也不可以　殿下之私恩有所饒貸者也至於　慈殿則

豈人臣之所敢容議乎必須恭考古聖王處變之得宜者行之

無一憾於心然後可免後世之譏議凡人臣事君之道納吾君

巫蠱之說傳播已久外廂之跡現出賊招則得罪宗社兩　母

后之道絕矣　殿下雖有母子之恩於宗社顧有當絕之惡為

今日臣子者其將以國母待之耶　殿下為天地宗社神人之

主其不可與己聞之母同處一宮也審矣春秋書夫人姜氏遜

于邾綱目書遷大后於離宮則其義嚴且正矣臣等之所見如

此故今日於闕下兩司一會以　殿下遇無前之變不可以常

道處之當與　母后各處兩宮以盡處變之道發論則同僚皆

以為重大持難不決使莫重莫大之論竟歸輕發之地此無非

臣等識見淺短不足取信之致臣等何敢自以為是偃然仍冒

乎請命寵黜以為人臣妄言者之戒

癸丑五月二十五日

掌令鄭造尹訒避嫌顯有當絕之意其將以 國母待之事
而同僚持難不決不能取信云〻

獻納柳活正言朴弘道等避嫌與造同

大司憲崔有源執義金止男持平丁好寬避嫌 在廷諸以王
社大計而 慈殿則是人君之所敢容議不可苟同恭論
法處議為宗

大司諫李志完避嫌 令司席上有以 慈殿為言者臣之妄意不
敢容易為之宜與大臣百僚廣議以處事批答

玉堂劄兩司處置事

癸丑五月二十五日掌令鄭造尹訒避嫌

啓曰母子之間人所難言宗社之計責在廟堂臣等所論罪合

萬殞蒙太學生李偉卿等疏中 母后內作巫蠱外應逆謀云

中西即此晉與姜公所論雖似簡易家鉞最著其曰造記啓

辭口意同測云者指廢毋論也其曰柳活朴弘道皆祖述尹

鄭云者謀惡其附會於兌論也其曰崔有源金止男丁其李

聖未等立異云者特獎其為 毋后立節也至於分汕李聖栗
別號

以妹喪服制末及同希追後引避以為臣之謬見與崔有源

金止男丁其等無異云二而幷稱於立異人之列以明其立

節數行文字亦足為千載斷案故首錄於此使覽者有所考

信焉

金延興驚男家日記中語 政院日記騰本及
他諸家日記幷同

目錄 延興家日記凡六冊毎冊必有
目錄今亦依本冊書目錄

論情逐臣職

批荅卿等之論至矣但累日引避不得推鞫使黨逐之輩竊笑

可謂知討賊之義乎勿辭退待物論玉堂處置大司憲以下三

人并命出仕

掌令鄭造尹詡啓辭、意図測獻納柳活正言朴弘道皆祖述

尹鄭之言大司憲崔有源執義金止男持平丁好寬李聖求等

立異

時翰謹按我　先祖當兇婚方起之初與諸賢抗節立異首

明大義逆折好萌于斯時也苟無此論　大妃位號保全於

丁巳以前亦未可知是以一代名人君子并皆特書於日記

辯誣錄卷之一

姜貳相紳日記中語

癸丑五月二十五日大司憲崔有源執義金止男持平丁好寬

避嫌金慷男凶謀之快千古所未有含血之類莫不腐心痛骨

至扵　慈殿則豈人臣之所敢容議乎如使　殿下絫考古聖

王處置之得宜者行之無愧扵心然後可免後世譏議矣凡人

臣事君之道納吾君扵無過之地是為第一義臣等何敢不顧

事宜容易發論貽我　聖上無間之至孝乎臣等區區之意

實在扵此故今日合司席上有以　母后為言者不可苟同務

愚潭先生文集卷之五

辨誣錄目錄

383

鼎谷公辨誣錄